悯

刘心武

著

东方出版中心

图书在版编目（CIP）数据

悯 / 刘心武著. —上海：东方出版中心, 2021.3
ISBN 978-7-5473-1781-5

Ⅰ. ①悯… Ⅱ. ①刘… Ⅲ. ①散文集－中国－当代
Ⅳ. ①I267

中国版本图书馆CIP数据核字（2021）第034497号

悯

著　　者　刘心武
策　　划　郑纳新
责任编辑　江彦懿
装帧设计　钟　颖

出版发行　东方出版中心
地　　址　上海市仙霞路345号
邮政编码　200336
电　　话　021-62417400
印 刷 者　山东韵杰文化科技有限公司

开　　本　890mm×1240mm　1/32
印　　张　9.5
字　　数　153千字
版　　次　2021年10月第1版
印　　次　2021年10月第1次印刷
定　　价　58.00元

自 序

曾把2013年至2015年零散发表的文字集成一册《润》，又曾把2016年至2017年零散发表的文字集成一册《恕》，现在再把2018年至2020年5月零散发表的文字集成一册《悯》。

所谓零散发表的文字，就是非以整本书首印，而是散发在报纸副刊及杂志上的文字。这期间我整本书首印的有长篇小说《飘窗》，还有《刘心武评点〈金瓶梅〉》，以及《刘心武续红楼梦（修订本）》等。把零星发表的文字搜汇成书，一是这些文章中，确有一部分被一些读者喜欢，奉献给他们；二是出版社总编辑认为，我毕竟是个从上世纪五十年代就开始发表作品的写作者，跨越两个世纪笔耕不辍，把我这些年的写作轨迹留存下来，多少具有点文献价值；三是敝帚自珍，既能印行，当然高兴。

润，是一种风格。我喜欢这种风格，所谓“润物细无声”，把自己的心语，飘洒在读者心田，多少起到滋润的作用，在这喧嚣的人间，相濡以沫，抱团取暖。

恕，是一种态度。人生在世，爱不可缺，恨不可免。恨若失度，会伤人损己。因此，己所不欲，勿施于人，恕字终生可行。

悯，是一种情怀。悲天悯人，是善的挥发。现在从小学一年级起，学校就会教孩子唐诗《悯农》，甚至有的幼儿园也会教。悯字是孩童最早认识的字之一，老师会告诉孩子，悯是同情的意思。但真正懂得并实施悯，并不容易。我小的时候，跟母亲在人行道上行走，前面有个残障人，一瘸一拐的，我觉得有趣，就在他身后学那模样，母亲制止了我，并没有说什么话，只是我注意到，母亲眼眶里竟然涌出泪水。这是母亲给我上的令我铭心刻骨的一课，教给我要悯，就是要尊重、同情那些比我们有欠缺的，比我们弱，比我们穷，比我们生活得更艰难的人。后来我用这个素材写成过一篇《有没有“盈眶班”?》，感慨于这些年来，家长，特别是母亲，热衷于给孩子报这个班那个班，生怕自家孩子“输在起跑线上”，这个所谓的“起跑线”，是应试的起跑线，生存竞争的起跑线，在这条人生赛道上，固然应该避免因懈怠大意而落伍，却不应忽略，还有一条很重要的起跑线，就是心灵建设的起跑线，而悯，就是这条起跑线上的一个要素，人在一生中，应该打小能因他人的不幸而心生同情。悯，其实也不只同情一义，也有忧愁的意思，而且应该不是只为一己的失落。两千多年前的屈原，就发出过“长太息以掩涕兮，哀民生之多艰”，要为这世界上还有那么多穷人、弱势的人、失败者，还有残障人、智障人，乃至于身材长相上低矮丑陋的人，而产生悯意，即使自己帮不上他们多少，可以不帮，却万不可对他们歧视、轻侮，尤其不能自持有某些方面的优势，就狂傲，就膨胀。曾经有一个大学生，因为长相不好，内向，木讷，穷，方方面面没优势，同宿舍某同学，就肆意伤害他的自尊，丝毫没有顾及他也有自尊心，而且那是深藏的，非常强烈的自尊心，他不在沉默中自杀，而是在沉默中爆发，竟然在某天，把伤害他自尊心的同宿舍同学，以非常残暴的手段杀害，甚至还殃及无辜，而唯一逃脱他暴行的，是一位平时也并非对他多么友善，只是未曾伤害他自尊心，并且有次还给他打过饭的同学，打次饭所体现的悯其实很淡薄，却救了那同学一条命。这个杀人者最后被枪毙。那被他突然凶相毕露加以残暴杀害的同学，当然值得我们深深怜悯，那伤害过他自尊心的，死到临头，才知道蔑视一个另外的生命，以为人家弱势，就无所谓，怎么说都行，竟会招致灭顶之灾，如果那之前，有人提醒他一下，或者他能多少有些个悯人的意识，及时收口，也许结局还不至于如此糟糕。在被杀的那个瞬间，或许那同学会悔上心头，却为之已晚。这是很大的一个悲剧，是杀人者和被杀者共同的悲剧。当然，杀人者的残暴，是不可原谅的，如果杀人者内心里还多少有些对他人生命的悯意，也不至于一念之差中，就丧失理智陷于疯狂。

迄今为止，好像也还没有“盈眶班”出现，没有专门教会人悯的机构。但文学却可以承担这个任务，从中国古代的《诗经》里的《伐檀》，到唐诗里的《悯农》《卖炭翁》《琵琶行》，到《红楼梦》里对群芳陨落的描写悲叹，到鲁迅的《祝福》，老舍的《骆驼祥子》，许地山的《春桃》，萧红的《呼兰河传》，孙犁的《铁木前传》，宗璞的《红豆》，高晓声的《李顺大造屋》……外国文学里，比如法国雨果的《悲惨世界》，列夫·托尔斯泰的《复活》，日本小林多喜二的《蟹工船》……都在往我们心灵里灌注悯的情怀，悯农，悯工，悯弱者，悯被侮辱、被损害者。

知道自己没有什么分量，不敢跟文学大师们去比，但“苔花如米小，也学牡丹开”，在编了《润》和《恕》的集子后，再编这样一集《悯》。

这个集子的第一辑，是一组以怀人忆旧为主体的散文，其中不少篇什悯意浓酽。第二辑的微小说，是应一家手机平台之约，每隔一天上传一篇。我也还算是个与时俱进的潮老头，适应手机阅读的要求，每段少则百字以内，多不能超过400字，大多数控制在300字上下，总题为《人生一瞬》，描摹出当下社会不同阶层人士的生存百态，其中有若干段子是在防抗新冠疫情期间写成的，也多少反映了一些疫情中人们的各种表现。第三辑是承袭延续《恕》中《瓶外丛谭》的一组谈《金瓶梅》的文章《瓶外续谭》。第四辑是几篇序文，从中可以知道我这几年还做了些什么。

岁月匆匆，一晃我已经78岁了。在疫情暴发前，我的文兄从维熙去世，跟我同龄也有过交往的赵忠祥去世，进入5月，於梨华大姐在美国谢世，听说她是感染了新型肺炎，这两天，又听到同代人，也有过交往的叶永烈兄去世，而我的二哥刘心人，也在上个月仙逝于成都，想想自己竟然还活着，还在“舞文弄墨”（其实是敲击键盘与录制视频音频），“日月忽其不淹兮，春与秋其代序”，何其幸运，何其幸福。真是由衷地感谢东方出版中心，还能再给我机会，留下这些岁月·人生·悯世的痕迹。

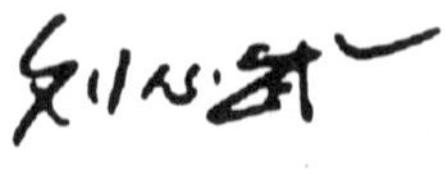

2020年5月16日　绿叶居中

目　录

辑四　序中性情

辑　一

莫别春光

关于米黄色的回忆

改革开放以前，西方记者报道中国，有“蓝蚂蚁”之说，觉得到了中国，满眼不分城乡男女老幼，大多身着颜色样式划一的蓝灰色服装，其实，情况也不尽然如此，起码在北京，到上世纪七十年代初期，有些青年男女，就敢于突破划一，试图让自己穿戴得漂亮一些，那时候出现了“狂不狂，看米黄；匪不匪，看裤腿”的俚语，被我捕捉到。所谓“狂”“匪”，并无多少政治含义，意思是在穿着打扮上“特立独行”“敢为人先”，米黄色，突破了蓝灰划一，笔挺的裤线，昭示着个人审美尊严。粉碎“四人帮”后的1978年春天，我从那俚语获得灵感，也有生活原型，写出了短篇小说《穿米黄色大衣的青年》，通过一位青年工人对一件米黄色大衣的态度转变，表达出装扮自己固然不错，但更应投身现代化，去装扮亲爱的祖国，那样的意蕴。现在回看，是篇浅薄的作品。

那时候，我之前发表出的短篇小说《班主任》《醒来吧，弟弟》《爱情的位置》引发轰动，轰动效应由电台广播放大，前两篇被中央人民广播电台文艺部以广播剧形式录播，后一篇则直接朗诵。中央人民广播电台青年节目的编辑王成玉联系到我，说他打算请人朗诵《穿米黄色大衣的青年》播出。我与王成玉 1959 年就合作过，那时候他是中央人民广播电台少儿部《小喇叭》栏目的编辑，我还只是个高中生，在他指导下，编写了若干对学龄前儿童播出的节目，其中广播剧《咕咚》颇有影响。王成玉要安排《穿米黄色大衣的青年》播出，我自然高兴，但他告诉我，要约北京人民艺术剧院的董行佶来朗诵，我却心里打鼓。

董行佶！那年头还不时兴“大腕”“粉丝”一类语汇，但在我心目中，董行佶可是个杰出的表演艺术家，我则是他地道的剧迷。北京人民艺术剧院的专有剧场首都剧场，建筑立面就是米黄色的。在那米黄色的剧场里，我几乎观看过北京人艺那些年演出的全部剧目。上世纪五十年代末六十年代初，我看过北京人艺演出的《雷雨》《北京人》《日出》，惊讶地发现，在《雷雨》里，董行佶饰演的是比他实际年龄小很多的纯真少年周冲，在《北京人》里却又饰演比他实际年龄大很多的腐朽昏聩的老太爷，在《日出》里他倒是饰演了跟他实际年龄接近的一个角色，但那却是个人妖似的胡四。什么叫杰出的表演艺术家？就是演一个活一个，但所饰演的角色可以反差大到惊人地步，如果不看演员表，简直不能相信这几个角色都是董行佶一个人变幻而成。那时期，这三出戏轮番上演，董行佶也就轮番进入完全不同的角色的境界，生动而有信服力地令观众接受。

我写《穿米黄色大衣的青年》时，是当时北京人民出版社（现北京出版集团）文艺编辑室的编辑，出版社在崇文门外东兴隆街，编辑部在一栋老旧的西式洋楼里，楼外另有个中式院子，是当时北京市的文艺创作联络部，主持工作的是原来北京人艺的党委书记赵起扬，每当编余，我总爱往那中式院里跑，跟起扬前辈聊天。赵起扬在北京人艺和院长曹禺、总导演焦菊隐配合得非常好，是内行领导内行的典范，他对人艺的演员不仅熟悉，而且深切地辨析出每个人在艺术上的优势与弱点，我跟他聊到于是之在电影《青春之歌》里饰演余永泽，认为演得非常好，他却不以为然，看法是，于在舞台上天衣无缝，但电影镜头前，没有摆脱舞台演出痕迹，是个遗憾，他说，北京电影制片厂的导演崔嵬到人艺是点名借于是之的，其实，董行佶从外形上，也是接近小说《青春之歌》里余永泽这一人物的，如果让董行佶去演，董是机灵鬼，也许能在镜头前克制舞台痕迹。什么是舞台痕迹？因为话剧演出不可能给观众特写镜头，演员在表情上适度夸张是必要的，好让台下坐后排的也能看清，但你演电影，在镜头面前也忍不住夸张，就显得“跳脱”了。我跟起扬前辈说，人艺演员，有的不演戏，光是朗诵也光彩照人、令人陶醉，比如苏民，他就补充说，还有比如董行佶，据说有位专攻朗诵的专业人士说了，当然是调侃，夸张，出语也不雅，大有“既生瑜，何生亮”的意味，说是“恐怕只有董行佶死了，我在朗诵界才排得到第一！”

王成玉告诉我要请董行佶朗诵《穿米黄色大衣的青年》，我虽期盼，却不抱希望。又听说去请董行佶朗诵的各方人士很多，他一般都推掉。他对所提供的作品非常挑剔，大体而言，不是名著名篇，不合他口味，都不屑一顾，他朗诵的高尔基《海燕》、朱自清《荷塘月色》、契诃夫《变色龙》，都成为朗诵精品。《穿米黄色大衣的青年》他过目后，会破格接纳，录制朗诵吗？我惴惴不安地等待消息，不久王成玉告诉我，董行佶竟同意朗诵这篇小说。节目播出了，我听得发愣，这是我写的那些浅陋的文字吗？一句一字没改，听来却成了另外一个温馨而清新的故事。我这才深切地懂得，什么叫作朗诵艺术。董行佶把我作品里那些累赘粗糙的文句轻轻掠过，把作品里得以打动听众的元素似乎是不经意地拎起，仅仅用他那绝妙的声音处理，就使这篇小说仿佛脱胎换骨，从一个粗陶碗变成一件细瓷器。四十年过去，前两天在网络上发现有位署名“小筑微语”的网友，去年在他的微博中写道：“虽然三十多年过去了，我依然保存着中央人民广播电台寄给我的一本蓝色塑料封皮的笔记本，里面还完好的夹着一张泛黄的便笺，那是中央人民广播电台的用稿通知。笔记本是那个年代很常见的，用稿通知也仅有寥寥数语。之所以珍藏至今，是因为它留住了我的记忆，写给中央台的那篇听后感的字里行间所记录的青春之气令人难忘。大概那时自己觉得在中央台播出稿子很是难得而且值得记住吧，我还在留存的底稿上特意写了一行小注：八月十三日（一九七八年）中央人民广播电台《青年节目》广播了我的一封信。”他在信里是这样写的：“编辑同志：七月七日晚上，我打开收音机，收听《青年节目》。本来并没有注意去听，但播音员一开始的介绍立即像磁石般把我吸引住了，我身不由己地坐了下来，几乎是屏着呼吸在听，生怕漏掉一个字。刘心武的短篇小说《穿米黄色大衣的青年》像重锤一般深深地叩动了我的心扉，仿佛自己也在扮演着小说中的某个角色。我是1975届高中毕业生，正值‘四人帮’流毒泛滥之际。那时候，青年人精神空虚，无所事事，不少人正是过着和小说中主人公相同的生活。这种令人难受的现象对我这个闯进社会生活大门不久的青年人来说，真是百思不得其解。我不禁问自己：难道他们没有理想和抱负吗？难道他们甘愿碌碌无为地、庸俗地生活一辈子吗？我问自己，问同学，问友人，然而，有谁能回答这个问题呢？历史回答了这个问题！……在这里，我要喊出我们周围年轻人的共同心声：向‘四人帮’讨还青春！刘心武同志继《班主任》之后，又写出了这篇动人心弦的作品。我感谢他用自己的笔实实在在地打动了我，不，应该说打动了青年人的心！”我想，《穿米黄色大衣的青年》这篇小说经广播后获得这样的肯定，一是它确实和《班主任》一样具有一定的超前性，那时候“四人帮”虽被粉碎，党的十一届三中全会尚未召开，整个社会是否能改变“蓝蚂蚁”的景观，人们还在期待中，也就是说，这样的文字参与着对改革开放路线的正式确立与宣示的推动；二是它获得董行佶这样的朗诵艺术家的再创造，他的声音，比我那些文字，更能激荡青年人的情怀。

现在赞扬一位朗诵者，动辄说他声音富有磁性。董行佶的声线似乎并不怎磁性，他五十四岁英年早逝后，曹禺写诗悼念他，这样形容他的声音：“你的台词是流水在歌唱，你吐字，像阳光下的泉水，那样清晰，那样透亮。”我现在还保留着当年王成玉给我的一盒董行佶朗诵《穿米黄色大衣的青年》的录音带，应该赶快把它转换成数码制品，以便永久保留。

到上世纪八十年代初，董行佶就患了抑郁症，曾到安定医院调治。但他仍接受了大导演汤晓丹的邀请，在电影《廖仲恺》中扮演了廖仲恺。他抱病把电影拍完，自己却未看到完成片。据说他定妆以后，廖仲恺儿子廖承志那时候还健在，一见不禁热泪盈眶。我祖父刘云门上世纪在日本留学时就认识廖仲恺何香凝夫妇，上世纪二十年代初祖父把我姑妈刘天素带到广州，交给何香凝在她手下做妇女工作，后来更成为何先生的秘书，姑妈对廖仲恺当然是接触过真人的，她看过电影《廖仲恺》后对我说，在电影院里，几乎忘记了是在观影，觉得那就是廖伯伯本人复活在眼前。我观影时，想起当年赵起扬的话，董行信果然机敏过人，一点舞台痕迹皆无，令我更加懂得话剧表演和电影表演虽有相通处，却又是大相径庭的两种表演艺术。董行信凭借在《廖仲恺》中的表演获得第四届金鸡奖最佳男演员殊荣，但那之前他已经在1983年6月自杀。抑郁症导致自杀是全球性疾病现象。总有人胡猜乱想，董行信有什么想不开的呀？我要强调：抑郁症是一种疾病，不要往什么思想问题、心胸狭隘、小肚鸡肠上去瞎琢磨，我们应该自责的是，对抑郁症患者欠缺细微的关怀，对他们与病魔斗争所经受的痛苦缺乏尊重，对他们以非正常方式结束生命缺乏悲悯。

记住董行信。他的话剧演出资料，他的电影作品，他那像阳光下的泉水般清晰透亮的朗诵，如星在天，光芒不灭。

2018年10月13日　温榆斋

细雨中的叶子

窗外霏霏细雨，槐树上的叶子闪着荧光，令我心里舒畅清爽。不由得就想起来，曾有一位演员叶子，给予过我许多的审美愉悦。

叶子是北京人民艺术剧院参与建院的老演员，原名叶仲寅，叶子是艺名。她生于1911年，我观看她演出时，她已经是四五十岁的人了。最近还在电视的“怀旧剧场”里重温她主演的电影《龙须沟》，《龙须沟》先是话剧，后来拍的电影，当年我没看过话剧演出，据看过的哥哥告诉我，虽然电影改编拍摄得不错，充分地冲破舞台模式，长镜头的运用，蒙太奇的手法，都堪称出色，但没有使用原舞台演出的全部演员，从北京电影制片厂请来于蓝、上海电影制片厂请来张伐等加盟，就北京味儿来说，似乎有些个“跳色”，不那么浑然一体了。他感叹：“别的角色外请，都还不要紧，关键是程疯子、丁四嫂这两个角色，非于是之、叶子不可，这两根大梁立住，整部戏就撑起来了！”叶子所饰演的丁四嫂，给观众的感觉，不是演员演出来的，简直就是老北京的杂院妇女活跳到了舞台上、银幕里，据说为了传神，叶子故意把自己的嗓音弄哑，那时候像她那样的演员，倾全力地塑造人物，绝不去顾及自己戏外的颜值和音韵是否招人喜欢，观众认可、喜欢他们塑造的艺术形象，是他们最大最高的愿望。

我少年、青年时代，是北京人艺的忠实观众，几乎把剧院公演的每一出戏都看了，从成为经典的到演过就算的，全跑去看。叶子在《日出》里饰演三等妓院的妓女翠喜，在《北京人》里饰演破落世家的掌家媳妇曾思懿，给我留下的印象极深。我那时候是一个认真的文艺青年。看经典名剧之前，我会先找来剧本，细读细品以后，再进剧场观剧。《日出》的剧本于我还比较容易消化。陈白露是交际花，属于高等妓女，翠喜呢，是破窑子里的三等妓女，这两个高低有别的妓女，在剧本里基本上都赋予正面内涵。那时候我就发现，中外作家，对于妓女，多是同情、怜悯的态度。那时候演出的话剧《桃花扇》，里面丧失良知节操扫地的反面角色是官员、书生，一群妓女全是深明大义的正面角色。还有中国歌剧舞剧院演出的歌剧《茶花女》，主角玛格丽特被塑造成一个忠于爱情的圣女。那时候上语文课学白居易的《琵琶行》，老师也让我们与白居易一起同情那个历经沧桑的琵琶女。在北京人艺《日出》的演出里，叶子以沧桑的语音和泼辣的肢体动作，把一个身为下贱、心有金光的女性演绎得活灵活现。当落入虎口的小东西跟她说："我……我实在过不去了。"翠喜回应她："这叫什么话，有什么过不去的。太阳今儿格西边落了，明儿格东边还是出来。没出息的人才嚷嚷过不去呢。妈的，（叹气）人是贱骨头，什么苦都怕挨，到了还是得过，你能说一天不过么?"读剧本时，我对翠喜的这种"活命哲学"很不以为然，一个被侮辱被损害的生命，应该要么奋起反抗，要么宁为玉碎、不作瓦全，但是面对舞台，当叶子道出这段台词时，她那种独特的沉痛化、控诉化处理，一下子让我心痛之余，又生出对卑微生命坚韧存活的理解与悲悯。后来看过别的演员饰演的翠喜，道出这段台词时，都不能令我满意。

《北京人》这个剧本我难以消化。其中曾思懿这个角色，曹禺的提示是：曾思懿——曾皓的长媳，三十八九。自命知书达礼，精明干练，整天满脸堆着笑容，心里却藏着刀，虚伪，自私，多话，从来不知自省。平素以为自己既慷慨又大方，而周围的人都是谋害她的狼鼠。嘴头上总嚷着“谦忍为怀”，而心中无时不在打算占人的便宜，处处思量着“不能栽了跟头”。一向是猜忌多疑言辞间尽性矫揉造作，总之，她自认是聪明人，能干人，利害人，有抱负的人。剧作家本意是把她当作一个负面形象来创造的。但北京人艺排出的《北京人》，叶子塑造的曾思懿，在剧本规定的框架里，却大大丰富了这个角色的厚度与深度。叶子在扮相上一反丁四嫂与翠喜的邋遢恶俗，一袭端庄的旗袍，光洁的发髻，腰身笔挺，嗓音不再嘶哑，而是地道的北京儿化音韵，字正腔圆，令观众感觉到，这位家庭主妇，每天面对着昏聩的公公、颓废的丈夫、啃老的儿子、哀怨的儿媳、无能的小姑及其丈夫、奇怪的房客……更有与她丈夫关系暧昧的寄居亲戚愫芳，劳于应付，心力交瘁，虽然其人性的阴暗面令人不齿，却也实实在在有值得理解同情的一面。记得那时候在《文艺报》上有关于《北京人》演出的对话，参与对话的有名导演孙维世，她就指出，大意是，曾思懿这个角色，演员不必从剧本提示的那些概念出发去演绎，要让自己置身在曾家那发霉的环境中，设身处地去体验角色的内心，很自然地在剧情的流动中，展示出她的生存困境，这样，剧作家所宣称的“我有一种愿望，人应当像人一样活着，不能像当时许多人一样活着，必须在黑暗中找出一条路子来”，才得以浸透到观众的意识中。

1960年北京人艺把俄罗斯安东·契诃夫的《三姊妹》搬上了舞台。那之前我阅读了契诃夫多个剧本，非常钟情于《三姊妹》。记得我读《三姊妹》剧本时，还在页边上随手写了不少批注。《三姊妹》的演出我当然要看。谁来饰演三个姊妹呢？赵韫如饰演二姐玛霞，谢延宁饰演小妹伊莉娜，我觉得都很得宜，我对赵、谢二位在此前舞台上的“青衣”“花旦”类角色都很熟悉，而且她们也容易洋气，但是发现饰演大姐奥尔加的居然是叶子，却不免有些吃惊。那时候叶子年龄已近五十，而且我总觉得她的形象气质与西洋女子差距非小，剧本中的奥尔加至多不过三十多岁，文雅温柔，叶子扮演的奥尔加出现舞台，不说别的观众，我这个人艺的老戏迷，能接受吗？大幕开启，一下子三姊妹全呈现了，奥尔加穿着女子中学教员的蓝色制服，有时候站着，有时候走来走去，一直在改学生的练习簿；玛霞穿着黑色连衣裙，把帽子放在膝头上，正坐着看书；伊莉娜穿着白色连衣裙，站在那儿沉思。头一段台词由奥尔加道出：“我们的父亲去世整整一年了，恰巧就是今天，五月五日，也就是你的命名日，伊莉娜。那天很冷，下着雪。当时我觉得我活不下去了，你呢，躺在那儿晕了过去，像个死人一样。可是现在过去一年，我们回想这件事就不觉得那么难受了，你已经穿上白色的衣裙，而且容光焕发了。”一点没有丁四嫂、翠喜、曾思懿的影子，声调也完全没有北京味儿，活脱脱是一个遥远年代遥远地域的俄罗斯女子，在那里与她的两个妹妹说知心话。

戏一段段演下去，我忘记了叶子，接受了契诃夫笔下的奥尔加。契诃夫所有小说、剧本贯穿着一个母题，就是反庸俗。《三姊妹》剧本里有几句奥尔加与其嫂子娜达霞的对白，奥尔加：（低声、惊讶）您系一根绿色腰带！亲爱的，这可不好！娜达霞：莫非这有什么不吉利吗？奥尔加：不是的，只是不相配……有点怪……娜达霞：（带哭音）是吗？不过这不是绿色的，是暗色的。读剧本时，我忽略了，没在意。舞台上，叶子饰演的奥尔加和朱琳饰演的娜达霞却非常精彩地演绎出来，令我一下子想起契诃夫的名言："人的一切都应该是美丽的：面貌，衣裳，心灵，思想。"奥尔加是从审美的高度，发现嫂子娜达霞的衣带不对头，一定的服装要配与之和谐的腰带，颜色的搭配尤其应当达到悦目雅气，娜达霞虽然富足，衣衫价值不菲，却始终停留在庸俗的层面，对于大姑子的提醒，本能地从是否吉利上头去考虑，俗不可耐。全剧最后，三姊妹那"到莫斯科去"的愿望依然茫然无果，她们紧靠在一起，小妹伊莉娜依偎在大姐奥尔加胸前，奥尔加道出心声："时间会过去，我们也会永远消失，我们会被人忘掉，我们的脸，我们的声音，我们这些人，会统统被忘掉，可是我们的痛苦会变成在我们以后生活的那些人的欢乐，幸福和和平会降临这个世界，人们会用好话提起现在生活着的人，并且感谢他们。啊，亲爱的妹妹们，我们的生活还没有结束。我们会生活下去！军乐奏得这么欢乐，这么畅快，仿佛再过一忽儿我们就会知道我们活着是为了什么，我们痛苦是为了什么……要是能够知道就好了，要是能够知道就好了！"叶子把这些富有哲理的诗化句子表述得非常从容，非常自然，闭幕后，观众觉得余音绕梁，不免在心中细细回味。

我没有想到，作为叶子的一个观众，改革开放以后，竟与她有了一次合作的机会。1984 年我发表了长篇小说《钟鼓楼》，翌年获得第二届茅盾文学奖，1986 年北京电视艺术中心就将其改编拍摄成八集电视连续剧，那时候电视连续剧拍上八集就算是巨制了。导演鲁晓威来告诉我，他们邀请叶子出演海奶奶一角，起初叶子没有答应，因为她在 1965 年就因病告别舞台了，1986 年时已经七十五岁，身体一直不好，谢绝了许多演出邀请，但是看过剧本以后，她说："那好吧，我也来个'三栖'!"所谓"三栖"，就是除了演舞台剧，还演电影，演电视剧。叶子早年参演过电影《大团圆》《悬崖之恋》，1959 年又出演过彩色儿童故事片《朝霞》，早已"两栖"，但那时候电视剧才起步不久，"三栖"的演员还不多。叶子进了剧组，导演尽量把有她戏份的场景集中拍摄，初剪后导演就让我看相关的片断，说实在的，叶子所演绎的海奶奶，与我这小说中所写的那个老太婆，已经不大一样了，她根据自己的生活经验与演艺修养，为这个角色增添了许多的喜剧色彩，特别是她与饰演詹丽颖的澹台仁慧演对手戏时，有不少精彩的即兴发挥，而年过半百的澹台仁慧也是老戏骨，随机呼应，十分生动，为这部戏增添了光彩。这部电视连续剧在第三届巴西里约热内卢国际影视节获评委特别奖，据说是中国电视剧第一次获得国际奖项，叶子的参演，不消说也是亮点之一。

叶子长寿。她 2012 年辞世，活过一百零一岁。窗外细雨中的叶子啊，你闪闪发光，象征着那深邃而永恒的演艺之灵。

2018 年 5 月 19 日　温榆斋

那天电话没打错

1994年年初，我应中国台湾《中国时报》邀请，到台北参加“两岸三地文学研讨会”，“两岸”的概念很明确，“三地”，是指两岸再加上香港。当时《中国时报》的老板余纪中是个热心统一的人士，举办这样一个研讨会，有从文学交流的角度促进两岸加上香港最后合到一起的意思。到会后我也曾问：为什么没有澳门？两岸四地凑齐开会岂不更热闹？回答是：也考虑过邀请澳门作家，但澳门的文学创作确实比较薄弱，没有觅到合适的人选，就是香港方面，最后能到会的也就是刘以鬯先生。从北京飞香港再转飞台北，出了桃园机场，在驶往下榻地福华大饭店的大巴上，我正好与刘以鬯先生同座，很感荣幸。

有的人会觉得鬯字生僻难认，我因为打小就爱到北京西直门外的万牲园看动物，如今那里已经成为蜚声世界的大型动物园，这个动物园的前身，叫三贝子花园，是清朝贵族的私家园林，其中有一处园林建筑，就叫鬯春堂，那里很长时间都是一家饭馆，父母带我看动物之余，总要带我到那里进餐，因之教给我鬯字读畅。我和以鬯先生的交谈，就从鬯春堂聊起。以鬯先生说以后若去北京，一定去北京动物园，看动物倒在其次，去看看鬯春堂，会有一种亲切感。其实鬯虽然有独特的含义，指古时重大活动节日的宴饮用酒，系郁金草酿黑黍而成，但也与畅同义。

那一年，我五十二岁，以鬯先生已经是白发老翁了。现在知道，他 1918 年出生，那一年应该进入到七十六岁范畴了，比我足足大二十四岁。他年事虽高，却腰身挺拔，满面红光，精神矍铄，对我这晚辈，蔼然可亲，交谈甚欢。

以鬯先生称读过我的《班主任》和《我爱每一片绿叶》，我那时却只读过他的一个小短篇《打错了》。《打错了》的文本结构很巧妙，前后两段文字，大部分几乎一模一样，到最后，却形成两种结局，一个结局是，一个人从办公室出去，到巴士站时，忽然飙来失控的汽车，不幸身亡；另一个结局则是，那人正要离开，忽然座机铃响，接听交谈，原来是那边打错号码，从办公室出去，到巴士站，正目睹到汽车撞死别人的惨剧，自己幸存。个体生命在时空中，会因偶然因素，或祸或福，偶然性使命运诡谲，是这篇小说引出的话题。我对以鬯先生说，其实两段文字的结局也可对调，别人打错电话，延宕数分钟，走出去，恰有失控车撞来，惨死，而并没有打错的电话使之延宕，走出去，恰好能跳上要开走的巴士，存活，后来才知几分钟后那站台处发生车祸。以鬯先生笑说，如此还可变化出许多花样，总之，人很难预知偶然埋伏在哪里。

香港写纯文学的作家寥若晨星，以鬯先生是一颗耀眼的星辰。后来读他的作品，才知他早有现代派手法的尝试，举凡朦胧叙事，时空交错，内涵多解，荒诞变形，意识流，都得心应手，异彩纷呈。其作品《对倒》及《酒徒》分别引发香港导演王家卫拍成电影《花样年华》及《2046》。他的作品陆续在内地以简体横排出版，我后来读到《酒徒》，“生锈的感情又逢落雨天，思想在烟圈里捉迷藏。推开窗，雨滴在窗外的树枝上眨眼。雨，似舞蹈者的脚步，从叶瓣上滑落。扭开收音机，忽然传来上帝的声音。”这种句式是典型的以鬯风格。

以鬯先生1985年1月创办主编坚持纯文学走向的《香港文学》，一直编到2000年9月，八十二岁才退休。在台北与会期间他跟我约稿，那以后我经常寄稿给他请他赐教，他也坚持给我寄赠《香港文学》，后来陶然先生接编，延续以鬯先生对我的厚爱，所投文稿总蒙容纳，寄赠杂志直到如今。以鬯先生编辑期间，记得他曾从香港草根阶层的自发投稿者的篇什中，筛澄出浸润着尘土与汗水气息的诗歌散文，予以刊登推荐，那些文字固然令人动容，以鬯先生的行为写作，也令人钦佩。

记得1996年我从马来西亚飞到香港，要从下榻地点给《香港文学》杂志拨电话，忽然发现我那小记事本上抄记的号码，有一个数字被汗渍弄得不甚清楚了，忐忑地试着拨打，那边有女士接听，呀，打错啦？啊，没打错，女士很快请以鬯先生接听，是否打错更合宜呢？正心乱，以鬯先生亲热地邀请我去杂志社一晤，我找到位于湾仔摩利臣山道的编辑部，并无任何偶然介入我们的会晤，言谈甚欢，最后，他们请我在门外杂志社铭牌旁留影，那时期，每有作家到访，都会拍一张那样的照片，登在下一期杂志封三上。

2018年6月8日，以鬯先生在香港东华医院安然仙去，报导说他享年九十九岁，是因为还不到他的生日，其实 1918 年生人 2018 年仙去，就应该算一百岁。斯人虽去，其代表作已融入中国及世界的文学经典领域，过些天要找出他的《对倒》细品。

2018 年 6 月 18 日　端午节

兰姑姑的戏票

北京王府井附近东安门大街路南，有一所至今仍保留着欧洲巴洛克建筑风格的剧场，长期是中国儿童艺术剧院的专属剧场，但是1950年的时候，中国儿童艺术剧院还没有成立，那里一度是北京人民艺术剧院的演出场地，这里所说的北京人艺，是后来成为专演话剧的那个北京人艺的前身；属于北京市的北京人民艺术剧院成立于1952年，现在人们熟悉的北京人艺专属剧场首都剧场，是1954年建造的，据我所知，最早叫作北京人民艺术剧院的演出团体，属于华北局，是歌剧、话剧都演的，后来分流整合，才把北京人艺的称谓给了北京市，专演话剧。

1950年夏天，我八岁，随父母从重庆水路到达武汉再乘火车抵达北京，从那以后，我就定居北京，直到今天。在北京的近七十年里，观剧是我生活中重要的精神活动，可谓京城剧场十二栏杆拍遍，舞台沧桑尽收眼底。我到北京看的第一出戏，就是在东安门大街的那个巴洛克风格的剧场里演出的，那是1950年年底，父母带我到那地方观看民族歌剧《王贵与李香香》。

记得那天到了剧场门口，把门检票的不让我进，父母告诉他们我已经上小学三年级了，懂事，能看戏，不会哭闹；首先人家不信我已经八岁多，我那时身体发育滞后，小头巴脑，再，人家认为三年级也是小孩子，儿童是一律不让进场的；这可怎么办啦？父亲急中生智，就告诉他们，我们是赠票，是孙维世导演赠的，把那装票的信封拿给人家看，信封是中国青年艺术剧院的专用封，信皮上有我父亲的名字，右下角签着“维世”字样，这招还真管用，人家就让我跟随父母进去了，我那颗小小的心，由紧而松，欣喜莫名。那出歌剧《王贵与李香香》是根据李季的长诗改编的，导演并非孙维世，也并非中国青年艺术剧院的剧目，是以北京人民艺术剧院名义演出的，可能孙维世和编剧于村熟稔，所以有了较多的戏票，就分赠一些给亲友，我家也就得到了。我至今记得那歌剧里多次出现的合唱：“一杆子红旗，半天价飘……”

从那次起，我就知道，我们家有机会得到赠票，去看演出。赠票的，父母让我叫作兰姑姑。兰姑姑我始终没见到过，但她的亲妹妹，父母让我叫粤姑姑的，多次来过我家，后来当然就知道，兰姑姑是孙维世，粤姑姑是孙新世。

我生也晚，老一辈的事，只是听说。我爷爷刘云门，1932 年就去世了。我在爷爷去世十年后才诞生。前些年粤姑姑从美国回来，约在贵宾楼红墙咖啡厅见面，见到我就大声说：“心武，我们两家是世交啊！”坦率地说，我心里热络不起来，因为我爷爷跟他们父母的交往，虽然留有若干照片，却是我生命史之前的事情，缥缈如烟。概括地说，兰姑姑和粤姑姑，当然她们还有三位兄弟，其父亲孙炳文母亲任锐 1913 年在北京结婚，我爷爷刘云门是证婚人，婚宴后在什刹海北岸会贤堂饭庄前的合影留存至今。1922 年孙炳文和朱德赴德国前，在我爷爷家小住，1924 年我爷爷到广州任中山大学教授，1925 年我母亲遇到困难，被孙炳文、任锐接到其家居住，但他们很快也往广州参加孙中山领导的革命，就又安排我母亲到任锐妹妹任载坤家暂住，任载坤是冯友兰夫人，所以后来我进入文学圈后，把宗璞叫作大姐，遭母亲呵斥，说应叫璞姑姑才是，兰姑姑、粤姑姑都是宗璞表姐，她们是一辈的。这篇文章，要说的是兰姑姑赠戏票，使我近水楼台先得月，从小受到很好的话剧熏陶的事。关于孙家，关于兰姑姑本人那不到半百就陨落，等等事情，我没有什么特别的叙述权，但我要呼吁，对于孙维世，作为中国上个世纪杰出的话剧导演之一，她在这方面的成就，一般人还缺乏必要的认知，专业人士虽有过一些纪念性的文字和涉及其导演艺术的论述，其实也还很不充分。我要从自己当年观其所导演的话剧的亲历亲感，来谈一谈。

中国青年艺术剧院成立后，孙维世导演的第一出戏是《保尔·柯察金》，这出戏的票也送我家了，但我哥哥姐姐去看了，我没看上。那时候我父亲先在海关总署后在外贸部工作，兰姑姑送票，好像都是邮寄到父亲单位，父亲带回家，到时候再去看。有次又看见父亲下班回家从衣兜里掏出一个信封，我就跳着脚喊“我要兰姑姑的票”，但是父亲冲我摆手，跟母亲说：“这回不是票，是信，请我去她家吃便饭。”兰姑姑和粤姑姑都称我父亲天演兄，称我母亲刘三姐，或简称三姐，因为我母亲在娘家大排行第三。后来知道，是兰姑姑和名演员，也就是演保尔的，金山，结婚了，婚礼早举办过，再个别邀请到我父亲，应该是一种对世交的看重吧。那天父亲带回一瓶葡萄酒，说兰妹（他总这么称呼孙维世）告诉他，是周总理给她的，过些天家里来客，父亲得意地开了那瓶酒共饮。再一次父亲回家，带回兰姑姑赠的戏票，笑对我说："全给你!"我接过一看，是三张电影院的票，这怎么回事啊？原来，是兰姑姑把她在舞台上排演出的儿童剧《小白兔》，由中国新闻纪录电影制片厂，拍成了舞台艺术片，我约两位同学一起去了新街口电影院，原来是正式公映前的招待场，我们好高兴!那电影虽然由新影拍摄，但不是对着话剧舞台的刻板纪录，是在摄影棚里搭出了三维的全景，而且充分地运用了电影语言，推拉摇移、主客观镜头及空镜头使用，娴熟流畅；大全景、全景、中近景、近景、特写、大特写的穿插，恰到好处；蒙太奇剪接，天然浑成。《小白兔》是兰姑姑根据苏联作家米哈尔科夫原著改编导演的，新中国第一部儿童话剧，剧情生动幽默，富有教育意义，场景美丽，赏心悦目，那时候儿童剧组还属于中国青年艺术剧院的一个分支，1956年分离出去组建成中国儿童艺术剧院，后来所排演的《巧媳妇》《马兰花》等，其实都是《小白兔》风格的发扬光大。看电影《小白兔》回到家，我就裹上父亲睡衣，又用两条毛巾给自己弄出两只长耳朵，在屋里跳来跳去，听见父亲对母亲说："兰妹十五岁就在上海演电影，她对电影很熟稔的，拍起电影驾轻驭熟。"可惜后来兰姑姑没有再导演电影。

兰姑姑再一次赠票，是她导演的果戈理的名剧《钦差大臣》，我高兴地跟母亲去东单拐角那里的中国青年艺术剧院专用剧场观看。印象特别深刻的是，全剧演到最后，台上台下都在笑，忽然一个角色大声说："笑什么？笑你们自己!"台上的所有角色就以不同的姿势僵在那里，台下的观众也都愣住，幕落，观众热烈鼓掌。巧的是，我小哥刘心化，那时候考上了北京大学曹靖华任系主任的俄罗斯语言文学系，而粤姑姑从苏联留学回来，分配到北大俄语系任讲师，正好教我小哥，所以我在小哥影响下，对俄罗斯和苏联的文学艺术着迷。小哥告诉我，俄罗斯大戏剧家斯坦尼斯拉夫斯基，创建了影响世界现代戏剧极其深远的戏剧流派，就是体验派，要求导演指导演员，从自我心中找到与角色相关的种子，去发芽长叶开花，体验到角色的内心活动，再外化为形体语言，塑造出有血有肉的艺术形象。兰姑姑呢，她 1939 年去苏联学戏剧，斯坦尼斯拉夫斯基 1938 年刚去世，其嫡传弟子列斯里血气方刚，兰姑姑成了列斯里的学生，因此可谓得斯氏体验派戏剧体系真传。

对我影响至深的，还是兰姑姑导演的契诃夫名剧《万尼亚舅舅》，也是拿着赠票，跟母亲一起在青艺剧场看的。看时有感受，看完接连几天反刍有感悟，随着岁月推移，再回忆那次演出所给予的心灵滋润与审美启蒙，就觉得那是一生难得遭逢的甘泉，可以啜饮至今。舞台画面具有充分的油画感，不是欧陆文艺复兴那种情调，更不含后来风靡欧美的现代派元素，是俄罗斯十九世纪末二十世纪初巡回展览派画家的那种脱离宗教与贵族气的平民写实风格，与那一时期影响至大的美学家车尔尼雪夫斯基那“生活就是美”的认知相通，剧里所展现的万尼亚舅舅和其外甥女索尼娅所生活的外省农庄，恬静朴素的田园生活，本来富有情趣与诗意，却因其姐姐前夫和续弦妻子叶莲娜的到来，形成了庸俗的入侵，生活是美，但庸俗腐蚀了生活也就使其不美，万尼亚舅舅原来对在彼得堡生活的姐夫心存崇拜，那时远远望去，以为是个天才，结果近距离接触，却看穿不仅是个庸才，而且是个满足于不劳而获的庸俗卑琐的小人。全剧没有营造尖锐的戏剧冲突，人物之间的冲突都只在心理层面，把心理冲突充分诠释出来，是很难的，这就全靠兰姑姑对演员的指导，而当时那一台演员，特别是金山饰演的万尼亚舅舅，得到兰姑姑那斯坦尼戏剧体系的真传，丝丝入扣地把内心崩溃的过程，表演得令观众信服，到后来万尼亚舅舅突然从墙上取下原是作为装饰的手枪，朝那伪君子教授砰地一射，观众们都会觉得“如果是我也忍无可忍”。但是契诃夫并没有让卑鄙小人死去，只是灰溜溜带着新妻子返回彼得堡，最后一幕，万尼亚舅舅终于还是忍受了命运，复归常态，而庄园的生活，也就努力缝补破碎的裂隙，去延续固有的质朴之美。记得最后展示的是，万尼亚坐在书桌前算账，外甥女索尼娅蜷伏在他身边，把头倚在舅舅膝上，道出最后一段向往美好未来的台词，幕布缓缓闭合，而布景窗外的俄罗斯三弦琴的韵律，仍穿透幕布淡淡氤氲，这是剧吗？分明是诗啊！兰姑姑执导的《万尼亚舅舅》的演出，是斯坦尼表演体系在中国的原汁原味的嫡传呈现，对新中国话剧艺术后来的发展起到非常重要的示范作用，金山后来把他在导演启示下深入角色内心，找准贯穿动作与最高任务，分层次展示在观众面前的过程，细致地加以记录，形成一部著作《一个角色的创造》，不仅在国内影响很大，至少在那时的东欧也引起瞩目，波兰就出了波兰文的译本。

1956年夏天，兰姑姑离开青艺，去了新组建的中央实验话剧院，剧院院长是老戏剧家欧阳予倩，兰姑姑任总导演。在新剧院，她仍不时给我父亲寄戏票。她根据剧作家岳野的剧本，导演了

《同甘共苦》，虽然离开了青艺，《同甘共苦》在青艺剧场演出了很多场，那时每当我路过东单路口附近的青艺剧场，就会看到剧场外树立着很大的海报，以老梅枝上红梅绽放为背景，剧名非常醒目。我很想看这出戏，因为这是兰姑姑以斯坦尼体系原则执导的一部本土化的多幕剧。但是父亲不让我去看，他跟母亲去看了，从看完戏的对谈里，我多少悟出父亲不让我看的缘由。后来我把岳野的剧本找来看了。这个戏的内容在当时来说确实有一定的敏感性，写的是一个新中国成立后已经升到相当高职务的干部，他参加革命前，父母包办婚姻，娶了一个乡下没文化的媳妇，他后来就离了婚，与革命队伍中有知识的红颜知己缔结良缘。这样的人物经历其实也算不得什么，但是剧作家却结撰出以下情节：那干部下乡指导工作，偏遇到已经成长为有觉悟有能力的农村妇女干部的前妻，令他意想不到，也令他赞叹不已。这样的情节倒也还罢了，为了推动剧情朝尖锐化复杂化发展，剧本里又写到这位干部的母亲，一直由他前妻照顾赡养，而且前妻为了不让婆婆情绪遭到破坏，一直瞒着已经离婚的事实，以至这位干部下乡回到原籍指导工作，他母亲还以为也是来跟媳妇团圆，而且在这种误会的前提下，干部前妻与母亲，又偏偏因剧作家设置的不得不那样的原因，都来到了干部在城里的家中，那婆婆就觉得那干部所娶的新妻是二房，你想那干部的红颜知己何等尴尬！这样组织戏剧冲突固然能在舞台上激发出火花，却难免在观众中引出争议。当然全剧以一双根都在农村，先结婚、后恋爱的老干部的恩爱与说教，传达出革命夫妻应当同甘共苦的积极主题，也算一出圆满的喜剧。据说看过演出以后，也曾在周总理身边工作过，并且可以出入周总理中南海西花厅住所的张颖女士，在西花厅，当着周总理的面，就《同甘共苦》这出戏，跟兰姑姑呛起来了。她年龄与兰姑姑相仿，年轻时也曾登台演出，后来在外交部工作过，又长期在中国戏剧家协会任领导，是懂戏的。张颖认为她不该把这个剧本搬上舞台，内容不健康，兰姑姑就怼她：表现生活和命运的复杂性怎么不健康？就你正确！周总理就劝她们双方都冷静下来，有话好好说。

兰姑姑和张颖都比我大二十岁还多，我是她们晚辈，但是到1986年，我被任命为《人民文学》杂志常务副主编，张颖那时任剧协书记处书记领导《戏剧报》，《戏剧报》叫报其实也是一本杂志，两个杂志编辑部都在北京东四八条一座旧楼里，有天杂志社工作人员给我往家里打电话，说《戏剧报》新制作了一块标志牌，正让人安装到楼门外《人民文学》杂志标志牌的上面，他们认为很不合适，《人民文学》是1949年创刊的高规格杂志，《戏剧报》1954年才创刊行政级别低，应该让他们把《戏剧报》标志牌安装在《人民文学》下面，而且把张颖办公室电话告诉了我，敦促我马上给她打电话，我也就打了，张颖听了笑："就为这么个事儿啊!"我们那时才算有了交往，后来这事妥善解决了。三十年前，张颖请我到他家，也就是前外交部副部长、中国前驻美大使章文晋家，他们设家宴招待英籍女作家韩素音，是让我去作陪客，可惜那天交谈不可能引到关于话剧《同甘共苦》上去，我真的很希望听到张颖对那出戏的高见，但她前几年已经仙去，成为永久的遗憾。回想当年父母观看《同甘共苦》回家后的交谈，他们的大体意见是，革命动荡所引发的婚姻重组，他们见得多了，但是把这种事情搬上舞台，似乎会有副作用，特别是年轻一代看了，没有什么好处，他们的见地，与张颖相似。但不管怎么说，《同甘共苦》这出戏，是兰姑姑试图用斯坦尼体系来执导本土话剧的可贵尝试，建议戏剧界人士如今能充分地搜集相关资料，就其得失与借鉴意义，理性地进行学术探讨。

后来我父亲调到外地解放军外语学院任教，但每次寒暑假回京，仍能得到兰姑姑赠票，我也就还能欣赏到她的一些执导作品，如意大利哥尔多尼的《一仆二主》，在那部戏里，我看出她已经在试图从斯坦尼体系的框架里突围。我们都知道，世界上有三大戏剧表演体系，斯坦尼的体验派固然影响极大，至今在戏剧舞台上还具有强悍的生命力，但是，还有德国戏剧家布莱希特创建的表现派，斯坦尼的体验派让演员和观众都融入到舞台上去，似乎共同经历一番忘我的审美旅途，布氏的表现派却强调“间离效果”，演员在台上要自觉地跟角色剥离开来，不是融入角色而是掌控角色，观众呢，千万记住，您是在看戏，不必忘我，最好作壁上观，用现在网络语汇来说，就是您稳当“打酱油的”“吃瓜群众”，看的就是个热闹，从围观中去获得感悟。另一大表演体系以中国京剧表演艺术大师梅兰芳为代表，就是大写意，一系列程式化的戏剧元素，譬喻出大千世界的无穷存在，演员相互蹲起的舞姿，表达船在水浪中颠簸，四个一组举幡旗或持刀枪的龙套在舞台上跑动，就代表了千军万马，一根带很多穗子的马鞭，挥动着就表示骑马前行，丰富多彩的脸谱，不仅象征了角色的善恶忠奸，有的已成为特定人物的独有标志……1935 年梅兰芳访苏，那时候斯坦尼和正好也在莫斯科的布氏都看到梅兰芳的演出，包括当时苏联戏剧界另树一帜的怪才梅耶荷德——此人可称是苏联戏剧界的先锋派人士，还有当时在全世界享有盛名的电影泰斗爱森斯坦和普多夫金，也都看了梅兰芳的演出，大为惊叹，特别是看到梅兰芳仅仅用双手的兰花指，就能表达出丰富的内心活动，外在的美与内在的秀令人陶醉，叹为观止之余，那世界第三大表演体系写意派的命名，就是他们兴起的。

进入到上世纪五十年代末、六十世纪初，那时中苏分歧渐渐明朗化尖锐化，与苏联文化进行一定程度的切割势所难免，开始，还觉得苏联作家里，有一些坚持正确方向的，比如柯切托夫，特别是他 1958 年出版的长篇小说《叶尔绍夫兄弟》，揭露了后斯大林时代的社会弊端，抨击了修正主义倾向，于是将这部小说改编成话剧，兰姑姑自然而然成为最合适的导演，她也参与了剧本的改编，但后来一直没有公演，只在内部演出，而我家也就没有得到戏票无从一睹。关于这部话剧的资料应该趁参与编导演出的一些老人们还在，广泛收集，加以梳理分析，以探究中国话剧（也涵盖中国文艺其他方面）在发展过程中，是如何与苏联文化从崇尚、照搬到纠结、切割，最后分道扬镳的历程，那是很有意义的。

最后一次得到兰姑姑戏票，是 1962 年了，看了她执导的《黑奴恨》。1852 年，美国女作家斯托夫人创作了长篇小说《汤姆叔叔的小屋》，描述黑人在奴隶制下的悲惨命运，1901 年，林纾（林琴南）与通西文的人士合作，以文言文翻译了这部小说，命名为《黑奴吁天录》，1907 年 6 月，欧阳予倩、曾孝谷、李叔同等组织的春柳社在日本首演了据之改编的五幕新剧，同年末，上海春阳社的王钟声等在上海演出此剧，注意，那时候清朝还没有结束啊，这些戏剧前辈真是文艺先锋，令我们当下的戏剧工作者和戏剧爱好者肃然起敬。虽然此前李叔同、曾孝谷等演出过《茶花女》，但剧本是直接从法文翻译过来，只演了一幕，而《黑奴吁天录》却是欧阳予倩根据原著改编的原创剧本，以五幕有头有尾地呈现，所以，戏剧史家都把1907年作为中国话剧正式诞生的年份，把《黑奴吁天录》视为中国现代话剧的鼻祖，到今天，已经一百一十二年了。斯托夫人的小说其实主调是哀怨、感伤的，欧阳予倩编剧及春柳社、春阳社演出时，都把那个历史时期对现实黑暗的愤激融汇进去，所以强调“吁天”，到了1961年，欧阳予倩再次改写剧本，则又从寄希望于上苍赋予公平的调式，改成了强调黑奴对压迫者的“恨”，这在当时的大背景下，是必然的，也是必要的。

1961年欧阳予倩还健在，而且是实验话剧院院长，那时是七十二岁的老人，兰姑姑比他晚生三十多年，当时才四十岁，执导这样一位中国话剧创始人老前辈的剧作，又是在那样的时代情势下，感受到的压力一定不小。剧目承担的思想指向是清晰的，并无诠释的难度，难的是艺术上如何把握，再以导演《万尼亚舅舅》那样的路数处理这个剧，显然不成了，必须大胆突破，创出一条新路来，使其在艺术上闪烁出新的光辉。幕启前，我对舞台的期待，还停留在观赏《万尼亚舅舅》《一仆二主》的心态，但是开幕后就觉得风格一新，完全是不再拘泥于斯坦尼体系的崭新台风。2018年从电视上看到中国国家话剧院（由中央实验话剧院和中国青年艺术剧院合并而成）的老演员田成仁的一段访谈，谈五十七年前演出《黑奴恨》的一段经历，原来开排此剧，主角选的另一位也颇资深的演员，体型胖壮符合原小说描写，但导演怎么都觉得不对，就让其停下，那时候剧院里兰姑姑排戏，剧院里的人能去觑一眼的都要去觑一眼，田成仁也不例外，躲在一角观看，没想到一眼被兰姑姑见到，就点着名儿要他进入排演空间，演一段给其他演员看，田成仁说那天他害臊地逃避了，《黑奴恨》也就停排了，过了大约半个月，才又开排，剧院宣布角色分配，男一号黑奴汤姆——田成仁！可见停排的那些日子里，兰姑姑一直在寻求舞台上的新意，按说瘦高的田成仁并不符合原著里汤姆的模样，但是这次她不求形似，甚至也不要求纯粹从体验入手去寻找"种子""动机"，她大量吸收了布氏体系表现派的特点，在人物站姿、动态，以及与其他角色的形体交错、配搭、互动上，追求一种激动人心的雕塑感，舞台美术设计也不再追求油画感，而是多以灯光的勾勒、移动、变幻来营造氛围，舞台面经常"留白"，有大写意的趣味，令观众用自己的想象去丰富眼睛所见。总起来说，我觉得兰姑姑执导的《黑奴恨》，在"表"（外在）与"演"（内心）之间，在写实与虚拟之间，在诗意与政论之间，经过反复而细致地雕琢——另一演员石维坚回忆，排演中她要求演员每排一次都要比上次丰满——艰辛而勇敢地达到了平衡。为纪念中国话剧诞生一百周年，也是《黑奴恨》上演四十六周年，北京上演了喻荣军编剧、陈薪伊担任总导演的《吁天》，是极富意义的历史回响。

1964 年兰姑姑深入当时的石油基地大庆，与那里的工人和家属同吃同住同劳动，1965 年编写了话剧《初升的太阳》，由金山导演，1966 年上半年进京演出，轰动一时，好评如潮，那应该是她努力开创中国话剧新篇章的力作。但是自 1963 年起她和我父母没有了联系，我也就再没有得到兰姑姑的戏票。很后悔 1966 年上半年没有自费买票去看《初升的太阳》，现在已成绝响，徒留想象。

我希望人们对于兰姑姑，也就是孙维世，不要再去消费她的隐私，以及她那非正常死亡的悲剧，而是把她作为中国杰出的话剧导演，去正视她在中国戏剧史上的价值，从对她导演的剧目（据说一共有十六个）的资料搜集与研讨中，获得推动中国话剧艺术继续发展的借镜与动力。

2019 年 5 月 11 日　北京绿叶居

远去近在维熙兄

10 月 28 日我在南方，午间小兰给我发来短信："心武，我们 11 号入住朝阳医院。今天老从昏迷状态中，我想还是应该告诉您。"虽然觉得此乃不祥之兆，回复小兰："在外地。盼能好转。"心中搜索出几个重危病人从昏迷中好转的例子，确实对维熙的好转存有信心。但 29 日上午就得到陈国华消息："心武老师，今天一早接到钟老师的电话，我赶去朝阳医院，帮助穿衣服，送太平间。从老师最后走得从容，没有怎么受罪。"李辉也很快告知 11 月 2 日早上在八宝山有遗体告别追悼仪式。但我应约要做的事没有做完，实在无法赶回北京。做事时尽量抑制悲痛情绪，却不免还是难以达到本应呈现的良好状态。

维熙兄竟就此远去。去到那神秘的地方。所谓阴阳两隔，令我黯然泫然。

借到电脑，写此文章。从手机相册中，找出所收藏的一幅我九年前绘制的维熙兄打乒乓球的漫画，维熙身体一贯强健，而且坚持打乒乓，他怎么会就忽然远去了呢？更有 9 月 15 日，他去世前四十三天，我去他家看望他，我们的合影，看去气色甚好呀。

我与维熙兄，结识四十一年。先是神交，我记得少年时代读过他一本作品集《七月雨》，繁体字竖排，右翻页，书中氤氲出荷叶荷花莲蓬的气息，1978 年参与《十月》创刊，千方百计打听到他在北京的住处，去找他约稿，找到一个小胡同里一间小旧屋，只见到从伯母，说他刚回山西去了，我问清山西地址，给维熙兄写信，他马上回信，这之后，他情况大好转，我们才见的面。算是我给过他一滴水吧，他后来竟回报我一条友情之河。

曾写过一篇《烟后吐真言》，记叙的是，我大顺时，有人当众阿谀我，我竟以为是天籁妙音，维熙兄私下劝诫我："那人靠不住的！今天如此捧你，指不定哪一天就踩你！"几年后竟果然应验。他给我一句诤言，我报他一树四季盛开的友情之花。

我们就这样保持着友情。四十年来，我们一直常通电话。常通电话算得友谊的象征吗？我以为算得。有的人能在十年内彼此常通电话，有的人或许能坚持到二十年，但世事纷纭，岁月如筛，并不一定是有了矛盾，产生了龃龉，形成了隔阂，更不一定是因故反目，心生恶感，彼此嫌厌，仅仅是因为倦怠，因为淡定，因为自足，因为疏懒，因为反正还是保持着好感，若见到面也还可以热络，又没有什么非沟通不可的事情，也就渐渐地，从不再常通电话，到不再通电话。当然，近年来通电话也已经是很老旧的联系方式了，最方便的是互加微信，但我跟维熙兄却都不用微信，他是让钟紫兰用，我是让助手小焦用，人们有事可以通过小兰和小焦的微信跟我们联系，而我们两个老朋友，依然是互通电话，而且多用座机，形式很老旧，但我们保持四十年来常通电话，应该是河水长流、繁花不谢的友情延续吧。

我们有时通话简约，有时会煲电话粥，聊起来忘记了时间，那边常会有小兰声音："该吃饭啦！"我这边也会有阿姨提醒："老爷子，汤快凉啦。"

聊些什么？他不会提及《班主任》，我不会提及《红玉兰》，他不会跟我忆念巴金，我不会跟他感念周汝昌，就是即兴开篇，七转八折，或大共鸣，或小争议，说到开心处，他的笑声短促而结实，说到感叹处，他的声调浑厚而悠长。

当然会谈论写作。他喜欢听我讲所熟悉的北京胡同生活，我跟他说我曾经居住的胡同里的小伙子，有叫踇子的，有叫毛桑的，有叫阿臭的，他那边就笑，觉得很好玩儿。我跟他讲到一个没落王爷的后代，拿一个小小的旧鸡毛掸子给我看，干什么用的？原来是，王府盛时，开满汉全席，一百多种菜一天里怎么品尝？吃完一顿，为把胃袋腾空，就用那小掸子伸进喉咙去催呕，呕尽了，好吃下一顿。维熙鼓励我写出来，我后来写了《王府喉掸》，也在一篇小说里把一个角色命名为阿臭。改革开放初期，他搬了新居，置了新沙发，那沙发底部有滚轮，他问我如果写小说写到，应该怎么下笔，我告诉他，应该写成万向轮，他夸我能及时把握新事物，其实如今万向轮已经不是什么新事物了，维熙兄在只言片语中，鼓励我努力消化描摹新时代新生活的那种真诚，至今仍是我写作的助力。

在写作上，我们都不仅不排斥新潮，而且也总是自觉地汲取新潮流中的营养，来丰满自己的文本。但我们总体而言，是坚守写实。他主攻历史叙事，让人们不要忘记那些不该忘记的人和事。我主攻当下叙事，努力保持着与社会生活同步的表达。

我们一度都被动员到中国作协做事。他担任作家出版社总编辑，没有给自己出文集，更没有把自己的作品推荐去参评茅盾文学奖，也没有特意跟我约稿给我出书，他以博大的胸怀，容纳百花，扶掖新生代，而且力排非议，约请琼瑶到京，签下由作家出版社给她出文集的合同，他跟我说过，琼瑶的作品有人认为非纯文学，系俗文学，不宜由作家出版社来出，但他和社里人员作了调查，那时海峡这边有不少年轻人喜读琼瑶的小说，盗版的琼瑶书满天飞，要引导内地年轻人读善本的琼瑶书，作家出版社来做这件事是有意义的。他唯一一次以作家出版社总编辑身份邀我参加的活动，就是跟琼瑶、平鑫涛伉俪的会面，我很高兴地参加了。那时我担任《人民文学》杂志的主编，没有特别跟维熙约稿，更没有刻意把他的文章放头题。友情是友情，公务是公务，我们分得明，拎得清。

后来我们都退了。退而不休，依然写作。但是我们都不喜欢热闹，不喜欢开会，不喜欢应酬。维熙比我长九岁，为人既刚直，也圆通，有的会议活动，他不想去，人家坚持邀请，他也就去一下，很快撤离。我理解他。我呢，性格孤僻，喜欢独来独往，害怕扎堆，甚至可以说有社交恐惧症，因此在拒绝会议活动上，会生硬干脆，很少将就。中国作协前一把手，曾因我拒绝开会一事，给维熙打电话，维熙为我解释，说我只不过是性格问题，我的不合群，并不意味着我反对什么，就内心而言，看看我的文字就可知，其实是很愿意与他人与群体亲和的，只不过是不适应某些外在形式罢了。那位前一把手就让维熙转告我，不去会上没关系，只要接受会议的名单安排就好。维熙转告了我，我不由感叹，知我者，维熙兄也。

9 月 15 日那天去看望维熙，他见我去了，明显心情大畅，原来是坐在特殊的医用椅上，聊了一阵，起身挪到平时坐的椅子上，他倒关心起我的身体来，问我牙都还是原来的吗？又让小兰把一张《作家文摘》拿给我，原来上面有篇写谌容近况的文章，他说你看看，好久没有谌容消息，现在知道她挺好的，是很欣慰的口气。这哪里有丝毫就要撒手远去的迹象呢？他自己病危，却还在关爱他人。善良，仁厚，利他，博爱，病魔怎么就舍得在四十三天以后，掠去这么美好的一个生命，让他竟远去不归！

那天小兰说，他们决定采取保守治疗，不手术，不化疗、放疗，我表示理解，我举出同楼邻居的例子，手术后本来还能吃东西，化疗后胃口全无，放疗后头发掉光，并无疗效且不论，患者的痛苦，是难以言喻的。维熙微笑地说：“我够本了。满足了。”他想写的，基本上都写出来了。他后半生有了钟紫兰，生活质量达到最佳。他有读者群，有朋友，有知音。

国华告诉我，维熙兄走得从容，没怎么受罪，这大大缓解了我的悲痛。维熙兄远去了，却又仿佛还在近旁。真想再给维熙兄打个电话，我们还没有聊够。

2019 年 11 月 3 日午夜

与林妹妹同框

1996年，我曾参加一档电视节目，讨论如果林黛玉和薛宝钗进入职场，她们哪一位能够胜出？那时候王扶林导演的电视连续剧《红楼梦》首播已近十年，但之后不断重播，热度不减，人们对其中的演员们都特别感兴趣，尤其是出演林黛玉的陈晓旭，她出现在哪里，都会有人指认、围观，希望跟她合影，请求她签名。那次在录制现场，陈晓旭一出现，就引起了轰动。现场除了被邀参与讨论的嘉宾，还有好几排观众，那些观众的目光都主要集中在陈晓旭身上。编导安排我坐在陈晓旭旁边，后来剪辑播出的节目里，给陈晓旭和我的同框镜头颇多。那时候我虽然已经发表了若干涉及《红楼梦》的文章，也出了第一本关于《红楼梦》的书，但响动不是太大，是直到2007年我应邀到中央电视台科教频道《百家讲坛》栏目，连续录制播出了《刘心武揭秘红楼梦》系列节目，产生了轰动效应，人们，特别是年轻一代，才把我跟《红楼梦》勾连起来。1996年那期跟陈晓旭同框的谈话节目播出后，有的观众惊诧："刘心武不是写小说的吗？怎么跟陈晓旭坐在一起？"录制那期节目的时候，陈晓旭已经不再参与电视剧的演出，她有了自己的广告公司，据说业务风风火火，效益芝麻开花节节高。我是抱着深入生活积累素材多方汲取营养的目的，兴致勃勃地参与了那次节目的录制。

如今还可在网络上找到二十几年前的那期电视谈话节目。讨论中大体分成两派，一派认为林妹妹不会为人处世，过于率性，出语尖酸刻薄，在职场上就很难混好，而宝姐姐特会待人接物，含蓄蕴藉，说话行事都先量好尺寸，八面玲珑，人见人爱，如入职场，必定如鱼得水，稳操胜算。陈晓旭表达她的观点，说林妹妹的最大优势在于有创造性，比如她那葬花的作为，就非同小可，是企业精神中万不可少的。当时我听了心中大畅，表示赞同她的见解，跟大家说葬花其实是一套完整的独创的行为艺术。陈晓旭认为宝姐姐虽然能够笼络人心，但工于心计，到头来是留不住人的。那次的现场讨论很有意思，主持人也未作最后结论，让观众把各方论点都作为有益的参考。

时光过得真快。看那时的录像，我的头发还很丰茂，如今已是发稀颜衰。更可喟叹的是，当我 2007 年去《百家讲坛》录制关于《红楼梦》的节目时，陈晓旭竟已仙去。但陈晓旭对林妹妹如入职场未必失败倒是胜算颇多的见解，至今仍响于耳畔。

如今民间红学蓬勃发展。关于林妹妹和宝姐姐的评议，更加丰富多彩。最近我注意到，有不少民间红学家表达了这样的观点：从《红楼梦》前八十回看，贾母对王夫人把薛姨妈一家长期留在贾府，早有意见，拿出二十两银子来给薛宝钗过生日，其实是暗下逐客令（那一年宝钗十五岁，应该出去嫁人了）；而在书中，王熙凤跟林黛玉很随便地开玩笑，却始终没有专门跟薛宝钗说过一句话。仅就这两点而言，程伟元、高鹗攒出的后四十回，那贾母无情冷淡林黛玉、王熙凤积极设计掉包计的情节，就跟前八十回满拧。更有民间论家从书里抠出许多细节，来揭示薛宝钗的人性阴暗面。褒薛贬林曾一度流行甚广，如今拥林批薛又成气候。清代、民国时期都有人说，娶妻要娶薛宝钗，交友要交林黛玉。搁到如今市场经济中的职场，则林、薛究竟谁有优势？像 1996 年那样的谈话节目，其实真的还可以再录制一番。

我的恩师周汝昌先生，更喜欢史湘云这个艺术形象。特别是到了晚年，他甚至提出这样的观点：史湘云才是《红楼梦》中的“女一号”。吾爱吾师，吾更爱独立思考。我也非常欣赏史湘云，但我依然认为《红楼梦》中的“女一号”是林黛玉。我特别探讨了这样一个问题：为什么史湘云在第二十回突然出现，而在这之前之后，到八十回结束，却始终没有像其他各钗一样，交代一番她的身世来历？经过层层剥笋的分析，我最后得出结论，古本《石头记》署名脂砚斋的批书人，就是史湘云这个角色的原型，而这也正是周汝昌先生一生坚持的观点。1987 年王扶林导演的电视连续剧《红楼梦》，在选角上下了很大气力，像欧阳奋强饰演贾宝玉、陈晓旭饰演林黛玉，人们交口称赞不消说了，其实所选的郭宵珍饰演史湘云，我以为也非常贴切。那一年北京电视剧制作中心把我的长篇小说《钟鼓楼》拍成八集电视连续剧，就约请郭宵珍饰演了其中来自农村的杏儿一角，令我非常满意。

一位年轻人来跟我讨论，他说，林妹妹、薛姐姐、史小姐，究竟哪一位更可爱呢？我跟他说，先别进入讨论，首先，你使用的符码就不准确。把林黛玉叫作林妹妹，这不错，《红楼梦》书里以贾宝玉为主体，林黛玉比他小，所以是林妹妹，但统览前八十回《红楼梦》，里面无论是作者叙述还是人物对话里面，都绝对没有“薛姐姐”的说法，只有宝姐姐的写法，这是因为薛宝钗比贾宝玉大，是他表姐，为什么不叫“薛姐姐”而叫宝姐姐？值得揣摩。书里写史湘云，在人物对话里，总写成史大姑娘，统览前八十回《红楼梦》，绝无“史小姐”的字样，这也是我们一定要注意的。因此，要讨论《红楼梦》，首先要细读《红楼梦》，精读《红楼梦》。

总体而言，林妹妹、宝姐姐、史大姑娘，都是水为骨肉，玉为精神，兰为气息，都是那个时代、那种社会里的悲剧性人物。她们都值得我们理解、同情、喟叹、欣赏。至于每一位读者究竟更喜爱哪一位，都可以畅所欲言、直率争辩。《红楼梦》的魅力，也正在于此。

（此文为《林妹妹，宝姐姐，史大姑娘，你更喜欢谁?》一书的序）

海棠无香书有香

十八岁以前，住在北京钱粮胡同一所四合院里，春天推开我家堂屋窗户，会有海棠花树的枝子蹦进屋来，起初会缀着朱砂红的花蕾，后来就都绽放成粉心黄蕊白瓣的花朵，张爱玲判定海棠无香，确实没有馥郁的香味，但那股子特有的润泽水气，沁入肺腑，也足令人脑醒神清。我从十三岁到十八岁，春夏秋就常靠窗而坐，在探进窗内的海棠树枝下，静心读书。

那时我是一个狂妄的文学小子。我读书，常常越出老师布置与报刊推荐的书目。我会被好奇心牵引，一阵阵的，寻觅同龄人一般不大会去读的文本。比如十七岁前后，因为看了舞台上的一些演出，忽然觉得，我何不读剧本？于是找了不少中外古今的剧本来读。中国的，先是读曹禺的《雷雨》《日出》《北京人》《原野》《家》，吴祖光的《风雪夜归人》，田汉的《丽人行》，夏衍的《上海屋檐下》《法西斯细菌》，这些都是看过剧场演出的。后来知道洪深是位中国话剧的开拓者，就找来他的“农村三部曲”《五奎桥》《香稻米》《青龙潭》来看，不得要领。又找到茅盾的《清明前后》，那是茅盾创作的唯一剧本，读起来像读小说。老舍的《茶馆》在《收获》创刊上一刊出，也就读了。那时丁西林的《一只马蜂》《三块钱国币》有演出我看了，想看他的剧本集，没找到。听说李健吾、熊佛西也都是名噪一时的剧作家，但我也没找到他们的剧本集。外国剧作家的剧本也进入我的视野。买到希腊三大悲剧家埃斯库罗斯、索福克勒斯和欧里庇得斯的戏剧集，罗念生翻译的，读了觉得非常震撼，特别是歌队的演唱部分。莎士比亚的《哈姆雷特》自以为很懂，墓地一场掘墓人的话，似乎比哈姆雷特那“活着，还是死去，这是一个问题”更给我稚嫩的心以刺激，不禁就“什么是死亡”而苦思。印度古代大作家迦梨陀娑的诗剧《沙恭达罗》搬上了中国舞台，先看剧，再读剧本，对其中“你无论走得多么远，也不会走出我的心；正如黄昏时刻的树影，拖得再长也离不开树根”的金句推崇备至。那时候也就知道，俄罗斯有个伟大的剧作家奥斯特洛夫斯基，有《大雷雨》等剧作，这个亚历山大·奥斯特洛夫斯基不是那个写《钢铁是怎样炼成的》小说的尼古拉·奥斯特洛夫斯基，“这鸭头不是那丫头，头上哪有桂花油”，两位前后差了快一百年，这位十九世纪的剧作家的《智者千虑必有一失》由北京人民艺术剧院搬演了，我看后还写了艺术评论刊发在《北京晚报》副刊。我原来看过老托尔斯泰的小说，后来得知他也写剧本，那时候人民文学出版社出版过他的几种剧本，我找到的有《黑暗的势力》《教育的果实》《活尸》，记得版权页上标记着印数只有五百册。之所以强调是老托尔斯泰（列夫·托尔斯泰），因为到苏联时期有个小托尔斯泰（阿列克赛·托尔斯泰），写小说也写剧本。高尔基的剧本《底层》，以及柯灵、师陀将其中国化改编为《夜店》的剧本也都看过。同样只印了五百册的《罗曼·罗兰革命戏剧集》，居然被我在王府井书店买回一本，读后很诧异，他怎么对法国大革命持那么冷静的批判态度。挪威易卜生的《玩偶之家》名气大得不得了，很早就搬上了中国舞台，从上海演到延安，又演到新中国，更因鲁迅著有《娜拉走后怎样》的雄文，不是冷剧是大热门，可能是我那时对剧中构成关键情节的法律权威性缺乏认知，也没有女权方面的观念，无论是看演出还是读剧本，都不觉得心灵有所悸动。

读冷书是我一贯的爱好。除了好奇，也是想用那样的文本来磨砺自己的认知与审美能力。所以我平生第一篇被刊登出来的文章，是还没足十六岁时写的一篇书评《谈〈第四十一〉》，到现在知道苏联有个叫拉甫涅尼约夫的作家写了本《第四十一》的人士大概也不多，我把那文章投给《读书》杂志，竟被刊出，还上了封面提要。我最得意的是，有次逛东安市场旧书摊，竟淘到了一本爱尔兰剧作家约翰·沁孤的剧本集，书页都发黄了，译者署名郭鼎堂，现在这位剧作家通译为约翰·辛格，后来也就知道郭鼎堂是郭沫若的化名，其中独幕剧《骑马下海的人》所表达的与宿命抗争的精神令我敬畏。1953 年贝克特的《等待戈多》已经写出并首演，我们这边无报道无翻译，我当然全然不知，但知道德国有个布莱希特，创立了与苏俄斯坦尼斯拉夫斯基那种体验派对立的表现派戏剧，并且我们这边的《译文》杂志翻译了他的《高加索灰阑记》，读了，略识其表现主义的风味。那时听说西方有象征主义戏剧，比利时的梅特克林写了《青鸟》，德国的霍甫特曼写了《沉钟》（此二人分别于 1911、1912 年获诺贝尔文学奖），却怎么也找不到这两个剧本，直到改革开放以后，在上海文艺出版社推出的《外国现代派作品选集》里才读到，有终于品尝到法国黄油焗蜗牛的快感。

但是，真正令我在海棠花下读来心醉的，是俄罗斯安东·契诃夫的剧本，尤其是《海鸥》《万尼亚舅舅》《樱桃园》《三姊妹》这几部。戏剧嘛，似乎必须具备戏剧性才符合规范。什么是戏剧性？就是登场人物之间必须冲突迭起，从小波澜逐步演化为大波涛，悬念不可少，意料之外融化于情理之中，最终美好被毁灭是悲剧，丑恶被撕碎是喜剧，乱七八糟一锅粥是闹剧，宣示公理是正剧。契诃夫的剧本却淡化了戏剧冲突，似乎是若干日常生活的片断连缀，反悬念，反高潮，展示意料之内，呈现平凡平淡，没有情理的脉络，不设哲理的高度，但是有淡雅的诗意，有足可咀嚼的意味，这种剧本，很难归类，是异数，是奇葩。读剧本，除了读人物对话，细品其对场景、气氛、道具的说明，也很有必要，我就询问过吴祖光先生，他的剧本《少年游》里，特意设置了孔雀翎的道具，这究竟是隐喻什么？他很高兴我能提出这个问题，因为这个剧很早就不再上演了，我只是读剧本，却能注意到他写作时的苦心，他夸我不仅是个好观众，也是一个好读者，他回答了我的问题，告诉我写剧本时不但要有舞台上的动感，也需具备舞台下观众的视觉角度，那孔雀翎的设计就是希望通过视觉冲击，强化观众对其中特定人物的性格感受。契诃夫剧本里更有对舞台表演节奏的设定，他经常使用“停顿”这个提示。细品他的剧本，其中的“停顿”提示不仅是对人物心理流程缓急滞畅的细腻揭示，也是人物之间心理冲撞的暗度陈仓，真的是酽味揭于清汤。

青少年时代，读了诗就心痒写诗，读了小说就手痒写小说，日记就是散文，读书笔记就是评论，那么一段时间里专注读剧，难道就不心也痒手也痒地写起剧本来吗？现在坦白，就如我那时写过许多诗却总未能沾诗坛之边一样，那时我也写过剧本甚至也给《剧本》杂志投过稿但无一例成功。先是写过一个表现学生生活的独幕剧《校园的黄昏》，后来又写过一个表现北京胡同杂院生活的多幕剧《臭椿树》，后者写胡同里一个穷青年追求一个相对富裕家庭的女孩，被女家嫌弃，于是愤而在其院门外种下一棵臭椿树，没想到那棵不被待见的树几十年后居然长成了一株粗过水缸的大树，当年的那男那女都不仅儿女成行，也都有了第三代……这个“戏核”，后来被我融进了1992年发表的中篇小说《小墩子》里，几年后中国电视剧制作中心的沈好放将其改编导演摄制成八集电视连续剧，其中有一场三代人聚餐的戏就在大臭椿树下展开，饰演墩子奶奶的黎频演完跟我说，你真该围绕着臭椿树把我这个角色的前传写出来，再拍一出戏，爱我的小伙子种下这棵树，我那丈夫竟没有勇气砍掉它，两家就一直住在一条胡同里，恩恩怨怨几十年，臭椿终于长成巨树，过来过去，多少社会风云，多少爱恨情仇！黎频在北京人艺又是负责组织剧本的，她更建议我写成话剧，她哪里知道我本是写过的！我是直到2001年才发表出一个歌剧剧本《老舍之死》，2004年法国出了法译本，但知者寥寥。

改革开放以后，我有幸结识了林斤澜，后来和林大哥成为忘年交，把酒促膝谈心，将尝试过剧本写作的事对林大哥披露，大言不惭地说，是想写成契诃夫式的有“停顿”特色的剧本，林大哥不但没有鄙夷，反而掏心窝地告诉我，其实他最早热爱的文本形式，就是剧本，他在出版小说集之前，先出版过剧本集呢，他的剧本看过的行家跟他说，是很好的文学作品，适合阅读欣赏，但很难搬上舞台。前两年从人民文学出版社出版的《林斤澜文集》里，读到了一整卷剧本，我确是林大哥的知音，觉得真有点契诃夫的味道，淡香氤氲，尽在半吞半吐中。林大哥对我的启示是，无论读书还是写作，都不要跟风，要炼就特立独行、甘于寂寞的文人风骨。那时候阅读外国现代派、后现代派作品，追踪蹑迹写那种作品的风气很盛，林大哥说首先是好事，补以往中国文学之不足，作为刊物编辑（他那时是《北京文艺》主编）理应容纳，但就他自己而言，那时专心细品已被冷落的法国古典作家梅里美的小说，他特别跟我聊到读《伊尔的美神》的心得。

又将冬尽春来，海棠花又会再度开放。虽然离开那个推窗便有海棠树枝伸进屋内的住处近六十年了，青春期在海棠花下读书的求知追美之心丝毫没有衰退，回忆之余，想对年轻一代说：读书要趁早，练好童子功，莫负好春光，开卷必有益！

2019 年 1 月 12 日　绿叶居

丁香馥郁沁文心

忘年交小焦，给我从远郊送来大束丁香花，是从我农村书房温榆斋，自家小花园的树上剪下来的。我因小恙，在城静养，无法亲近今年的丁香。小焦把插着紫丁香的花瓶搁我城内书房绿叶居电脑旁，嗅着阵阵沁人心脾的芬芳，不禁思绪缱绻。

六十年前，1959 年，高三下学期，高考前，班级搞了个联欢，最后一个环节，是同学们畅想，二十年后，会是怎样。有的就说，二十年后，遇到某同窗，已经是个天文学家；有的则说，二十年未相见，去看电影，喜相逢，原来银幕上的角色，竟是某同窗扮演……所作预测，都颇有依据。一个班干部，比我们一些同学大两岁，公认各方面都比较成熟，说话挺权威的，她就说，二十年后，在新华书店里，遇到一位作家，新印的大作就摆在书架上……她讲话的时候，一些同窗就朝我看，我在高二的时候，就在《读书》杂志发表文章，上高三后，在《北京晚报》《五色土》副刊，陆续发表儿童诗、小小说，还给中央人民广播电台少儿部《小喇叭》，编写了快板剧《咕咚》等节目播出，我爱好写作，想当作家，自不待言，她那么开口讲，我也觉得是在祝福我二十年后“有志者事竟成”。谁知她说到最后，抖出包袱，却道明成为作家的，是另一同窗，那位同窗从未显露出热爱写作，也丝毫看不出有成为作家的志向，本来在这个环节，发言畅想的说完，同窗们总不免欢声笑语，但那位班干部说完，却是短暂的静默，直到另有人发言，气氛才转回欢悦。当时她那发言，犹如一桶冰水猛地泼到我头上，顿时身冷心寒。我和另外一些同窗，都意识到她是先有预谋，故意声东击西，隔山打牛。

我的作家梦，不因随之的坎坷而破碎。我仍坚持写作，坚持投稿，1960年初春，我投给《人民日报》副刊的《丁香花开》，被发表出来，那是我发表的第一篇散文。那个年代，报纸种类不多，《人民日报》应是中学同窗们都会看的，那位有意堵截我作家之路的，她更会看到吧。我也等于是通过《丁香花开》，在最高级别的报纸副刊上，跟睽别半年多的同窗们打招呼：爱好不变，志向不变。

1979年，恰是那次遭遇泼冷水的二十年后，恢复建制的中国作家协会，委托《人民文学》杂志举办了第一届全国优秀短篇小说的评奖活动，我因1977年11月发表的《班主任》荣列第一名。主办方把各路获奖者集中到崇文门饭店，除了一起去参与茅盾主持的颁奖仪式，还在饭店会议室召开了一连几天的研讨会。会上会下，结识了诸多文友，记得当时与跟我一起新登文坛的卢新华、王亚平、孔捷生、李陀、贾平凹、贾大山、莫伸、陈世旭、中杰英、关庚寅……都有交谈，还结识了早已出道的兄姊辈作家宗璞、王蒙、陆文夫等，而中国作协，也就接受我和一批年轻的作者成为其会员。想起二十年前同窗的“测不准”，心中竟有莫名的感激，因为若不是她故意灭我的志向、扫我的兴致，也许我那写作的犟劲和韧性，反不会那么高扬。当然，更重要的是，我抓住了机遇，赶上了改革开放的好时代。

我虽因小说成名，其实，也甚爱散文随笔的写作。到1982年，自《丁香花开》始积下的散文，已可集腋成裘，就在拜访冰心老前辈时，请她作序，她慨然允诺，把我拿给她的剪报全看了，写成一序，给予我极大的鼓励，于是我出版了第一本散文集《垂柳集》。那以后，我不仅把散发的文章频频汇聚成集，也写出整体构思一气呵成的单行本如1992年出版的《献给命运的紫罗兰》，在这本书里，有一章是《生活赐予的白丁香》，特别写到我对丁香花的情愫，写到那时到北京大学燕南园三松堂访宗璞大姐，临归时，她和夫君特意到庭院剪下大束丁香花，让我捧回家中。1996年，恰是丁香又开时，有高中同窗邀往玉泉山附近的她家欢聚，那天去了十几位，那位曾通过暗示警告我二十年后成不了作家的同窗也去了，那天我提了一大兜自己出版的著作，有长篇小说《钟鼓楼》《四牌楼》，散文集《献给命运的紫罗兰》《人生非梦总难醒》等，任他们挑选后，签赠给他们，三十多年前泼我冷水的同窗也要了一本，大家都经历了许多的雨丝风片，甚至惊涛骇浪，当然也都享受到了改革开放的艳阳雨露，乱花迷眼，或吐心声，或相祝愿，再过二十年，又当如何？再没有人贸然推测。

那一时期，也是一位忘年交，在春日，开车先载我去南横街法源寺，那里面有许多丁香树，丁香馥郁沁心不说，难得的是有数株特殊品种的丁香，其中郑和从南洋马古鲁群岛引回的一种丁香，花型特异，香气浓酽，花期最长，花落结子最饱满。在法源寺赏丁香，是逐棵远望近观、浅闻深嗅。然后他又开车陪我到天坛祈年殿西边的丁香林里徜徉，尽享那整体的壮观芳馨。于我而言，丁香首先是友情的载体。

在远郊农村书房温榆斋，二十年前亡妻吕晓歌为我在小院中书窗外手植紫丁香一株，“让那香气伴你敲键”，我也果然在温榆斋里陆续敲出了长篇小说《栖凤楼》《飘窗》，以及《十二幅画》《人生有信》《空间感》等系列散文。虽然丁香花香只有仲春一阵，但那花落鼓出的丁香结，似乎一直漂浮着丁香花的气息，助我文思。丁香于我不消说也是爱情的象征，晓歌仙去十年，而她的身影气息，仿佛总还在丁香树下闪动氤氲。忘年交小焦怕我错过今年温榆斋丁香花期，专门为我剪枝拿到城内绿叶居插瓶，现在我就是嗅着花香敲击键盘的，爱情、亲情、友情汇合融贯，正是我多年写作不可或缺的能源。

其实就是爱好写作，想把这个人爱好，与自己的职业合一，以爱好谋生，以爱好奉献读者，也就是奉献社会，如此而已。并无再高的雄心大志。多年来常听到诸如此类的督促批评：“你要写出经典啊!”“你要走向世界啊!”“你怎么总排不进座次啊?”“你怎么还在写些小文章啊?”……我呢，竖不攀比，横不斜睨，我写，故我在，我是文学写作的马拉松长跑者，当然有一天会歇脚挂鞋，但是目前还有文思，有气力，有兴致，就还“鸡啄米”——以前母亲在世时，把我往稿纸上填格子叫作“鸡啄米”，从 1993 年起用电脑写作，敲键盘，其实更像“鸡啄米”。

小焦前些时，陪我录制了《刘心武讲 108 回红楼梦》《刘心武爷爷讲红楼梦》的音频，前者交网易云音乐，后者交掌阅，经剪辑加工，在他们的音频平台播出，因之也就对《红楼梦》有了研究推敲的兴致，他问我："《红楼梦》里写到丁香花吗?"就跟他一起细想，哎呀，《红楼梦》里写到的花真多呀，以花喻人，林黛玉是芙蓉，薛宝钗是牡丹，史湘云是海棠，贾探春是杏花，李纨是老梅，袭人是桃花，麝月是荼蘼……书里写到若干种花，成为书中公子小姐咏诗填词的对象：盆栽草本白海棠、菊花、红梅花、柳花（柳絮）……还写到芍药、蔷薇、水仙、蜡梅，可是，怎么就没有丁香花呢？小焦想到，哎，有一句呀，贾宝玉写《姽婳词》，"丁香结子芙蓉绦"，但是，我告诉他，那句诗里的"丁香结"，说的是一种绳子的系法，就是打一个如蝴蝶结那样的活结，其形状，就如同丁香花谢后形成的那种鼓起的干苞，贾宝玉的诗句是说用芙蓉色的绦绳打成丁香结，干什么用呢？"不系明珠系宝刀"，跟丁香花真是没有多大关系。《红楼梦》的文本何以如此不待见丁香花？难道书里的任何一钗都不适合用丁香花比喻吗？我和小焦就讨论，哪一钗的气质，比较接近丁香花呢？丁香花，从古时李商隐的诗句"芭蕉不展丁香结，同向春风各自愁"，到现代戴望舒的名诗《雨巷》："撑着油纸伞/独自彷徨在悠长/悠长又寂寥的雨巷/我希望逢着/一个丁香一样地/结着愁怨的姑娘/她是有/丁香一样的颜色/丁香一样的芬芳/丁香一样的忧愁/在雨中哀怨/哀怨又彷徨……"可见孤寂愁闷哀怨忧郁的女子，方可以丁香比喻。那么，《红楼梦》中哪几位可入围呢？黛玉已占芙蓉，妙玉、惜春、秦可卿似都沾边却又都另有性格特征，讨论下来，结论是柳五儿庶几可配。丁香富贵气不足，众贵族小姐都不宜为喻。柳五儿乃厨头之女，虽貌美而体弱，心向往怡红院而曲径不能通幽，遭逢冤狱饱受羞辱，正是一个结着愁怨的姑娘。小焦说我的讲红，对柳五儿、坠儿、佳蕙这些底层女奴不弃不鄙，倾注许多同情，录制中给他留下深刻印象。眼下春花烂漫，迎春灿烂，玉兰华贵，樱花热闹，碧桃抢眼，而我独爱平民化的丁香，他以为是我人道情怀的体现。过奖了！

记得宗璞大姐在散文集《丁香结》里，她对丁香结有独特的解释：“只是赏过这么多年的丁香，却一直不解，何以古人发明了丁香结的说法。今年一次春雨，久立窗前，望着斜伸过来的丁香枝条上一柄花蕾。小小的花苞圆圆的，鼓鼓的，恰如衣襟上的盘花扣。我才恍然，果然是丁香结！”她并不以为花落结实才叫丁香结，认为花苞就已经是丁香结了，然后她感慨：“丁香结，这三个字给人许多想象……每个人一辈子都有许多不顺心的事，一件完了一件又来。所以丁香结年年都有。结，是解不完的；人生中的问题也是解不完的，不然，岂不是太平淡无味了么？”我爱丁香。我的人生，我的写作，正是不断地解结。丁香花又开，沁我文心润我键盘。继续“鸡啄米”。二十年后，还有我吗？无愁怨，不忧郁，开心地微笑。

2019 年丁香又开时　绿叶居中

莫使春光别去

始终记得六十年前那一天，跟着我小哥刘心化去看戏。他是个地道的京剧迷，不但爱到各个剧场看戏，自己也登台唱戏，他攻梅派，曾登台彩演过《女起解》《三堂会审》《二进宫》《大登殿》《二堂舍子》，虽然最迷梅兰芳，但四大名旦中其他三位：程砚秋、荀慧生、尚小云，也都喜欢，程砚秋1958年就去世了，小哥对能在程砚秋在世时，赶上看程大师最后一次唱《锁麟囊》，津津乐道，梅兰芳最后排出的那出《穆桂英挂帅》，他看过三次之多。那次他带我去看的，是荀慧生的《荀灌娘》。那场戏，买到的票，是在当时的崇文区工人俱乐部，离我家很远，去那里要倒换好几趟公共汽车，我哪有他那么大的兴趣？倒车时左等右等不见车来，就说算了回家吧，小哥就跟我说，这样的艺术大师的演出，看一次少一次，错过一次就可能永远错过，他说前些天，他跟戏迷朋友刚看过尚小云的《双阳公主》，好极了！现在再看荀大师的《荀灌娘》，也会是终生难忘的。正说着，车也就到了，我们挤了上去。

果然是终生难忘。那天演《荀灌娘》，荀慧生已是花甲之年，且已发福，戏里的荀灌娘应是个十几岁的小姑娘，但大师终究是大师，出场几分钟，就以他的演技，骗得我这样的观众认可了台上是个古代少女。如今荀慧生已谢世五十一年，小哥刘心化竟也别去了十一年，但小哥引领我进入了观赏京剧的门槛，使得我多年来保持着进剧场看京剧的习惯。

今年春天，看到北京长安大戏院有《战宛城》的演出的预告。小哥告诉过我，荀慧生艺名白牡丹，另有黄玉麟艺名绿牡丹，还有筱翠花艺名小牡丹又叫小水仙花，这些演员的表演都如花绽放，他说筱翠花擅跷功，就是在脚底下绑上木头削制的古代妇女的三寸金莲，表演小脚妇女的种种动态，别有一番意趣。小哥说我家刚迁北京时，他看过筱翠花最后一次贴演的踩跷戏《战宛城》，确实功夫不凡，但是后来踩跷演出被取缔了，我当然也就一直没能看上踩跷的旦角戏。没想到如今有青年演员王梦婷出演《战宛城》，机会难得，岂能错过？演出那天，赶往剧场。

没想到，正往剧场里走，只见前面远处一个背影，朝门里迈进，好熟悉！是孙毓敏吗？可是等我进到剧场，前厅人来人往，已不见孙的踪影。忙各处找寻。终于，在二楼贵宾休息室找到。我乃普通观众，非贵宾，闯进贵宾休息室，颇难为情。当时宽敞的贵宾休息室里，只有两个人，正坐沙发上聊天。一位正是孙毓敏。我上前招呼："你可被我逮住了！"她惊喜莫名："呀！你呀！多少年没见啦?"

算起来，我们有二十多年没有谋面了。我们是在改革开放的春光里认识的。1979 年，我们都住进了北京东南广渠门外的劲松小区，现在看来，那时候我们住进的楼，自然是落伍了，但在那个时段，是一般北京市民还轻易住不进去，被不少人羡慕的。我家住在一栋楼最高层的一个小两居里，孙毓敏家则住在同一栋楼的另一个门内，楼层好，也比我家大的三居室里。那时候不少文化人、艺术家住在那附近的楼里，我记得戏曲演员除孙毓敏外，还有跟她同在北京剧院的李崇善、石宏图叶红珠伉俪，还有北昆的李淑君，河北梆子剧团的李士贵，歌手朱明瑛，以及文学评论家刘再复，诗人刘湛秋，《光明日报》的王晨、理由，剧作家邢益勋，报告文学作家陈祖芬……我跟其中多数人都认识或有所交往，而交往密切的，当属孙毓敏了。

不少人读过孙毓敏的自述《含泪的笑》《我这两辈子》，其中若干段落，报刊网络也时常摘录传播。孙毓敏在写那两本书期间，跟我详谈过她的坎坷，这里不必再把那些诸如含冤跳楼后高位截瘫、双脚掌粉碎性骨折，以及因贫困曾十几次卖血等等冬天的故事加以复述。我们相逢在改革开放的春天。噩梦醒来是清晨。乌云散去透阳光。我惊叹孙毓敏居然能从高位截瘫恢复到站立跑动，脚掌骨重新接上后能在舞台上跑圆场。我要在这里提到两个人，他们在孙毓敏劫难之后重在红氍毹上大放光彩，起了决定性作用。一个是改革开放初期的文化部长黄镇，这是位懂文化艺术的老革命，长征途中，他画了不少速写，弥足珍贵，上任文化部长后，人们比较熟知的事迹，是张艺谋报考电影学院，因年龄超规要被刷掉，张艺谋就把自己的摄影作品寄些给他，希望能够圆梦，本也不抱太大希望，没想到黄镇看了那些摄影作品，爱才惜才，很快建议电影学院在年龄上对张放宽，破格录取。其实黄镇当时做的这类内行领导内行的例子还很多，其中就有他看到孙毓敏从河南寄给他的信，打动他的，应该不仅是孙的不幸遭遇和以坚韧毅力重返舞台的决心，还有黄镇懂行，懂四大名旦，重视四大名旦形成的四大流派的传承。他就拍板，把已经下放到河南的孙毓敏调回北京，到北京京剧院把荀派艺术发扬光大。今年 10 月份的《小说选刊》，重新刊发了我 1977 年发表在《人民文学》的《班主任》，以及蒋子龙 1979 年也发表在《人民文学》杂志的《乔厂长上任记》，我的那篇不去说了，我重读蒋子龙的小说，仍然和四十年前初读般动容，我深深地知道，改革开放初期，那一批顶着压力，勇于承担责任、挑起国家复兴重担的干部，是多么可贵，到现在，他们有的已经谢世，有的垂垂老矣，大体已被很年轻的一代忽视，但是，我们不能忘记他们那时候在主持平反、讨回公道、挽救能人、推动社会进步方面发挥的不可替代的作用。黄镇懂得孙毓敏的价值，当机立断让她回北京继承荀派艺术，这事不应被淹没在逝去的岁月中。

另一个对孙毓敏重返舞台大放光彩的人物，就是她的爱人老洪。五十年前，老洪还不老，是河南京剧团的一个电工，在孙毓敏遭诬陷跳楼截瘫后，他到孙毓敏身旁，悉心照顾这个陷于绝望，并且还背负着罪名的弱女子。老洪并不懂戏，更没有什么帮助孙毓敏重返舞台的想法，他就是同情她，爱她，他不能看着这个女子死去，或者生不如死，他要给她温暖，呵护她，鼓励她一天天地恢复生命力，也恢复生的乐趣。他们都是上海人，能用沪语交流。孙毓敏站起来以后，他们结合了。他随孙毓敏一起回京。当时不仅我和孙毓敏来往，我们两家也来往，我跟老洪论哥儿们。老洪的母亲，孙毓敏的婆婆，慈祥勤劳，善烹饪，有时她家做出好吃的，就约我和爱人去共享，我家做出得意的菜肴，也往她家送过。那天在长安大戏院贵宾休息室，见到孙毓敏不久，我就问老洪情况，她笑说，哎呀，老洪八十五啦，背都驼啦！还站起来，学老洪驼背走路，但又说：他也就是这么点问题，其实身子骨还硬朗着啦！我心大畅。在文化圈，尤其演艺界，夫妻离异，重组家庭，司空见惯，有时聚会，见面时甚至会问出这样的话来：怎么着？还是原来那位呀？想想荀派的那些戏码，《金玉奴》《杜十娘》《霍小玉》，多有鞭挞男性贪图金钱地位，抛弃深爱他的女性一类情节，实际上即使到了现代社会，似乎也是男子忘恩负义、嫌贫爱富抛妻另娶的例子较多。孙毓敏重登舞台以后，不但重排了荀慧生演过的诸多剧目，还亲自动手，编写剧本，设计唱腔身段，移植了一些剧目，有位朋友跟我议论：孙毓敏移植改编的《痴梦》，舞台效果非常之好，但是他觉得多少有些疑惑：孙毓敏为什么要花大力气编排这么一出戏？按说荀派擅长塑造的是活泼少女或哀怨弃妇，怎么现在给观众看的却是一个嫌贫爱富达到痴狂地步的"渣女"？我没问过孙毓敏，但我隐隐觉得，作为艺术家，创作时会有心灵密码在起作用，鞭挞朱买臣妻崔氏嫌贫弃夫追富求贵，这一出讽刺喜剧的背面，不也是女性对坚贞不二的婚恋态度的一种巧妙宣示吗？老洪在台下，想必看得呵呵过瘾。

孙毓敏责怪我，为什么那么长时间不跟她联系？我说，这些年好风凭借力，送你上青云，你是那么荣耀，我只能仰望，哪敢去打扰？这二十年来，她当了三届全国政协委员，获得许多的奖项与荣誉名头，1991 年起担任北京戏曲艺术学校校长（现已升格为北京戏曲艺术职业学院，人们称她孙院长），她带出的学生，仅荀派，就有唐禾香、常秋月、熊明霞等艺术上臻于成熟、初具大家气派的传人，俨然已是目前荀派的泰斗级人物。我这么说，她连摆手，嗔怪我不该跟老朋友见外。她记住我的手机号码和住址，说要给我送她的字、她的书和画册。

没过多久，孙毓敏果然主动来我住处，跟我叙旧。她赠我一轴装裱好的大字“福寿”书法，题曰“尊敬的好友心武及家人正之”，可叹的是当年跟她很熟的我的妻子、岳母，以及跟她就荀派艺术有深入交谈的小哥，全都去世了，我们都感慨不已。我们一起聊戏。当然要聊那天王梦婷出演的《战宛城》，那天的演出真是阵容豪华：请来上海京剧院的奚中路饰典韦，天津京剧院的石晓亮饰胡车，曹操、张绣则分别由北京京剧院韩巨明、李宏图饰演。这出戏里王梦婷的戏份并不多，在戏里她饰演宛城守将张绣的寡婶邹氏，竟与征服者曹操来了一段闪恋。戏里最重要的一场是邹氏思春，踩跷出场，以种种跷功，揭示她内心的苦闷。孙毓敏作为这出戏的艺术总监，她告诉我，王梦婷虽是她的学生，但这出戏严格来说不是荀派戏，是筱翠花的戏，王梦婷是从筱派的陈永龄那里学来的，是在舞台上恢复跷功的一次尝试。邹氏思春，过去多有色情挑逗，这次排演，则着重表现封建礼教禁锢正当欲望的反人道一面。我们又谈及荀派特色，一般都这样概括：梅派典雅，程派沉郁，尚派张扬，荀派俏丽，对此我们都觉得未免皮相。孙毓敏说，其实荀派完全可以从表现小姑娘活泼俏丽的固定路数里跳脱出去，开辟出更广阔的天地。我就说，比如你改编的《痴梦》。她就说，《痴梦》是一种跳脱，其实她还改编了《姊妹易嫁》《陈三两》等等，特别是《一代贤后》，应该是让荀派更具表现力了。我说，当年我小哥刘心化跟你交谈，说他特别佩服荀慧生那“上台三分生”的艺术追求。孙毓敏就说，你们那年看的《荀灌娘》，应该就是荀先生最后的演出，那以后他这出戏就都让我演了，是呀，演来演去，熟了，上台似乎不用动脑筋，一环环往下流动就得了，可那样就成油子了，所以我牢记先生的教诲：上台三分生，我是在塑造人物呀，这个人现在如此，往下会怎么样？不能油滑地往下溜，要把那个人物的心理活动通过外部形态和唱腔表达出来，每演一回，就是跟那个角色生活一回。

孙毓敏的演出如今积累了很多视频资料，但她没拍成电影。1982年，北京电影制片厂拍摄了根据我中篇小说《如意》改编的同名电影，那期间我跟北影厂的一些人士有较密切接触，就鼓动他们把孙毓敏主演的《金玉奴》拍成舞台艺术片，那时候孙毓敏刚过四十岁，艺术上趋于炉火纯青，而同台的那些演员，也都个个塑造出可信的艺术形象，整出戏属于“一棵菜”的最佳状态。但是北影厂的人当时却都不采纳我的建议。可惜了！其实北影是有拍摄戏曲艺术片的优良传统的，《梅兰芳的舞台艺术》（1955）《荒山泪》（1956）《群英会》《借东风》（1957）《杨门女将》（1960）《野猪林》（1962）等戏曲电影佳作层出不穷。孙毓敏一直就此感谢我的好意，又感叹，当年四大名旦梅、程、尚都拍了舞台艺术片，唯独荀先生未能拍摄，她透露，原来北影是准备给荀先生也拍一部的，但是师母觉得不用着急，再等等罢，荀先生就去上海拉双眼皮去了，谁知回来不久就形势大变，留下最大遗憾。

孙毓敏说我变化不大，我赞她保养得好，她呵呵一笑，指指头发，说声“假的”，然后把头套摘掉，笑得更灿。重新戴好假发，她跟我说："老了，在台上演不了了，可是，还要发挥余热，跟你透露吧，我正筹备一个叫作《荀香毓骨》的大型展演，明年，我的学生们将纷纷登台，给观众们奉上荀派艺术的满汉全席！到时候你还要来捧场啊！"那还用说！

其实，孙毓敏是个有争议的演员。改革开放初期，京剧演员常组团到各地演出，多是演折子戏，有的演员就不愿意跟孙毓敏同行，因为孙毓敏不管戏码排在第几出，她一上场，总是喝彩声最多。我就亲耳听到过这样的批评：表演过度用力，一个高音挑上去，台下不叫好，她绝不把音落下。她还在有的戏里当场挥毫显示书法，在有的场合用英语唱《苏三起解》，一个人用梅、程、尚、荀四种腔调唱同一唱段。我问过她，为何如此？她坦言，京剧固然要塑造人物，演顺故事，但京剧具有鲜明的娱乐性，必须让观众看着带劲听着过瘾，她觉得讨好观众，向观众索取掌声与叫好声，是必须的，对此她不想改变。记得三十几年前，她的演出我几乎是每戏必看，有时到后台看她化妆，有时演完她谢幕，我也上台给她献花。记得有一次演完她谢幕，坐第一排的人没有上台的，只有我上去了，她后来悻悻地跟我说："那些人拿着赠票看戏不上台慰劳演员，说什么，啊呀，我们是普通观众！你普通观众你不自己花钱买票！你那头排票怎么来的？我们唱戏的，就得有人捧！谢幕时就该热热闹闹！"不过那时候她的社会地位还比较低微，也许她现在想法有所改变？有人提醒我，戏曲界也蛮复杂的，各个流派内部之间都是有矛盾的，荀派之间似乎好一些，可也难说。我写这篇文章绝无贬低冒犯其他在世的荀派大咖的用意，只不过我跟他们没有交往，而我与孙毓敏，确实是沐着改革开放的春风，一起走过来的，我记叙的是春天的故事，且住，且住，莫使春光别去！

2019 年 10 月 20 日　绿叶居中

关于“毓骨”的几点看法

对京剧没有什么研究。也算不上戏迷。对京剧旦角的荀派艺术也只知些皮毛。

但是偶然的机缘，上世纪八九十年代与孙毓敏为邻，看她的戏稍多一点，对她的表演风格，有感受，也跟她多少有些交流，知道她之所以坚持这样的台风的心理因素，故不揣冒昧，坦陈一点看法。

2020年初，北京长安大戏院有“荀风毓骨”的三台演出。“荀风”我感受不多。1959年底看过荀先生的《荀灌娘》，是唯一一次欣赏到原汁原味的“荀风”。一个胖老的男子，凭什么让观众接受了他所饰演的十几岁小姑娘？当然主要不是靠扮相。靠的是他对角色的诠释。荀先生有“上台三分生”之说，可见不是串戏的油子，每上一场，都再与那角色经历一次人生，这种演法，就把观众带入了，观众就相信真有那么个小姑娘存在了。

据说世界上的戏剧有三大表演体系。一是俄罗斯的斯坦尼斯拉夫斯基创建的体验派，演员要进入角色，体验角色的内心，就是一切以塑造人物为主，让观众忘我。二是德国的布莱希特创建的表现派，讲究所谓的“间离效果”，就是演员要跟角色保持距离，观众不必忘我。三是1935年梅兰芳到苏联演出，当时斯氏布氏看了大吃一惊，由他们命名为第三种表演体系，就是写意派，用一大套程式，来演绎角色所经历的人生。其实京剧也是讲究演员要体会角色内心的，也是有“间离效果”的，只是相对而言，更强化形式。

孙毓敏是荀慧生大师的关门真传弟子。她把“荀风”弘扬得风风火火。那么，现在她提出“荀风”之下，还有“毓骨”，口气不小，胆子够大。她的“毓骨”，主要体现在移植改编了若干原来荀慧生没有演出过的剧目。这些剧目，有的别的流派，比如程派，也有移植改编，但孙毓敏的移植改编，意在以“荀风”为载体，使这些剧目犹如当年荀大师也演出过，这是对荀派艺术的又一种发扬光大。比如荀派的指法，少用或不用兰花指，而是频频灵活使用一根食指，我把它称为水葱指，在这些剧目里，水葱指的运用招数，已经超出了当年荀大师运用的总合。再比如唱腔里上滑音下滑音的运用，道白里唇齿音的把握，都“荀风”浓郁。这都是很可喜的。

毋庸讳言，对孙毓敏的表演风格，是有争议的。我以为，主要集中在两点上。

一是她的台风，有人认为过于风风火火，明显朝台下观众索要叫好声，往往是一上场就招呼出碰头好，重点唱段刻意在某些骨节眼上索求喝彩，下场时也恨不得台下有送别彩。有的剧目里她还当场挥毫，展示书法。这样好吗？认为不足为训的人士，指责她背离了人物塑造，是媚俗。我却觉得，京剧从传统上说，就有一种需要观众叫好的艺术。京剧的生命力，固然与慈禧太后那样的权贵豢养，以及一批内行观众（有的干脆是痴迷的票友）的追捧有关，但是其剧场售票演出，包括每场演出后期允许无票观众涌入免费观赏，使其大众化、通俗化、平民化，成为俗众平日娱乐活动的有机组成部分，成为世俗审美的一种流布甚远甚深的元素，是我们绝对不可忽视的。我曾写过一篇《梅兰芳之谜》，讲到在西北穷乡僻壤，一位从未观赏过京剧的老农，听到梅兰芳名字时眼睛发亮，因为他家从货郎担上买来的廉价小镜子，背面有梅兰芳的戏装画像。京剧美的渗透力，就是在投入世俗的过程中实现的。鲁迅先生曾因梅兰芳扮演林黛玉而写文章抨击，那是他认为当年所谓的新编戏过分地贵族化，成为少数士大夫的小众艺术，他更欣赏绍兴的社戏，因为亲近俗众，生猛鲜活。孙毓敏向观众索要喝彩，我以为正是令京剧亲民的一种作为，是使京剧生猛鲜活地成为平民百姓喜闻乐见的娱乐方式的一种可贵的努力。荀派艺术就是以这种先声夺人、始终令舞台保持热度的风格，而使观众兴奋的。为什么有“十旦九荀”之说？就因为“荀风”亲民，有市场，有票房。以“坚守人物塑造”、宁瘟不火的方式演出京剧，固然也不失为一种演法，应该有其一席之地，但相比而言，我更支持“毓骨”式的“麻辣烫”风格。

二是她的从艺方式。台上演出，台下写书，收徒不疲，诲人不倦，欢迎研讨，屡有响动。为什么不“润物细无声”？为什么不“守如处子”？为什么不“沉默是金”？她跟我说过，京剧的角儿，就得靠捧。过去的京剧流派，像“四大名旦”，都是捧出来的，每个名角都有自己的捧场团体，像梅兰芳有“梅党”，不但经济上做后盾，宣传上不遗余力，还参与创作，出谋划策，安排外地巡演，组织出国弘扬，捧场团体与戏迷俗众相配合，才使得演员成角儿。其实如今年轻一代的京剧演员，如张火丁、王佩瑜，本身才艺绝佳不消说了，之所以那么火，就是因为有粉丝，也就是有人捧场，现在捧场的方式更加多样化，特别是网络的介入，有的年轻京剧演员已成了流量大咖。京剧的振兴，社会上的良性捧场是绝不可少，甚至可以说是非常重要的一种力量。孙毓敏在这方面走在了前头，我对她是鼓掌支持，希望她不要因一些诟病非议而改变自己求捧的作为。

李崇林为京剧表演体系确立三身理论

所谓世界有三大表演体系，即斯坦尼斯拉夫斯基创立的体验派、布莱希特创立的表现派、梅兰芳所标志的写意派，我在此前的文章里，有过几次人云亦云。仔细推敲起来，三大体系之说，至少在本世纪初，还很难成立。既称体系，必得有理论支撑，其理论应有著述体现，前两种体系，斯氏有《我的艺术生活》《演员自我修养》等论著，布莱希特有《戏剧小工具篇》《戏剧小工具篇补遗》，他去世后更有人整理出七卷本《布莱希特剧论全集》，但所谓梅兰芳为标志的写意派，理论著述在哪里？梅兰芳虽留下一部他本人口述、别人记录整理的三卷本《舞台生活四十年》，其中有些零碎的可称为表演理论的表述，但根本不成体系，没有形成自圆其说的完整理论。

三大表演体系之说，应该肇始于1935年春，梅兰芳应苏联对外文化协会邀请，率团赴苏联演出，当时斯坦尼斯拉夫斯基、布莱希特刚好都在莫斯科，一起观赏了梅兰芳的精彩演出。他们大为震惊，在那以前，他们没有见识过京剧，一旦由梅兰芳等中国京剧演员，将于他们而言绝对是异趣的戏剧展现出来时，都不免自叹井蛙，原来戏还可以这样演！演员还可以这样作为！给予他们的心理冲击，令他们自发地奉献上“第三种戏剧表演体系”的桂冠。其实梅兰芳不过是“只缘身在此山中”，他以及他所熟谙的京剧，于西方而言，如空谷幽兰，自在芬芳，是一种优美的客观存在，却并无理论体系阐释。斯氏、布氏，以及那时候在苏联戏剧界也属鼎鼎大名的戏剧家丹钦柯、特烈杰亚柯夫、梅耶荷德，电影导演爱森斯坦、普多夫金等，他们面对梅兰芳所标志的中国京剧表演体系，一致惊叹“山外青山天外天”，但梅兰芳访问回中国以后，他们也没有从客观的角度，对他们所见到的“惊为天人”的表演体系，从理论上加以分析，这本来也不该是他们的活儿。

我想，应该不是我一个人，久久地期待着，有一个中国人，站出来，把梅兰芳所标志的，京剧表演艺术的，那客观存在了二百多年的独特体系理论化，使其真正能与斯氏、布氏的表演体系三足鼎立。

首先，当然期待戏曲理论家。但戏曲理论家并没有京剧表演的实践经验。没有表演经验当然也可以著书立说，创建京剧表演体系的理论，可惜至少到上世纪末，我没有看到这方面专家的这种专著。像齐如山、翁偶虹那样的京剧行家，与京剧表演艺术家密切合作过，也写过不少涉及京剧艺术的文章，其中也不乏论及京剧表演艺术的特色、诀窍、壶奥的片断、金句，但就跟梅兰芳留下的关于京剧发展应该“移步而不换形”的说法一样，完全没有构成理论体系，不成其为鼎之一足。

京剧表演艺术家们呢，大多数，只能演，缺乏口才，更驾驭不了文字，有的表述能力强一些，像荀慧生，我读过他的《荀慧生演剧散论》，其中《演人别演“行”》《三分生》《略谈用腔和创腔》《谈演员眼睛的运用及其他》等篇，都有从演出实践中升华出的形而上思考，精彩，精辟，但离理论的高度，还差得比较远，更谈不上什么体系。

最好是有这样的人才，具备几方面的要素：一是有京剧表演的实际经验，二是有一定的文化修养，三是有很强的表述能力，四是有创立体系提出成套理论的雄心，五是有克服困难锲而不舍的做事毅力，六是还具备经济无忧享有空闲的生活条件，由他出马，来带头创建京剧表演艺术的理论体系。

2020 年 1 月 9 日，我到长安大戏院看戏，是那种有手巾把、盖碗茶、小零食，坐太师椅的贵宾席，开锣前，忽有一男士到我身边，躬身递我一本书和一张名片，跟我说希望我能看看他的著述。当时剧场灯光已渐暗，急迫中，他用最简约的话语告诉我，他这本书是讲京剧艺术表演体系的，最核心的观点是“三身”，比如马连良，首先有他那具备特殊素质的真身，然后是他进入行当修炼成的艺身，最后他成功地化身为艺术形象，被人们称为活诸葛亮……锣声响起，他忙弯腰离开。散戏后，助理焦金木开车送我回家，说他听见了那位先生的几句话，印象非常深刻，他本是不会欣赏京剧的，陪我看来看去，渐觉有趣，今天这位赠书先生举例道出的“三身”，像忽然亮起了个手电筒，让他也有了照亮京剧表演奥秘的探究兴趣。

后来两天，我翻看这本中国戏剧出版社 2017 年 10 月初版的有 268 个页码，24 万字的大著，焦金木则帮我从网上查阅著者李崇林的资料，我得承认，此前我并不知李崇林何许人，原来他是原北京军区战友文工团京剧团的老生演员，比我小六岁，如今也已经过七十了，演过很多剧目，后来还编剧、导演，是个全才。原战友文工团京剧团，最著名的演员是小生行当的叶少兰，惭愧的是，现在文工团已经解散，我仍未观看过叶少兰的现场演出。李崇林十八岁前在天津戏曲学校师从杨宝忠先生，七十多年前有马（连良）、谭（富英）、杨（宝森）、奚（啸伯）“四大须生”之称，一度更有“十生九杨”之说，但杨宝忠虽是杨宝森堂兄，却师从的是余（叔岩），倒仓后成为著名琴师，他指导李崇林，应该是把余派与杨派的精华都予以传授。李崇林十七岁演出过不仅要唱还要扎靠舞刀的《定军山》，七十年代分配到文工团，参演《沙家浜》《杜鹃山》《红色娘子军》，八十年代后演出《四郎探母》《秦琼卖马》《失・空・斩》《大・探・二》等大量传统戏，舞台经验非常丰富。李崇林退休以后，成为民间宣讲普及传授弘扬京剧艺术的活跃人士，是中国戏曲学院、清华大学成人教育的客座教授，在电视上、网课上，他的教唱、讲述非常受欢迎，有口才，文字表达能力也很强。这样一位人士出书为京剧表演体系搭建理论架构，正是我期待已久的，真是相见恨晚！

李崇林2012年为自己的“三身理论”著述到国家版权局作了登记，到目前未出现异议，可见其理论体系确属独家独创，不仅戏曲界，整个文化界，乃至于社会各方，都应予以关注、重视。世界三大表演体系，其中中国京剧这一体系，如今终于有了理论建树，怎能不为之欢欣鼓舞呢？

我细读了李崇林的大著，首先是赞叹。

他这本书分十二部分，最精彩、篇幅最大、最重要的是第三部分。在这部分里，他详尽论述了京剧表演体系的“三身”这个理论概念。

第一，是真身。斯氏、布氏体系里的演员，不也各具真身吗？乍看，真身这一提法，似不稀奇。但李崇林从京剧演员养成的“声音、形象”以及“思维”“光环”三个层次细加论述，就让我们明白，京剧演员和斯氏、布氏那两种体系的话剧演员的生成，有重大区别。斯氏、布氏对演员也有各自的要求，比如斯氏要求演员从自身生命体验中找到与角色相对应的“种子”，去抽芽、伸枝、开花、结果，完成还原角色的任务；布氏要求演员保持跟角色的距离，不要再现而要表现某个现实生命的存在，引导观众处于“喂，您在看戏”的间离效果；京剧则以程式化的唱、念、做、打、舞来完成角色创造，在演员选材上，有所谓“祖师爷赏不赏饭”的真身前提，然后在满足基本条件的前提下，又鼓励演员根据自身条件自主发挥，如梅、程、荀、尚四大名旦，梅以中规中矩到极致而令人激赏，程则另创幽咽婉转的游丝腔，荀不以兰花指为圭臬而偏多用食指表俏，尚故意伸直双臂令水袖滚落别具风韵。观众看京剧，可以感受到如斯氏话剧那样的真实，“替古人落泪”，程式化的舞台处理也足以与布氏的间离效果媲美，让观众有时又处于“我正看戏啦”的意识中，但无论斯氏还是布氏的话剧，舞台上的善人与恶人，终归还是要引出观众正当的爱憎。演出过程中，观众为恶人鼓掌，是不可能的，但京剧演员的真身要素中，李崇林提出有“思维”一项，其中还可剥离出演员心智模式的“狂想空间”，他以自己在《铡美案》中扮演陈世美为例，陈世美是个大反派，按斯氏、布氏体系来演，无论是体验入手还是间离为计，都不会当场引出观众对这个角色的审美欢呼，但京剧表演不一样，李崇林与李长春合演此剧，李长春扮演的包拯威风凛凛唱出“驸马爷近前看端详，将状纸压至在爷的大堂上……”观众给予热烈的掌声彩声，既是道德心理上的畅快也是对裘派唱腔的审美赞赏，这时李崇林所饰演的陈世美怎么办？他就调动起内心的狂想，呀，要铡我呀！这狂想又调动起他对唱腔的处理，于是将角色内心的胆怯、惊恐，以气急败坏、恼羞成怒的声腔爆裂狂躁地唱出“大堂之上验了刀……”他把“刀”字的高音唱得十分饱满，结果台下像给予包拯掌声一样，也爆发出由衷的掌声，形成京剧表演特有的一种审美效应。在论述真身部分，李崇林还特别解析了京剧演员光环的形成及意义。所谓光环，就是人格魅力。

对三身第二身，艺身，李崇林的论述也是很鞭辟入里的。斯氏、布氏戏剧体系，虽然也鼓励演员戏路宽广，斯氏自己登台演出，就尝试过形形色色不同的人物，但京剧演员入行以后，虽然也可能有跳槽的经历，逢年过节的特殊演出里可以反串，但最后一定要抱定一个行当，成为大写意演出中的一大套的行当程式的掌控者，在规定的艺身中去完成自己的演艺事业。因此艺身可以说是京剧演员和话剧演员最重大的区别。京剧演员从小开始选材，然后有非常苛酷的童子功训练，一旦定格于某个行当，则需要先师承本行当前辈的传授，这种传授往往是面对面的，一板一眼的，一招一式的，在学艺初期是不允许越雷池的，要求将师傅的传授先全盘照搬，在舞台上将前辈的表演艺术还原出来，从形似到神似，待基本上将师傅的玩意儿展现麻利了，这时候师傅就不但放手让徒弟去发挥，而且欢迎徒弟去闯出自己的新招数，形成新的更好的玩意儿。一个青年人，未经过话剧表演的专业训练，仅凭灵气，可以出演话剧角色，比如《雷雨》中的四凤，从第一幕演到第四幕，但若未经过童子功的训练，不是只唱其中一段戏词，而是登台去表演整出《贵妃醉酒》，不能下腰，不能卧鱼，那就再有悟性灵气，也肯定演不成。李崇林从“行当”“功法”“造诣”三个层次，来解析艺身的真谛。若不是他谙熟京剧剧目与同行表演，加上自身有丰富的舞台演出体会，对艺身的理论不可能建构得如此细密坚实。

三身的第三身，是化身。就是京剧演员具备了良好的真身基础，又练就成了金刚不倒的艺身，最后在塑造角色的过程中，化身为令观众赞叹的“活某某”。其实京剧的大写意，登台角色都已高度程式化、符码化，比如曹操，任何一个观众都不会糊涂到以为历史上的曹操真会是那么个大白脸（当然还有眉心抹红等细部处理）、戴大黑髯口的样子，但通过演技高超的京剧演员的演绎，却会形成“他就是那个奸雄曹操”的审美共识，这就是京剧表演体系中最令世人惊叹的一种境界。李崇林从“程式化”“韵律化”“艺术化”三个层次对化身进行了详尽解析。书里还特别论述了“刻画”与“刻化”的区别，话剧表演讲究刻画人物，就是要让观众觉得生活中确实存在这样一个生命，如镜如画地呈现，京剧表演则不求“照镜”“画像”效应，而是“刻化”即演员通过真身、艺身最后达到化身。比如现在我们能看到程砚秋大师 1956 年拍摄的戏曲艺术片《荒山泪》，那一年程先生已经五十二岁，本来就个头高大，兼已发胖，如果以“刻画”要求，那么怎么也不像剧中设定的贫妇张慧珠，如是话剧演出，只好换演员，但京剧表演不一样，程大师不是“刻画”而是“刻化”，以其高超的“化身法”，开场不久就令观众进入了“幻化”境界，认可了所呈现的就是一个深山贫妇。正因为京剧表演不是“画”而是“化”，所以才有乾旦、坤生，一个儿童扮成诸葛亮演唱“我正在城楼观山景”，一个胖老头清唱《锁麟囊》中“一霎时把七情俱已昧尽”，都能让观众欣然接受，因为京剧表演的至高境界是演员与观众同入幻化之境。

我在上述介绍李崇林的三身理论的时候，多是用我自己的阅读心得，包含我个人多年观赏京剧的体验，来表达，并不一定都是李崇林书里写的。但我相信自己是他的一个知音，我所接收到的信息，与我表达出的信息，或许表达方式不同，但基本上应该是对等的、相容的。

我与李崇林长安大戏院匆匆一面，之后就遇上了新冠肺炎疫情，我们两个逾七十岁的老人，遵从宅在家中不出门的防疫要求，但也都没闲着，我把新的长篇小说收了尾，他则录制推广普及京剧艺术的网课，其间我们几次电话长聊，讨论他所架构的京剧表演艺术的理论，我在表示惊艳赞赏之后，也坦诚地提出意见。现在他这部大著书名是《京剧艺术表演体系·“三身理念”定律》，我直言不妥。理念，指的是认定的想法，一般都浓缩为简单的表述，如“人类一定能战胜瘟疫”“世界最后一定大同”，你现在明明是提出了一套理论，而且京剧表演体系也需要理论表述，为什么偏说是“理念”呢？再，三身理论，这个符码已经很明晰很响亮，为什么缀上“定律”？而且，依我想来，定律应该多用在自然科学中，比如牛顿三大力学定律，阿基米德浮力定律，等等，在设定的前提下，定律是不容违反的，也是不需要再商榷的；当然，社会科学中，有时候也会使用定律一词，也是一旦宣布为定律，便不接受质疑；但是现在你创建的是京剧表演艺术的理论，你这个三身理论虽然自我圆满，却应该是欢迎批评，欢迎商榷，有待进一步完善的，你虽开风气之先，盘了一个灶，烹制京剧表演艺术理论，也应该允许有人跟进，另盘一灶，烹制出他的京剧表演体系理论。审美问题上，尤其应该持开放的、包容的态度。我建议他此书再版时，书名就叫《京剧艺术表演体系：三身理论》，从传播学的角度，使你学术成果的符码简约化，不也更有利于口碑相传吗？提出如此尖锐的批评，我本以为李崇林会生气，没想到他回应我说，他常听到一些对这本书肯定的、捧场的话，但我对他的肯定也好，批评也好，他都感到新鲜，有茅塞顿开、除霾现晴之感，说如果不是疫情尚未解除，都还在自我隔离中，他早开车奔我家来拜访面谈了，不过他很高兴有我这样一位老大哥，他用京剧老生念白宣布，我对他“打也打得，骂也骂得”。啊呀，他可是练过童子功，能扎靠耍刀的文武老生，我若真打他，他一反手，我岂不吃大亏了吗？

2020 年 3 月 3 日　温榆斋

三台《吉赛尔》

五十六年前金秋的一个傍晚，我到首都剧场门口去等退票。那时候我才二十出头，喜欢看电影、观剧，有的能事先买到票，或开演前去还在售票，有的就只能抱着侥幸心理，赶在开演前去等退票。首都剧场平时演话剧，那天却上演芭蕾舞《吉赛尔》，是古巴国家芭蕾舞团的访华演出。没想到我竟得到一张退票。事过半个多世纪，我仍对那位原价转让我戏票的陌生人心存感激，全靠他，我的人生中才有了那样一场审美宴飨。

几年以后，我有了女朋友，那时候叫作对象，我们在一起的时候，我喜欢把以往读过的书、看过的电影、戏剧，挑出一些讲给她听，她也爱听。其中不少，比如法国大仲马的长篇小说《基督山恩仇记》，只能以悄悄话的方式讲述，但我给她讲所观看到的《吉赛尔》演出，却是坦然朗声、眉飞色舞，以至她听到最后说："你简直就要跳起芭蕾来了！"讲《吉赛尔》确实可以放开形容，因为那一年古巴芭蕾舞团的演出，在我观看的另一天，毛主席去看了，演出结束还上台接见了团长，也是吉赛尔的扮演者，享誉全球的芭蕾舞明星阿丽西娅·阿隆索，照片登在了《人民日报》

头版。

六十一年前，费多尔·卡斯特罗、劳尔·卡斯特罗兄弟，和他们的亲密战友切·格瓦拉，领导游击队经历数年斗争，终于推翻了巴蒂斯塔独裁政权，建立了社会主义的古巴共和国。我和我的女朋友，那以后都曾迷醉于一条这样的新闻：卡斯特罗兄弟和格瓦拉，在艰苦卓绝的斗争历程中，目睹身受了独裁统治下农村的贫困，山区的儿童甚至不知道糖果的模样与滋味，他们发愿，一旦革命成功，就要用飞机给那些贫穷山区的孩子投撒糖果，他们推翻巴蒂斯塔政权不久，果真派飞机到那些山村低飞撒下糖果。古巴成为社会主义国家后，北京街头到处可以听见古巴传统歌曲《鸽子》的旋律，由我们这边的音乐界人士作词曲的一首《美丽的哈瓦那》，也曾风行一时。古巴新政权明确提出，要维护古巴的三项国宝，一是蔗糖，二是雪茄，这都好懂，其第三项，一开始一些中国人就弄不懂，是阿丽西娅·阿隆索所代表的古巴芭蕾舞。阿隆索出生于1920年，古巴革命成功时她已经快四十岁，并且早在美国和欧洲成为芭蕾舞明星，但她很快回到古巴，与新政权通力合作，成为古巴国家芭蕾舞团团长，并致力于培养新一代芭蕾舞演员。由于美国带头对古巴实行经济封锁，古巴财政开支不免困难，但对于古巴芭蕾舞事业，却始终保持稳定的拨款。阿隆索1961年已经率团到访过中国，那次是在天桥剧场演出《天鹅湖》，我也曾去等过退票，失望而归。没想到阿隆索率团第二次访华，我竟如愿以偿地观看了她主跳的《吉赛尔》。

我给对象——后来成为我的妻子——详细讲述《吉赛尔》的舞台景象。全剧一共只有两幕，第一幕非常明亮，舞台上展现的是莱茵河畔一个乡村的一角——这芭蕾舞虽然是由法国作曲家阿道夫·亚当作曲，于1841年在巴黎首演，故事却取材于德国诗人海涅的诗篇，因此故事发生的空间是在德国莱茵河畔的乡村。布景是这样的：从观众角度看去，左边有一所农舍，是女主角吉赛尔和她母亲的住宅，右边则有一个棚屋，是放置农具杂物的，整幅后幕，近处是树木，远处是山峰城堡。先有一个本乡猎人希莱里昂出现，他狂热地爱恋着吉赛尔，每天都要把猎到的野禽拿来，挂在她家屋外。但是吉赛尔并不爱他，而是爱上了另一个远处来的猎人，那就是阿尔伯特伯爵。这位伯爵与他的随身侍卫一起出现，观众可以看明白，伯爵不是第一次到来，此前他已经与吉赛尔遇上并一见钟情，但他出现在吉赛尔面前总要脱卸贵族才有的披风与佩剑，这次也是一样，他又把披风与佩剑都藏在了棚屋里，去敲门引诱吉赛尔出屋。吉赛尔出屋时，他故意先躲了起来，于是有一段吉赛尔出屋后天真烂漫的独舞，这段独舞集中了古典芭蕾舞女舞者的几乎所有高难技巧，演员必须既展示对高难技巧的驾驭，又必须满脸浑身是戏，阿隆索那年已经四十二岁，她却绝不偷工减料，把包括通过一连串绕场完成的Ballonné（双脚跳起，同时一脚踢向空中，落地时支撑腿半蹲，另只腿挨在小腿肚）的舞姿，令观众觉得犹如彩蝶翻飞。对象问我阿隆索扮出来美不美，我实话实说，阿隆索身材不消说非常之好，但她的面容，不能说美，只能说实在有特点，那就是她的唇线超长，一边形容我还一边把右手食指拇指使劲伸开，放在自己嘴边让她想象，她就咯咯咯地笑。接下去，有阿尔伯特出现后，吉赛尔既惊喜，又羞涩，一段爱意浓烈的双人舞。再往后，就有众村民出现，年轻的男女村民有群舞，有双人舞，也有单人舞。对象以前看过中国中央芭蕾舞团演出的《天鹅湖》，就说，西方古典芭蕾舞都是一个套路啊，不能总是男女主角跳，总要穿插许多的群舞、双人舞、三人舞，乃至四小天鹅舞那样的段子，我就说，毛主席有话，《金瓶梅》是《红楼梦》的祖宗，没有《金瓶梅》，也就没有《红楼梦》，《吉赛尔》就是西方古典芭蕾舞的祖宗，没有《吉赛尔》，也就没有《天鹅湖》呀。阿道夫·亚当谱出《吉赛尔》的第二年，《天鹅湖》的作曲者柴可夫斯基才出生，可不是祖孙关系嘛！《吉赛尔》音乐里，有一个主旋律贯穿始终，《天鹅湖》步其后尘，也如此。但是，我跟对象说，《天鹅湖》满台仙气，《吉赛尔》起码第一幕是满台地气，我说，我看那剧情发展，就感觉到，阿尔伯特是个花花公子，对吉赛尔是一种玩弄，吉赛尔本应爱自己的阶级兄弟猎人希莱里昂，却虚荣心膨胀，剧里有个细节，就是另一大贵族带着女儿野外游猎，也恰巧来到这个乡村，那公爵小姐巴季尔德穿一袭华丽的长裙，吉赛尔和母亲接待他们时，吉赛尔见那华袍，竟激动地跪下抚摸摩脸！巴季尔德将自己缀满珠宝的项链赠予吉赛尔，吉赛尔竟感动莫名！但是当希莱里昂拿出从棚屋里搜出的佩剑，指出阿尔伯特是贵族假扮村男，并且巴季尔德把手上的订婚戒指举到吉赛尔眼前，告知她自己是阿尔伯特未婚妻后，吉赛尔先是懵了，然后疯了。第一幕的高潮是吉赛尔的一段疯舞，这就比她刚出场那段欢快的烂漫之舞，更难驾驭，但阿隆索把高难技巧全都融化在了人物内心的激烈挣扎中，当她倒地身亡时，台下观众无不痛彻肺腑。对象问我：吉赛尔那不是让阿尔伯特害死的吗？她死在阿尔伯特和众人面前，那阿尔伯特难道就忍心离开，去跟那位公爵小姐门当户对地成亲么？我告诉她，记得舞台上，发疯的吉赛尔用阿尔伯特的佩剑自刺身亡后，也有阿尔伯特俯身表达痛惜的肢体语言，但毕竟他是贵族阶级的人，当然还是跟那群贵族一起撤退了。

那时候已经知道，毛主席对《红楼梦》评价高到无以复加的地步，他说中华民族到那时为止，面对人类值得骄傲的有四项，一是地大物博，二是人口众多，三是历史悠久，这三项他不说一般人都能想到，那么，第四项呢？他说的是："还有一部《红楼梦》!"他说《红楼梦》起码要读五遍，才能有发言权，而且，跟其他红学家多认为《红楼梦》总纲是第五回不同，他认为《红楼梦》的总纲是第四回，作者提出"四大家族"的概念，非常了不起，点出这部书是控诉以"四大家族"为代表的奴隶主阶级的罪恶的，全书贯穿着奴隶主对奴隶的压迫，和奴隶们的反抗。因此，我在那年头看过《吉赛尔》以后，也就按这样的思路去理解剧情，第一幕，就是揭示奴隶主阶级的荒唐与虚伪，为被侮辱被损害的村姑鸣不平。

接着给对象讲第二幕。如果说第一幕明亮属阳，那第二幕就晦暗属阴。简单来说，是鬼戏。这第二幕的取材，除了来自海涅的诗篇，也取用了法国作家维克多·雨果《东方集》中的诗篇《幽灵》。布景是村外墓地，树丛岩石，全笼罩在阴森中，台左有吉赛尔墓的十字架。原来那一带乡村有不少女子被负心汉欺负抛弃，她们死后葬在此处，纷纷化为维利斯（Willis），就是女性幽灵，由一位女鬼王米尔达指挥，天黑出动，晨钟一响隐退。她们天黑出动干什么呢？只要有单身男子出现，她们就诱惑他跳舞，非跳不可，直到跳得累死，她们有时还干脆将男子推下岩石任其摔死，是一群复仇幽灵啊！女鬼王的戏份吃重，幕启后她先有大段独舞，然后引出维利斯，与她们共舞。深爱吉赛尔的希莱里昂来到吉赛尔墓前，表达缅怀，不想被鬼王米尔达指挥众鬼一顿折磨，最后竟被生推下岩石亡命。对象听到这里不解：怎么演成这样啊？吉赛尔并不是他负心害死的啊，岂不冤枉？但自 1841 年首演，这剧都这么演，希莱里昂真是个倒霉蛋。

往下演，阿尔伯特出现了，怀抱大束百合，到吉赛尔墓前悼念、忏悔，吉赛尔幽灵出现，但舞台处理类似于中国京剧的《三岔口》，就是阿尔伯特只感觉到有动静，却看不到对方，双方有种种错肩而过、摸索共舞的表现，吉赛尔的幽灵就以可呈现的花朵来证实自己的存在。虽然阿尔伯特是薄幸郎，吉赛尔却并没有“棒打薄情郎”的想法和做法，她仍深深地爱着阿尔伯特。女鬼王发现了阿尔伯特的闯入，带领维利斯对其围剿，逼迫他不停地跳舞，要令他累死气绝，吉赛尔先是哀求女鬼王和众鬼伴饶恕阿尔伯特，被严厉拒绝，后来就替代阿尔伯特起舞，但女鬼王与众鬼伴仍逼阿尔伯特狂跳，阿尔伯特被折磨得倒地濒危，吉赛尔附身怜惜，晨钟响起，维利斯不得不隐退，吉赛尔也随之遁形，阿尔伯特捡回一命，全剧也就结束。如何诠释这第二幕？我当时跟对象说，按我的理解，吉赛尔并非是搞阶级调和，不是立场有了问题，她是把阿尔伯特定位于虽然出身于奴隶主阶级，但“出身无法选择，道路可以自己选择”，阿尔伯特知罪认罪，属于“可以教育好的子女”，因此“给出路”，放他活命。在当时，对象对我的诠释不以为怪，而是深为信服。

这就是我看到的第一台《吉赛尔》。个体生命的审美活动，必受所处时空的制约。但随着岁月的推移，空间的变化，我对阿隆索这一版《吉赛尔》不时反刍，也就渐渐消解了原有的认知。回忆起来，那第二幕使用了大量追光，本来舞台追光应该圈定表演者，但那天舞台上往往是追光在前，阿隆索再踏进光圈。看去倒也自然。后来知道，阿隆索早就双目视网膜脱落，按视力论几乎就是个盲人，她在舞台上那样自如地蝴蝶般翻飞，全凭排练时的站位记忆，以及追光的指引。真是了不起的心灵舞者！

改革开放以后，芭蕾舞剧在我国已经普及，上世纪七十年代成型的国产芭蕾舞剧《红色娘子军》《白毛女》常演常新，新编排的民族题材的芭蕾舞剧时有佳作，西方的古典芭蕾舞剧、现代芭蕾舞剧更是纷纷亮相，来华演出的外国芭蕾舞团数不胜数。作为西方古典浪漫主义芭蕾舞开山作，又被称为“芭蕾之冠”的《吉赛尔》，已经引进过众多版本，现在中国共有中央、上海、广州、辽宁、天津、苏州、重庆七个芭蕾舞演出团体，其中多数都演出过《吉赛尔》。

三年前，有一次地中海邮轮旅游，在登陆完马耳他以后，邮轮有两天两夜是驶向西班牙巴塞罗那的海上巡游。当时我已经倦游，邮轮上的种种消遣设施也都玩腻，恰在这当口，在酒吧邂逅了一位比我小十几岁，刚退休的工程师，聊起来，他竟是一个芭蕾发烧友。我说起阿隆索，说起《吉赛尔》，他问我还看过什么版本的《吉赛尔》？我只好惭愧地告诉他，后来虽然也看过不少芭蕾舞剧，但《吉赛尔》却只看过那一台。他就告诉我，对我非常羡慕，我观看阿隆索《吉赛尔》那一年，他才九岁，虽然阿隆索在我们聊天的时候还健在，却早已挂鞋，他是再不能一睹芳容了。他说看过资料，阿隆索的芭蕾舞别树一帜，既不同于俄罗斯流派，与美欧的那种风格也有差异，他引我细细回忆半个世纪前看到的那一台阿隆索的《吉赛尔》，发议论说：对了，你的回忆，印证了评论家们的评价，就是俄罗斯学派的芭蕾舞剧，往往强调抒情，不大注重叙事，像他们的多种版本《天鹅湖》，看上去很美，情绪饱满，但细推敲，情节上却多有漏洞；欧美派的芭蕾舞剧则强调技巧，刻意创新，所以最早出现朝现代主义方向发展的苗头；阿隆索的芭蕾舞剧则很像我们唐代白居易的诗歌，有技巧，有意境，却并不唯美，而是把一个故事给观众讲圆满，令妇孺皆懂。他让我回忆阿隆索那台《吉赛尔》第一幕的一个细节，就是阿尔伯特藏匿斗篷和佩剑的那间棚屋，是推门就能进去，还是需要用一把钥匙开锁进去？我偏还记得，是用一把大长钥匙开锁进去的，后来村里猎人希莱里昂为进去寻找证物，是使用匕首撬锁的。他说那就对了，这就是把故事讲圆的细节处理，多少剧团演这个剧，都不会在乎这种细节，似乎反正芭蕾舞看的是舞，顾了舞，就不讲究剧情合理不合理了。

邮轮上遇到这样一位芭蕾舞通人，真是三生有幸！更令我惊喜的是，他带了一个 iPad，里面收藏了不少芭蕾舞剧资料，愿意借给我在船上消磨时间，他特别推荐了其中完整的高清视频：英国皇家芭蕾舞团 2014 年的一台《吉赛尔》。他告诉我，剧中的吉赛尔扮演者，是曾在俄罗斯国家芭蕾舞团任首席的娜塔莉亚·奥西波娃，到英皇团后，也任首席，是世界顶尖级的芭蕾舞女舞者。剧中扮演阿尔伯特的呢，则是黑人舞者卡洛斯·阿科斯塔。这位卡洛斯·阿科斯塔，是古巴人，是阿隆索的正宗徒孙。我说我之前听说过阿科斯塔，记得2000年我初访英国，在伦敦，就有朋友跟我提及，一个古巴小伙子，黑人，贫民窟里长大，却被古巴芭蕾舞教母阿隆索培养成了国际芭蕾舞男星，已经签约英国皇家芭蕾舞团，但他跟长期担任英皇团男首席，原苏联出来的那位芭蕾舞男星鲁道夫·努里耶夫大不一样，努里耶夫是1961年叛逃西方的，而阿科斯塔却一直持有古巴护照，他在美欧各处跳舞都是获得正式签证的。当时提及阿科斯塔的朋友笑说："黑人舞者，跳得再好，难道能跳罗密欧？"邮轮上结识的新朋友就告诉我，也是在2014年，阿科斯塔与白人女首席娜塔莉·荷伊共同主演了《罗密欧与朱丽叶》，他果然成为西方舞台上第一位黑人扮演的罗密欧！

邮轮在海上航行，我猫在船舱里，半躺在沙发，从那iPad观看另一台《吉赛尔》。阿科斯塔出生于1973年，2014年跳《吉赛尔》已经四十一岁了，扮演吉赛尔的奥西波娃出生于1986年，比他足足小了十三岁，但正处在女芭蕾舞演员最娴熟的年龄段，奥西波娃也是身材极佳，但相貌难称妍丽，演出中抬头纹时时显现，嘴总有些合不拢，总体而言，形象是非常适合吉赛尔这样一个清纯村姑的设定。她的舞姿，对比于记忆中阿隆索扮演的吉赛尔，那所达到的技巧难度，是令人称奇的，尤其是第二幕中的独舞以及与男演员配合的双人舞，要有一连十几个的Entrechat（两腿垂直向上跳起，在空中完全绷直，并快速前后交织），脚下紧张急速地跳跃，上身却依旧保持手臂的平稳，把幽灵那已然失重的虚幻缥缈，以及人鬼情未了的缠绵，体现得淋漓尽致、荡气回肠。

我特别注意阿科斯塔对阿尔伯特这个角色的处理。第一幕中，果然有他拿出大长钥匙给侍卫，并叮嘱侍卫一定保密的细节处理，也许，这就是对阿科斯塔的芭蕾舞教母阿隆索版本的传承，虽然现在是在英皇团演这出戏，阿科斯塔也并非编导，但他肯定能说服编导同意按阿隆索的路子把故事讲圆，这类的细节处理，也使得观众确信，阿尔伯特不是来采路边野花，他是真的爱上了吉赛尔，但他被自身的阶级束缚，在追求真情方面，他与吉赛尔是一样的，只是他毕竟不能立即挣脱包办婚姻，目睹了吉赛尔的发疯惨死，还不得不暂时弃村庄回城堡。我还注意到，第一幕中吉赛尔母亲这个角色，编导不因是个龙套而模糊处理，在音乐进行中，利用叙事性乐段，让观众看懂，她是从一开始就接受熟悉的希莱里昂，拒绝陌生的阿尔伯特（虽然他化名装扮成邻村猎户），因此当真相大白，女儿发疯至死，她的悲怆，也是令观众唏嘘的。后来我还回 iPad 时，跟那位“芭蕾通”聊感想，他点头说，这也应该是借鉴了阿隆索流派的处理，就是不能只注重舞蹈的美感及技巧的难度，也要注重叙事及次要人物的刻画。

第二幕中，阿科斯塔着重表现出阿尔伯特来到墓地，是真心忏悔，当鬼王和维利斯逼迫他持续狂舞，他是认罪认罚的，当成为幽灵的吉赛尔替他跳舞时，他是不忍的，其中那段双人舞是他甘心一死的内心呈现。英皇团的这台戏，第二幕的处理十分细腻，鬼王和维利斯的服饰，腰后都有一双小小的天使翅，鬼王把吉赛尔从新坟中唤出时，她是新鬼，尚不能现出鬼形，因此她的造型，腰后就无天使翅，这样也就解释了为什么阿尔伯特能感觉出鬼王和维利斯的存在，却对吉赛尔只有感觉而无视觉。阿科斯塔虽然已经四十出头，其体能舞姿却仍是青春状态，剧里其他男舞者，大多比他小十多岁，有的虽然跳得也很不错，但以挑剔的眼光观之，时有瑕疵，会在一两秒里，腿臂显得是在努力维系平衡与优美，阿科斯塔却一招一式都绝对浑然天成，一个单腿跪下托额沉思的舞姿，也那么稳准美雅，而且肢体永远在表达人物内心，面容表情恰到好处，真是炉火纯青。最后正当阿尔伯特濒临累死时，晨钟响起，鬼王引领维利斯隐退，吉赛尔也不得不消融于朦胧天光，这时阿科斯塔以一组挣扎站起的肢体语言，告诉观众阿尔伯特并不因活命而欣慰，反倒更加地对自己所造成的吉赛尔的悲剧痛心疾首。阿科斯塔颠覆了我半个世纪前对此剧中阿尔伯特这个艺术形象的认知。但是我仍珍惜半个世纪前的那种观感。审美感受原无对错之分，在流逝的时间与沧桑的世道中，同一审美主体对同一审美客体产生不同乃至相反的审美体验，是惯常的事。

2018 年，阿科斯塔拍摄了自传电影《尤利》，尤利是印第安英雄的称谓，是阿科斯塔父亲呼唤他的昵称。电影使我们知道，阿科斯塔出身于城市贫民家庭，父亲是黑人，母亲是白人，他是黑白混血儿。他从一个贫民窟的顽童，最后成为一个世界顶尖级的芭蕾王子，靠的是父亲对芭蕾舞的热爱向往，芭蕾舞老师对他的始终不弃，以及他自己那修长而健壮的双腿，当然还有机遇，他在影片中出演成年的自己。2019 年，古巴芭蕾舞教母阿隆索在哈瓦那仙去，享年九十九岁。阿科斯塔现在回到祖国，在那里开创现代芭蕾舞事业，2019 年以他命名的现代芭蕾舞演出团到北京演出，他在其中演了《雄鸡》。

2019 年 8 月 10 日，我到北京国家大剧院观看了意大利斯卡拉歌剧院芭蕾舞团的《吉赛尔》。虽然《吉赛尔》1841 年首演于巴黎，但让“吉赛尔”冠绝古典芭蕾界的，却是意大利斯卡拉歌剧院芭蕾舞团的伊薇特·肖维雷，剧中芭蕾舞者大量使用脚尖技巧，正是伊薇特·肖维雷首创，过去中国人多称芭蕾舞为“脚尖舞”，其实观赏芭蕾舞并不能一味以脚尖的舞动为重点。我看到的这第三台《吉赛尔》，被认为是最接近约一百八十年前巴黎首演的具有艺术活化石品格的一版，虽然二百来年世界各处有无数次《吉赛尔》的演出，也多有新的处理，有的甚至已经完全以现代舞的方式呈现，但斯卡拉歌剧院芭蕾舞团刻意保留的这个伊薇特·肖维雷首跳的原汁原味的版本，却依然具有饱满的艺术魅力。这台《吉赛尔》中的脚尖技巧适可而止，仍保留初演时大量的平脚舞姿。其实芭蕾舞中女舞者的平脚跳魅力，往往并不亚于足尖跳。第二幕中维利斯群舞，舞者分两批从左右往中间跳动，是侧身展臂，平脚横移，最后在交错中，白纱裙呈现扇面图案，形成视觉盛宴，绝对经典，这一处理，后来被《天鹅湖》等芭蕾舞剧挪用，已成滥觞。

这第三台《吉赛尔》，台上呈现的，没有阿隆索那台的火气，也没有阿科斯塔那台那么圆通，我的审美感受也变得单纯而澄明，终于懂得，无非就是在传递西方文艺的母题——爱情与死亡，忏悔与救赎。中西文艺差异明显，但我想到中国的《梁山伯与祝英台》，也是有情人未能成眷属，《白蛇传》，也是人鬼情未了，中西文艺的创作者与欣赏者，其实又很容易找到共情的痛点。

人的一生，可以从多种角度回顾总结，事业的角度，社会家庭责任的角度，心路历程的角度，等等，其实，也还可以从审美的角度，把自己历来的审美经历、审美经验、审美变化，都反刍成珍珠宝石，穿成项链，挂在灵魂的脖颈上，那也就不枉在世为人一趟了。

2020 年 5 月 6 日　温榆斋中

於梨华的悬空书房

1987年秋天第一次访美，於梨华热情邀请我去她任教的纽约州立大学奥尔巴尼分校做次演讲，我先去了三一学院和耶鲁，在哈佛与李子云大姐会合，又一同去了麻省理工学院，本应从那里一起结伴赴奥尔巴尼，却因於梨华夫君忽然发病，李子云大姐便去了明尼苏达大学，我便另去了康奈尔大学，后来又去西海岸，竟未能与她谋面，甚是遗憾。

1998年再度访美，从中部科罗拉多丹佛，与妻子坐火车去旧金山，好友李黎到车站接我们到她在斯坦福家中，告诉我，於梨华已从东部迁西部旧金山湾区几年了，因为美东的冬天寒冷，旧金山湾区则冬暖，所以她夫君和她从纽约州双双退休后，便到西部这边享受暖冬。我就说其实1987年虽然接到来自美国的五封邀请信，於大姐的那封却是首先寄达的，除校方的正式邀请函，还附有她本人手书的信札，说她家住的房子挺宽敞，我和李子云都可以住她那里。李黎就告诉我，她夫君那时担任校长，住的房子确实气派，但退休以后，必须搬出，自己买或者租，就没能力在好地段住那么大的房子了，现在他们夫妇在湾区买的是公寓房，一个单元，自己住当然也还不错，留客就不大方便了。

在李黎家中，接到於梨华电话，邀请我和妻子一同去她家做客，李黎作陪。李黎说，美国这边，一般住公寓的，轻易不会邀请朋友去家里见面，都是约到外面咖啡馆或餐厅相聚。可见於梨华对我真是格外看重。我当然很高兴。与北京家中儿子通长途电话，告诉他将会见到著名作家於梨华，他却把於梨华跟聂华苓弄混，国内弄混她们二位的至今仍有，她们虽然都是早年从中国台湾到美国定居的作家，但聂大於六岁，聂在爱荷华大学创办国际作家写作室，长期以来分批邀请各国作家去参与写作室活动，上世纪七十年代末期起，她通过邀请海峡两边作家去那里会合，对促进两岸文学交流与国家统一贡献甚大。於则是台湾第一代赴美的留学生之一，1967 年发表了长篇小说《又见棕榈，又见棕榈》，是留学生文学之开山作。经我提醒，儿子想起我家书架上有这本书，记得我跟他说过，这部小说使用了时空交错、意识流等现代派文学的技巧，对大陆作家很有借鉴意义。

由于大陆实行了汉字简化，因此，有的姓氏，比如葉，简化为形态差异极大的叶，葉聖陶、葉君健、葉嘉莹写成了叶圣陶、叶君健、叶嘉莹，但於这个姓氏却绝不可简化为于，因为它的读音，不是 yu 的第二声，可读第一声或第四声。我取第四声，熟悉以后，称呼她，听起来就是玉大姐。

李黎开车带我和妻子去於大姐家，她亲自到地下停车场来迎接，带我们一起乘电梯去她家那个单元。我们虽是头回见面，却神交甚久，一见如故，言谈甚欢。见到於大姐夫君，原来就听说是双腿残障，果然是坐轮椅上，但身体魁伟，红光满面，当时他的轮椅在落地窗前，就笑指下面，让我和妻子观看，原来窗外是宽敞的中庭，绿植丰富，还有颇大的泳池，池水碧蓝清澈，於大姐就说，她会到楼下会所打网球、进健身房健身，然后会到泳池游泳，夫君便会在这个窗前对她挥手、欣赏她的泳姿。那一年於大姐已年近七旬，看去却至少年轻二十岁。

於大姐呵呵畅笑，带我们去她书房，说那是她生命中最重要的空间。万没想到，她那书房十分奇特，竟是在高挑的屋子里，以一架楼梯连通，形成屋中屋，看去是悬空的造型，登梯上去，背后是墙，形成书架，前面竟只设栏杆，从下面可以望见书房内部，书桌靠栏杆，写作椅朝外，坐上去可以“一览众山小”！我和妻子以及李黎随她上去以后，她笑道：“放心！很结实的!”我们就都坐到书房的沙发椅上，畅叙起来。

早听说於大姐快人快语，是个直脾气、急脾气。果不其然。她既邀请我们去到她生命中最重要的空间——任灵魂飞翔遨游的书房，也就全不设防，口无遮拦，咳唾珠玉，嬉笑自若。聊天中提到一位从中国大陆移居美国的女士，所写的一本畅销一时的回忆录，她直率地表达，看不惯！特别是开篇就描述自己在中国所过的一种白金汉宫式的养尊处优生活，下午茶的细瓷描金茶具如何高档名贵，等等，后来被冲击摧毁，於大姐的意思是，若说遭受失常的不幸，许许多多普通中国人更有叹息权，她算得什么?我听了，就自愧不能如她那样直率陈言，虽有看法，却往往要左顾右盼，怕人误会，怕遭口舌。於大姐教会了我，于事于人，应以良心良知衡量，好处敢说好，坏处敢说坏，不随波逐流，也不哗众取宠。

后来知道，於大姐的退休校长夫君于 2012 年谢世，她后来住进老人院。前些天从网上知道，她竟于 5 月 1 日仙去，享年八十九岁。难忘在旧金山湾区她寓所那悬空书房的畅谈。她的生命之叶飘落了，她的灵魂一定归回到了她所挚爱的故土的根系中。

2020 年 5 月 9 日

姐姐的电影

提起《神秘的大佛》这部老电影，刚子总要说：“那是我姐姐的电影!”家里富裕了，第一次国内游，刚子把目的地就定在乐山要去看那大佛。媳妇理解他。他们也果然去了，是自驾游，途中还特别造访了少林寺，因为那也是“姐姐的电影”。怎么回事呢?刚子十三岁那年，姐姐考上了省城一所著名的大学，轰动了周围十几个村子，那片地方，还是头一回有考上大学的，父亲高兴，就出钱请来电影放映队，到村里场院连演两天电影，那两个晚上，不仅本村的男女老幼都搬着板凳去看，邻近几个村的也来了不少，甚至还有大老远的山区的青壮年，得到消息，集体坐着拖拉机，赶来看的。真跟节期的庙会一样，热闹极了。放映前后，刚子跟一群小伙伴，银幕前后跑来跑去，欢声笑语，仿佛个个都插上了翅膀，几乎飞上天。

那两个晚上的电影，放映队帮父亲精心安排，头一晚先演《神秘的大佛》，再演一部戏曲片《卷席筒》。《大佛》老少咸宜，都说好开眼，好过瘾。《卷席筒》呢，刚子等一伙皮孩子看得犯困，老人们特别是老太太们竟然看得抹眼泪、长叹息。结婚后媳妇让他讲《卷席筒》的故事，竟讲不周全，媳妇就说：“那不也是姐姐的电影吗?”他憨笑。第二个晚上安排的是《少林寺》和另一部戏曲片《墙头记》，本来应该先演《少林寺》，副放映员却错把《墙头记》的头一本装上了，那就先都看《墙头记》吧，谁知刚子和一些皮孩子却都看进去了，到如今刚子不仅能跟媳妇把那故事讲得四角周全，也给已经上小学的儿子讲过，儿子听了就说：“爸，你老了我不会把您推墙头上的，我一定孝顺。”媳妇就笑：“得是两兄弟，才会你推我也推，把老爸推在墙头两边下不去的，我跟你爸要是再给你生个弟弟，你再说这话才对榫儿。”儿子就说：“知道。《墙头记》，那是姑妈的电影!”全家就笑成一团。

姐姐大学毕业，分配到北京一家国企工作。以往那些年，“学霸”这词儿还没流行，“知识改变命运”的说法也不见姐姐姐夫提起，但是现在平心而论，姐姐分明就是学霸啊，姐姐没有依仗，就是靠努力学习，在专业领域能实干也善总结，才晋升到高级工程师的。刚子高中毕业没考上大学，他们那个村近二十几年自他姐姐后再没有考上大学的，附近十几个村子算起来也只有两个考上本科五个考上大专的，但是不管是刚子留在村里种庄稼养大牛，还是后来进城在建筑公司当工人，从撮沙子的粗工到架子工，姐姐见到他，总跟他说：“要学习。要掌握一门技术。技不压身。”他学不下去时，姐姐就跟他说：“要把学习当成快乐的事情。”他后来学了暖通技术，到了工地，干活的看不懂图纸，他又能干活又看得懂图纸，让那些只能干活的好羡慕，他尝到了学习给予他的甜果。姐姐鼓励他：“你虽然没上大学，但是只要你刻苦学习，以同等学力资格，你照样可以考取技术职称。”姐姐还跟他说：

"学习无止境。专业上的进取是必需的。其实，获取任何知识都可以当成一种娱乐。"姐姐在电脑上示范，"比如，专业领域里遇到一种设备跟意大利有关，于是就查意大利，知道意大利是怎么回事，欧洲历史上曾有文艺复兴，意大利在文艺复兴时有三杰，三杰是谁？其中达·芬奇有幅名画《蒙娜丽莎》，查出来端详，画上美人现出神秘的微笑，那么此画现在由法国卢浮宫收藏，查卢浮宫，发现后来美国建筑师贝聿铭在卢浮宫中庭设计出了个玻璃金字塔，什么模样？查出来端详，喜欢不喜欢随自己，再查贝聿铭，知道他祖籍中国苏州，苏州园林狮子林本是贝家的，再延伸查出苏州的主要园林景观，想到'上有天堂，下有苏杭'的说法，于是查杭州，查到雷峰塔，想到《白蛇传》，查京剧资料，京剧四大名旦都演《白蛇传》，程砚秋那一派的唱腔特点是什么？……啊，累了，歇会儿……你看，这不比打电子游戏收获大吗？"姐姐使他养成了把随机学习当成了娱乐的好习惯。

2018 年夏天，刚子考取了暖通助理工程师，姐姐呢，又考取了建造师。双喜啊！刚子决定，请姐姐看场电影。一般影城的电影不稀奇。刚好国家大剧院搞了个世界著名歌剧的电影展映。姐姐和刚子都还没进过那个"水蒸蛋"造型的大剧院，于是选了一部《叶甫盖尼·奥涅金》，姐姐和自己两家，都去看。姐姐好高兴，本着她那"学习即娱乐"的习惯，事先做足了功课，这部歌剧是根据俄罗斯诗人普希金的长诗改编的，普希金什么时代的人，还有什么作品，歌剧由柴可夫斯基作曲，柴可夫斯基还有哪些作品？原来著名的《天鹅湖》也是他谱曲的……

刚子买到的是一楼第一排的一溜坐席。姐姐的电影，又增加了一个名目啊!

电影开演了。演到一半，银幕上的女主角塔吉雅娜在唱咏叹调时，刚子却发现，忙碌一天的姐姐靠在椅背上睡着了！啊，姐姐，好姐姐，你脸上的微笑多么美丽，多么甜蜜！弟弟诚心诚意奉献给你的电影，就算没看完全，你也必将永远铭记。

修脚师的生日

离他家不远的那家修脚店开张三个来月，他已经去修了几次脚。四位修脚师都非常年轻，手艺不相上下，服务态度也都还好，那位来自甘肃的瘦高个儿，姓封的，记得自报过出生年头，是1990，其余三位都比他小，最小的那位问出来，是1995的。修脚师一边给修脚，他一边跟修脚师聊闲篇，几个小伙子都称他“老爷子”，相处挺愉快的。

那天他又去修脚，其余三位都已经做上了活儿，小封接待他。小封捧来灌好热水的木桶，先请他泡脚。开头他没大注意，等泡完脚，小封把他左脚放到软凳上的不锈钢脚支子上的时候，他才发现小封戴着口罩。啊，老板定的新规矩吧，戴着口罩修脚，也好啊。但是往左右一望，其余三位修脚师跟以往一样，都没戴口罩。小封开始给他修脚，鼻子里有呼噜声，他立刻敏感，问：“你感冒了吗?”旁边的一个修脚师代小封回答：“可不感冒了!”他不由得再问：“吃药了吗?”另一边的修脚师代答：“吃的头孢。”他不免有些紧张，对小封说：“吃头孢，那是细菌感染啊，啊呀，我可是老年人，我很脆弱的，抵抗力不行，你可别招上我!”小封就解释：“我没大事。其实我已经好了。我鼻子以前就老爱呼噜，是慢性鼻炎，不传染人的。”他便不像往次那么放松地享受修脚，跟小封说：“今天你快点吧。”他右脚大拇指有半块是灰指甲，小封还是很耐心地给他收拾。旁边的顾客跟给修脚的师傅聊天，问结婚了没有，回答是：“我有女朋友了，两个老弟还小呢，就封哥结过婚。”小封就解释：“那不算！只领了证，没办事啊！”他懂，在许多农村，认为只有摆了宴席才算结婚。小封就单跟他解释：“我为什么跟她又扯了离婚证呀？她偷偷把我存下的七万块钱，拿去给她家，为的是给她哥娶媳妇，她哥有残疾……”说着眼圈红了。神仙也难断家务事，他却生出同情小封之心，安慰他说：“你的真缘分也许埋伏在前边呢。”小封就说：“明天我就二十九岁整了。不愿意娶寡妇，哪个黄花闺女愿意嫁我这么个穷修脚的呀！”他忙说：“你明天生日啊！祝你生日快乐！别灰心！毕竟你还是年轻！”

那天修完脚回到家，他赶紧用盐水漱口，又服用了一片可以增强抵抗力的维生素C泡腾片。过了一夜，身体并无不适，可见并没有从小封那里招上什么。回想起来，理解小封有小病还坚持给人修脚，前几次问过，老板包他们修脚师吃住，给些底薪，修脚师的收入，主要靠计件提成，如果有点头疼脑热就歇工，哪里还挣得到钱？病了一般就扛，小封头两天显然有点扛不住，才花钱看病买药。对于他们修脚师来说，能多挣一点是一点，他头一次去，小封就力劝他买卡，他买了张800元的卡，小封高兴得满脸放光，后来知道，谁劝顾客买了卡，可提成2%，小封为16元的提成竟欣喜成那样！但愿小封这次能很快康复。

第二天傍晚，他去超市买东西，路过那修脚店，发现小封穿着羽绒服，站在店门外，仔细观察，是在抽烟。两人自然互相招呼。小封见到他高兴地说：“哎呀老爷子，您来得正好!”他有些糊涂：“怎么正好？我是要去那边超市买东西。我昨天不是刚修了脚吗?”不免又说：“你抽烟呀？这可不是好习惯!”小封把抽剩的烟蒂扔了，说：“其实我只是偶尔抽一根。现在凡是有屋顶的地方都不让抽。我也想戒，可有时候实在心里头憋闷，抽一口好像能舒服点似的。”他朝店门里望，见那三个修脚师都闲坐着低头，一手握手机，一手划屏。小封叹口气说：“总是这么怪，昨天活儿忙不过来，今天简直没生意!”他就说声：“你病好啦？祝你生日快乐!”小封忽然非常激动，像是要拉住他，吓他一跳，跟他说：“我要请您吃饭!”他更惊诧：“请我吃饭？为什么呀!”小封说：“昨天从一早，我就在店里跟大家伙说了，今天是我生日，我就盼着几位弟娃哪怕只有一个，跟我说声‘祝你生日快乐’，只要一个人一句话，今天我就请他们全体吃个晚饭！可是，他们一个也没说那么一句！今天没什么生意，我又特意说了，我的生日，直到刚才，他们还是没人给我一句‘祝你生日快乐’，你知道吗？我父母都没了，两个姐姐都出嫁了，算是有个老婆又离了，我孤单一个，就盼句‘祝你生日快乐’，结果呢，只有您，您昨天跟我说了句‘祝你生日快乐’，没想到忽然又遇见了您，您又说了句‘祝你生日快乐’，这对我来说，好金贵呀！我一定要请您吃饭！您不能拒绝我！您答应我！……”

他望着眼里冒出强烈的渴望火焰的修脚师，愣住了。

藕荷色

她被老同学们动员很久，才加入了同窗微信群，但她基本上只是浏览别人的微信，自己极少回应发言，表情包不会用，音频对话罕有响应，视频通话更不愿意。但若干同窗并不因她孤僻而疏离她。前几天就有问她：重阳节登高了吗？她心里回答：又读《红楼梦》里“琉璃世界白雪红梅”一节呢，仿佛和薛宝琴及其丫头小螺同立在那琉璃世界的山坡上，共览美景啦；还有问她：赏菊了吗？她当然把《红楼梦》里的菊花诗再诵读了一遍。但有问她：今年重阳节晚辈孝敬的是什么呀？还是菊花糕吗？她心里就不大淡定了。

老伴去世五年了。她独居。儿子、儿媳、孙女儿住得远。儿子在外企，儿媳妇在国企，孙女儿大学刚毕业跟几个同窗联袂创业。晚辈们自打中秋节以后就再没来看她，这倒还罢了，却也基本上没来电话聊天。算起来一人来过一次电话问候吧，问忙吗？回答是“忙倒不忙”“还行吧”“瞎忙”，话比以往少。不免有些挂念。

今年重阳节不在双休日，晚辈们没来看望很正常，但现在年轻人多能网购，前面几个有特殊意义的日子，如她的生日，端午节，也都不在双休日，人没来，却总有快递小哥按响门铃，送来晚辈们网购的应景应节礼物，虽说隔些天晚辈人来了，嗔怪他们多事，“人来时带东西就好，何必非咬定正日子”，心里却暖暖的，这不，晚辈人没来电话没来东西也没来，心里就有点子空落落的了。

其实，今年的重阳节过去两天就是双休日。星期日下午，门铃脆响，开门一迎，三张笑脸。“妈”“奶奶”的热乎呼唤重叠一起。

原来，儿子、儿媳妇、孙女儿，一上午转了三个商场，为的是给她孝敬一件羊绒衫。不免嗔怪：“现在不是什么都能从网上买到吗？怎么非得到实体店买？又怎么要转悠三个商场？什么精怪的羊绒衫？齁贵的吧？奢侈品我可不要！”

儿媳妇就把那精挑细选买来的羊绒衫从包装匣里取出来，抖开，举起给她看：“妈，怎么样？这颜色，绝了吧？”儿子、孙女儿站在儿媳妇两边，都笑吟吟地等待她作出反应。

“天呀！藕荷色的！”她激动得不行。

立刻理解了：藕荷色的羊绒衫，网购未必有货，就是有货，根据图片买来恐怕打开一看也难理想，而且实体店里也未必都备有这种颜色的货，难怪转到第三家商场才终于心想事成。

立刻试穿，立刻照镜，合身，雅丽，镜子里绽放出四张如花的笑脸。

大家围坐到沙发茶话。她满脸放光，说：“原来你们记住了我以前说过的话。《红楼梦》里写到颜色的地方多了。贾母说那种软烟罗的纺织品，几种颜色呀？一种雨过天青，一种秋香色，一种松绿色，一种银红色。宝玉跟宝钗的丫头莺儿有关于颜色搭配的对话，怎么说的呀？大红要配黑色，松花色要配桃红色，葱绿要配柳黄……书里还常提到玉色，有人以为玉色等同白色，不对，玉色比白色略暗却又润泽……当然啦，你们记住了，我最喜欢的，是藕荷色。书里起码三次写到藕荷色。林黛玉的床帐是藕荷色的，宝玉一次穿着簇新的藕荷色纱衫，鸳鸯抗婚，穿的也是藕荷色绫袄……有人说藕荷色属于暖色，说得不准，藕荷色是中国画颜料里头的花青色和胭脂色调出来的，如果胭脂成分多些，那当然比较暖，如果花青色成分多了，就往紫色靠，那就又偏冷了，依我看，你们买的这件，属于最得宜的藕荷色，既不偏暖也不偏冷，很温馨，极雅致……”但她低头抚摸那羊绒衫下摆时，不禁问：“啊呀，很昂贵吧？从实招来，究竟多少钱买的？”

儿子报出价格，确实不菲，但安慰母亲：“我们三个人集体孝敬您的，一分摊，也就不算奢侈了。”

她眼光轮流扫视三个晚辈：“你们都顺遂吗？”三个人都笑了。儿子说：“妈，您就继续沉浸在您所喜爱的《红楼梦》世界里，安度晚年吧！”儿媳妇说：“您别为我们操心啦！”孙女儿依偎到她怀里，她搂住孙女儿，心里汪着蜜水儿。

伏天盖厚被

小焦请我去他家，开车把我送过去，是在南四环外，租的一个楼区的独单元，周末嘛，他媳妇也在，知道我去，蒸好一笼素馅包子，煮着绿豆粥，请我吃晚饭。小焦是我忘年交之一，也是个“红迷”，最近他跟我讨论《红楼梦》中的植物，别的都好说，唯独绛珠仙草，这是曹雪芹在第一回里写到的，是讲天界的西方灵河岸三生石畔，有那么一株特异的草，神话里的草，本不必较真，但历来的红学家，多有从大地上寻觅原型的，有的说就是人参，因为人参出土的部分开花后会结出小小的红浆果；有的则断定为灵芝。小焦请我去他家的缘由之一，就是要我看他那一楼独单元附带的小花园里，有他从河北老家移栽的一种草本植物，我走近去细观，只见植株也就半米，叶片细长对称生长，开小白花，花落后结出红色的小圆果，他说在老家，俗称这种植物“红珠子”，他已从网络上查了，学名叫珊瑚樱，是一种茄科茄属植物，但无论叶子还是所结的“红珠子”都绝不能吃，有毒性，农村人种它，纯为观赏。小焦问我：“您看是不是很有点绛珠仙草的模样?”我就觉得，如果非要从大地上找出曹雪芹写天界绛珠仙草的原型，那么，这珊瑚樱远比人参、灵芝什么的靠谱。

我和小焦在那小花园里把珊瑚樱当作绛珠仙草观赏，他媳妇小芹，则在一旁收晾在捆于东西两边树上的绳子上的厚被子，我就说：“啊，天热了，该换被子了，这厚的晒透了，收起来，换薄的盖，我老伴在的时候，也是她张罗换季的事，衣被换季，是家里一桩大事啊。”小芹就笑：“我这可不是换季，我们一年四季，都盖厚被子！”这让我颇为惊奇。

吃完晚饭，和小焦小芹坐在小花园里聊天，小焦就跟我说，他们“七零后”这一代农村娃，赶上了下地干活，夏收、秋收，种种机械化以前的劳作。那时候四季都盖一床被子，无论夏收、秋收，那时候还有场院，庄稼收来，先堆在场院，各家轮流晾晒、脱粒、装袋、运走……像他那样的半大小子，晚上就把麦秸铺开当床，抱着被子睡觉，觉得热，就把被子推开，觉得凉，就把被子拉来盖上，一床厚被子，拉过来只盖肚皮，就等于薄被子，所以完全用不着一年四季换几种厚薄不一样的被子。后来机械化了，庄稼连收割带脱粒、装袋、打包全在大田里完成，场院也渐渐全消失了，压庄稼的碌碡成了城里收藏迷的抢手货，现在留存的很少了，但一年四季都盖厚被子的习俗，却保留至今。小芹证实，她们姑娘家，不会去场院睡觉，都是在屋里炕上睡，但是因为冬天是热炕，睡着特舒坦，春夏秋呢，不烧炕了，就觉得腰底下欠了些，那么，冬天的被子也就不觉得厚，晚上照样盖，无非是盖得不那么严实罢了。如今农村生活大有改善，被子的质量大有改进，过几年换个芯子，一个芯子备好几个被套，被套洗换得频繁，但是，四季盖的，从城里人眼光看，还都属于厚被子，她说你可以到我们卧室看看，我们都进城二十年了，该算城里人了，屋里其他方面也很城市化了，可是我们虽然有好几床被子，却都是你们说的厚被子，哪像你们地道的城里人，分什么厚的、薄的，又是什么夹的，什么毛巾被，讲究特多。我听了，就觉得他们的少年时代所经历的农村生活，艰苦中自有质朴，粗粝中自有快乐。

小焦业余帮我录制讲108回《红楼梦》音频，已交付在网易云音乐电台播出，由此他对《红楼梦》更着迷，小芹笑话他，说在家里经常“红言红语”，什么“着实响快人”“不拿大”，什么“拔一根寒毛比咱们的腰还粗”，又是什么“无立足境，是方干净”，什么“身后有余忘缩手，眼前无路想回头”，什么“大不幸之中又大幸”……小焦笑得更响：“这不，连你也传染上了！”小芹说：“别以为就你能！《红楼梦》里的灯谜，我也能猜对几个！”小焦就拍手：“好！你猜：大哥有角只八个，二哥有角只两根。大哥只在床上坐，二哥爱在房上蹲。是哪两样东西？”小芹说：“谜底书里写了，来考我？你真能，你把薛小妹新编怀古诗十首都破解出来，我就服你！”我没想到，这对伉俪竟然对《红楼梦》都这么着迷，不免赞叹。忽然，小焦狡黠地笑对我说：“刘叔，开头说到厚被子，我倒想出了一个灯谜，您猜猜试试——伏天盖厚被——打一个人名儿。”我一下被考住，他就补充：“要以您这样的城里人的思维来破解。”我正琢磨，小芹噗嗤笑了，又用拳头去捶小焦，啊，我也笑了。非常愉快的一个傍晚。

雪白的衬衫

本来就是空巢老人，居家隔离算不得什么难事。儿子儿媳妇带着孙女儿在外地居家隔离，每天下午电话问候。助理小焦则在远郊居所，他媳妇在学校工作，儿子上中学，一时学校不能开学，也是全家自我隔离状态。儿子儿媳妇给小焦划一大笔款，请他每半个月为我一次采购齐吃的用的，给我送到居室。他第一次来，先在门口登记，测了体温，物业在门口值班的认识他，知道他是我助理，不仅管理我的业务，也兼照顾我的生活，而且春节后从老家返京早已自我隔离超过十四天，就为他办理了小区出入证，但他按响我单元门铃后，我开门，他戴着好大一个口罩，头上罩个浴帽，双手都戴着一次性手套，真是面目全非，而且不等我招呼，就让我避开两米，我事先在门内地板上铺满了报纸，他就分几次把为我采购齐全的吃的用的四个大纸箱安置在报纸上，告诉我："先别忙，过七八个钟头再收拾。"我当然也戴着口罩，跟他道谢，他也不停留，说声"缺什么打电话我再送"，径自离开。

小焦离开不久，儿子就来电话，问："交接得怎么样?"其实小焦所在的远郊社区，和我们这个小区两公里范围内，都一直没有出现疫情，不免觉得儿子何必惊惊乍乍？但想起《红楼梦》里有“小心没有过逾的”说法，也就释然。小焦又来电话，说考虑到我不能缺乏青菜，但原始状态的青菜又难以保存，因此送来的一个不锈钢大盒子里，是他媳妇为我用芹菜、柿子椒、胡萝卜切好的蔬菜三丁，我放到冰箱冷藏室后，可以在吃速热盖饭、速热馒头、方便面时，舀出几勺或蒸或煮用来佐餐。果然这盒的蔬菜三丁差不多正好吃个十多天。

没想到这居家隔离竟然一个十四天过去，再一个十四天，还要十四天……我倒宅得住，而且利用这段时间把新的长篇小说《邮轮碎片》收尾，交给了人民文学出版社，他们看过后予以肯定、鼓励，会先在《当代》杂志刊登，然后出单行本。我还继续写另一个长篇，答应写成给上海一家出版社。又研究了京剧表演艺术体系，为李崇林提出的“三身理论”写了长文，已在《文汇报》《笔会》刊出。生活得很充实。但接着就有两个迫切的问题凸显出困难，一个是理发的问题，虽然是糟老头子了，头发已然稀薄，但超过两个月不修理，盥漱时对镜，真觉得怪模怪样。儿子跟我通话，劝我隐忍，他说得也对：“你坚持不外出，是你的福气，也是我们的福气。”但另一个问题就难以隐忍了，就是扔垃圾的问题。我们这小区各楼，都还没实行下楼分类扔垃圾，还在各层的楼梯拐弯处，设置大垃圾桶，可以比较近便地扔垃圾。但儿子电话里坚决阻止我自己出单元去扔垃圾。他引用一条官方新闻：一位居民只因为跟另一位后来检测出新冠肺炎的邻居，前后脚同使用了一处楼梯，结果就被感染。他提醒我：你马上就八十岁了，又是 A 型血，所以，他用了命令的口气：楼道你不能去！小焦也在电话里禁止我自己扔垃圾，让我先放厨房一角，他再送生活物资时，帮我去扔。

我背叛了儿子儿媳妇和小焦，自己戴好口罩，去扔了垃圾。心里想，那每天在楼里往楼外运送垃圾的清洁工，他们冒着风险为业主们服务，是多么可敬可感！可是，以往我也没怎么理会他们，是两口子，有次在楼道里遇见过他们，看去都矮黑猥琐，似乎是西南那边穷困农村过来的，那男的不但黑，还丑，嘴长歪了。楼道里有三架电梯，两架是载客的，一架是载货的，业主们搬家时才使用，清洁工则用那架货梯每日逐层收拾垃圾，并给垃圾桶换上新的大垃圾袋。记得那还是在疫情发生前，来我们楼层串门的一位母亲，大声吆喝自己儿子："离他们远点！"现在是离所有人都得远点了。我违逆儿子和助理的命令，自己扔完垃圾，回到屋里一直在想，亏得这两口子仍留守在我们楼盘，默默地做着最有风险的工作。

今天，我偶然从自己单元东窗望出去，那是楼盘健身区一角，空空旷旷，但墙边那棵梧桐树上，开放出硕大的淡紫花束，好烂漫的春光！顺着树冠往下望，就看见有个人坐在围住树的木条凳上，仔细辨认，啊，正是那男的清洁工，他把口罩暂时褪到下巴，跷着二郎腿，惬意地抽着一支烟，他紫糖色的脸上，抽烟的嘴更显得歪，但他为什么那么扎眼？啊，他穿了一件雪白的新衬衫，那件雪白的新衬衫箍在他身上，体现出了他此刻的自我尊严和自我满足。我默默地为他祝福，并深深地感谢他和他媳妇，为我们楼盘业主们做出的奉献。疫情过去，解封以后，我该怎样走到他们面前，以什么样的方式向他们致谢呢？

疫中投诉

小区严格封禁，快递都不能送到单元门口，需要在电话通知后业主自行下楼到小区门外去领取。后来虽然小区院门内设置了无接触快递外卖存放架，但仍有快递员开摩的到达小区外，把许多包装好的物品摊开一地，等候业主亲自去拿。他从网上订了一套理发工具，打算在疫期内跟妻子合作，妻子给他理，他给儿子理，妻子么，只能自己拿剪子简单处理一下。这套工具到达，需要他亲自下楼出小区栅栏门去取。

他去到送快递的摩的前，发现出现了纠纷。是一位帽子、口罩、手套捂得严严实实的大妈，正大声数落那送快递的。如今送快递的统称“小哥”，但这位快递员一眼就能看出，是四十来岁大叔级别的了。还有几位来取快递的业主，跟他一样，只能暂时呈扇面形，跟那大妈和快递员保持两米的距离。

他很焦急。那大妈虽然戴着口罩，但那么激动地大声斥责，就难免会从口罩缝隙喷出气团，倘若是含有病毒，形成气溶胶，那就不是他一个人置身于危险当中了。那快递员笨嘴夯腮，似在辩解，却吭哧不成逻辑。

那大妈一再地嚷："我要投诉！投诉你！你叫什么名字？你工号多少？"

他真想插嘴劝几句："得理，也让人，行不？哪来那么大的气？再说啦，我们也等着取货呢，大家的时间都很宝贵，不是吗？"

多听几句，就明白了，原来是那大妈网购的物品，外包装纸壳破裂了，露出一角里面的泡沫塑料内包装。的确，搁谁也窝心。大妈强调那里头是进嘴的，若是因为包装破损，造成食物中毒，那还了得？

那快递员的反复辩解，大意是说装货的是另外的人，那纸壳实在不是他弄坏的，他可以现在就拿胶纸，把那破损的地方弥补上，一再说："对不起，对不起……"那大妈仍毫不留情，执意要投诉，看来那快递员怕投诉怕到十二万分，他也听说过，快递公司接到投诉，要么会狠扣其劳务费，要么干脆开除，像这把年纪的，农村来的快递员，再找份这样的工作怕不容易了！

等候取货的一位爷们劝那大妈："我看里头的塑料泡沫还挺完整的，应该问题不大，他给您用胶纸补上，也就成了吧！"

另一位胖胖乎乎的大妈，显然跟那发怒要投诉的大妈平日有来往，她的劝说比较有力度："咳，我就知道，您网购的是什么，咱们平日不就都好那一口吗？我订的那包，跟您订的那包，厂家应该一样，分量也应该一样，您就拿走我那包，我就拿您的这一包，事情不就结了吗？"

这时候那快递员已经在用胶纸补救那纸壳破损处了，于是他就注意到，那快递员的手上可能是从冬末就长了冻疮，现在入春还肿起红疱，那双有冻疮的手，哆哆嗦嗦地操作着胶纸补损。

只听那跟快递员不依不饶的大妈对那打算跟她换快递的大妈说："哪能把坏的给您呀！我就得投诉，如今这些个快递公司，毛病多了，不能轻饶！"

于是他和其他人就都听见那大妈拨通快递公司电话后的大声投诉："你们发货的时候有野蛮装卸行为，我今天的这个包裹就破了一角！你们必须整顿！还有，我还要投诉——眼见这位快递员的手上生出好大的冻疮，你们公司别只顾压低成本猛赚钱，给快递员发点治冻疮的膏药，明天就发！要不，我往上告你们公司！"

在场的所有人都听愣了。

辑　二

人生一瞬

微小说 61 篇

老相册

防疫自我隔离期间，她找出一本老相册翻看，自打用上数码摄影和照片视频云储存后，她有十来年没摸过这老相册了，那都是些用胶片拍出、到洗印社打印出的照片，那洗印社咋搞的，色彩还原太差，一律偏冷，看着……不过，照片上的那些人那些场景，还是生动地呈现在心头，那个早已退休的领导真不咋地，那个总要“抢相”的阿姨至今还在跟自己较劲，那次在海滨确实失态……面对旧照片，她痛切地意识到，这些不完美的人和事，包括不完美的自己，有缺憾的生活，却都是弥足宝贵的啊！活着真好！疫情过去，会珍惜生活的每一细节……

咖啡时间

她和表姐防疫期间都在家办公。在约定的喝咖啡小憩时间，她们语音聊天。表姐是出版社编辑，说那位老作家把长篇小说最后三章修订文档传来了，正看。她问是不是写战疫情的？表姐说，这位作家写长篇，总要积淀好几年，再厚积薄发，眼下她编的这部是写本世纪初都市众生相的，她很佩服这位老人，也是自我隔离中，却坚持写完了这部费时两年的作品，小说内容虽然与抗疫无关，但这难道不也是一种抗疫的行为写作吗？她告诉表姐，为公司一个项目的法律文本的逐句修订快做完了，她为公司能正常运营而高兴。听见表姐那边钢勺轻点咖啡杯的声音，啊，咖啡时间结束了。她和表姐又都在笔记本电脑前专心致志地做事。

网 购

疫情还没有结束。麦瑞斯女士又在网上购买了一条裙子，心里很是高兴。老公打开衣柜看到那些还没开封的，和挂在那连标牌还没剪掉的衣服，沉默很久……

善意提醒

小区门口货架上翻找快递，折腾半天怎么也找不着。身旁一风衣男一米外说：大门外还有一部分，可以去那看看。取完快递回来，电梯口又遇风衣男，好像是在等我，但跟我仍拉开一米距离，我们当然都戴着口罩，他说：“您是六层的吧，您家的音响真棒，《伏尔塔瓦河》好震撼!”电梯来了，我请他先上。我在电梯口，看到电梯在七层停住，然后再下来。回到家里，我嘱咐自己：音响的音量，可得控制一下了。

崩　溃

被双规的时候，被起诉的时候，他都没有精神崩溃，心里总觉得，不管你怎么判定我受贿，我毕竟在高高的现金堆上睡过，我曾经那么富有！但是，在把他移送监狱前，他才被告知，他家的那些十万一扎的现金砖，经细细检验，其中三分之二，是前后有真钞，而扎在当中的全是粉红色纸片，他终于崩溃，哇地一声哭了。

鄙　夷

家长老少三辈，单元挺宽敞，各有各的空间。那晚孙子在他屋里，在电脑上看《复仇者联盟》，父母在他们卧室里，躺在床上看对面墙上挂的电视，是从机顶盒里搜出来的《瓦尔特保卫萨拉热窝》，而爷爷独在客厅里，靠在大沙发上看《柳堡的故事》。他们各看各的，也非一日，聚到餐桌上时，偶尔也问一下别人看的是什么，然后总忍不住鄙夷地说：“那有什么好看的!”

惊 讶

孩子从钢琴老师那里回来，母亲逼着他在自家钢琴上练习，孩子噘着嘴，不好好练，原来那些练习曲的谱子，母亲还勉强可以照着琴谱指点他，但是现在越练曲谱越复杂了，遇到孩子托词“我看不明白”，母亲就没辙了。那天正当孩子耍赖，刚来不久的小时工薛姨，拖地正拖到钢琴旁边，凑拢身子望了望曲谱，竟指点起孩子来，母亲和孩子好惊讶！后来才知道，薛姨带着她儿子，来北京已经十年了，租个小屋子住，靠原来在沈阳开小饭馆挣的钱，培养儿子先考上了中央音乐学院附中，去年更考上了中央音乐学院，现在做小时工，是为了挣些生活流水钱……

片尾音乐

他知道现在不仅外国电影讲究在放映片尾字幕时会有时段很长的片尾音乐，有的电影主题曲也是那时候才出现，有的国产电影也会如此。他总是在电影正片结束以后，其他观众陆陆续续都离开放映间了，还坐在那里按兵不动，想静静地欣赏那片尾妙乐，但是，十次有九次，总是放映间不仅灯光大亮，还马上就有清洁工进来收拾，并且那片尾并未终结，放映员就把片子掐断了。唉，什么时候，至少影城的工作人员，能懂片尾音乐的重要性啊！不过，现在影城全停业了，在家里自我隔离，他从机顶盒里找出心爱的影片，从容观看，倚在沙发上，让片尾音乐流淌到自然终止，超级享受啊！

淘　汰

去年秋天，公园亭子里，总见有三个老头凑一处玩牌，他们玩一种很少见的叶子牌，每张牌长长的，散发出浓烈的桐油气味。那天他好奇地凑过去问："老爷子，这是什么牌啊？"一个就说："在咱们这城里早淘汰啦！"另一个就说："我们都是被淘汰的！"他就说："退休了，不能说就是淘汰了啊！"第三个就乐呵呵地告诉他："我们原来的职业，确实都给淘汰啦。"指着一位说："他原来是修理钢笔的。"指着另一位："他原来是印刷厂的排字工人，就是按稿子取一个又一个铸出的铅字，来构成一本书的。"他想象不出那是怎么构成一种书。不禁又问："那您呢？"那老爷子就告诉他："我是冲洗胶卷的。"这行业他懂，虽然他也早就不用胶卷拍照了。离开那亭子以后，他就想，我这编程序的，其实也面临淘汰啊，我退下来以后，跟退友们，又该玩什么样的牌戏呢？

音乐梦

去年夏天，强子下班路过一酒吧，里面悠扬的音乐吸引着他不由自主地走了进去。深情地望着鼓手和歌手，思绪沉浸在萨克斯的音乐里。一曲过后他主动和萨克斯手攀谈，决定自己也要买一个萨克斯学习音乐。回到家，媳妇和孩子已经睡了，胡乱吃了点锅里盖着的剩饭也就上床了，突然，本来睡着的老婆坐了起来吼道："下班都半晌了，你干嘛去啦不着家，房东大姐刚来过，月底催房租了，孩子明天还要交学费。"强子一边安抚媳妇睡下一边说："亲爱的，有我在你放心好啦。"强子望着简陋的家，从裤兜里掏出了工资条，看了又看，呆滞了。自己的音乐梦又一次破灭了。

村里明星

春节过去好久了，回乡探亲团聚的也都纷纷去往他们去挣钱的地方了，留守村里的老人和孩子们，却还为村里出了个电视明星兴奋不已，见面时往往会互相喊出一句："哎！快跑！"喊完谁也不跑，只管呵呵地笑。原来，是村西张家的一个女子，在一部电视连续剧里露了脸，村里人说起她，不把她叫作影视明星，就叫作电视明星，因为她并没演过电影，人们只是在电视上见到她，她在那部三十几集的电视剧里，露脸十多次，不过只有两次能看清楚，其中一次更喊了一声："哎！快跑！"据说那三个音，一个挣 20 块钱呢！在村旁学校简陋的教室里，花白头发的老师鼓励学生们："好好学习，将来也去航殿，一个音 20 块！"马上就有学生纠正："老师，是横店！"

简　谱

他们那座22层的公寓楼，当年分配是按综合评分，来决定挑选单元号的顺次的，同样面积朝向的单元，有一套层次不错，在14层，可排在前面的谁都没挑，剩给了他，因为单元号是1404。后来整栋楼也都按照政策由住户购买了。那以后不再福利分房，商品楼多半也就不设4、13、14层，单元号轮到尾数是4，就叫作3A。谁知住进那22层公寓楼的人，有的单元号极为吉利，却一病呜呼，或诸事不利。那住进1404的，却合家安康，合法收入节节上升。有一天几个退休的邻居在楼下小花园扯闲篇，一位爱唱歌的老头恍然大悟地宣告："嗨！我也后悔当年避开1404，认为谐音'要死您死'，其实，那是简谱呀！唱出来是：陡发——间歇一下——发！"

养　生

闺女下班回家跟她报告："妈，手机上看到，莫大师死啦！"她正坐沙发上翻看一个笔记本，开头没听清，以为闺女说的是当年的那个姓莫的高中班主任，就叹口气，拍着笔记本说："都是不会养生造成的恶果啊！要是他跟我一样，都按照这些养生指示去做，那起码能多活20年！"女儿走拢她跟前，强调说："您可听清了，死的正是您崇拜的那个莫大师！"她愣了，不信，女儿就把手机上下载的新闻拿给她看，那段新闻还配发了不满 60 岁的养生大师莫某的照片，她把手机还给女儿，哆哆嗦嗦再拿起那个笔记本，拿不稳，掉到地下，那个笔记本里有她大老远跑去听莫大师养生讲座的详细记录，一些关于莫大师养生秘诀的剪报，从笔记本里散出落在地上……

警　车

那幢 20 层的住宅楼临街，夜晚，一辆警车停在院墙外街边，静静地，却不间断地闪着警灯。没有多少住户注意到警车。但 7 楼的一位女士从卧室窗户里看到了，她甚为欣慰，心想那警车夜里多来楼外停着才好呢，这个片区更安全了。28 楼的一位男士从起居室窗户里发现警车后，却闪到窗边，仿佛被那闪烁的警灯烫了一下，心里不停琢磨：是为什么来这里呀？……

老邻居一家

她在厨房里洗水果，老伴提高音量招呼她："来看！张家小妹都花白头发啦！"她继续洗水果，高兴地回应："怎么？她上电视啦？"老伴在客厅沙发上继续报道："哎呀！他家二哥，还有小弟……那个是谁？啊，三嫂子……"她给苹果削皮，心里闪回当年跟张家，还有几家，一起住在大杂院里的种种情景，那老张家虽然经济不富裕，可一大家子乐乐呵呵，好温馨……老伴发出些怪异的感叹声，她没把苹果皮削完，赶忙去到客厅看电视，是呀，竟在电视上跟老邻居们相逢了！可是，看了没几分钟，就堵心……那是个民事调解节目，为了拆迁款的事，兄弟姐妹横眉竖眼，在荧屏上争执……

存世量

从手机新闻中看到某名人去世的消息，他立马跟帖表示哀悼。他从橱柜中取出那名人的墨宝，展开端详，心中十分欣慰：这下此人墨宝的存世量不会再增加了，他手里的可就都是遗作了，升值有望！

简　朴

疫情还没有结束？老王望着墙上的日历叹了一口气，什么时候才是个头啊，起身做好防护准备去村口买馒头，妻子一把拉住老王的手，指指厨房说："那不还有一袋面粉了吗，晚上我揪面片配白菜吃，生活该节约的就得节约，何况现在又是非常时期。"老王望着妻子身上穿的那件褪了色的衣服，还是20年前结婚时买的。希望疫情结束后，和这样的妻子继续留在村里种地，过简朴的生活，但要给她添件新衣服。

愚人节

刚子和小丽是一对很恩爱的夫妻，小丽性格活泼开朗，在家为活跃气氛经常搞怪，偶尔还会作弄一下刚子。今天是愚人节，刚子下班到家照例掏出钥匙去开门，瞬间手又缩了回来，心想我何不我先活跃一下气氛？“快递！”他一边敲门一边喊，几分钟过去也没反应，刚子索性还是掏出钥匙自己打开了房门，蹑手蹑脚朝每个房间探望，哈哈……看到爱人在卧室的地板上趴着呢！刚子心想，一准又是让我抱她起来，刚子笑着说：“你这招都用过N多次啦，这回你就在地上多趴会吧！”转身去了厨房，一进去，就觉得呛鼻，哎呀，灶上粥漕出来把火浇灭了，赶紧关闭燃气，踉跄跑去了卧室，推开窗户，抱起小丽挪到窗边，打电话叫急救车。所幸后来没事，愚人节也是诫人节啊！

小鲜肉

疫情下，不分高低贵贱都隔离在家，她这才终于跟走红的归入“小鲜肉”的表哥视频电话，表哥微信视频里风采不减银幕荧屏，对她非常客气。她提起前些时收视率颇高的那部连续剧，表哥说：“哎呀，你觉得怎么样？我还没来得及看啦！”她听了一愣。她说表哥跟那个女星的那场对手戏，真是精彩极了，表哥说他至今还没见过那个女星！她背诵出表哥的一段道白，说字字都让她心碎，表哥笑了：“是吗?”跟她坦白：“其实我都没来得及看剧本，我就是1234554321数数，声音是后期别人配的呀。”她顿时没了交谈兴致，草草结束了期待已久的视频通话。后来她骂自己：好傻啊！其实我是懂的呀，电影电视剧哪里是按剧情顺序拍的呀，两个人的对手戏，可以把一个人的近景和特写拍了，对面并不需要那个人在场，那个人呢，她的近景和特写也可以单独来拍，最后剪辑在一起，让观众以为他们在面对面说话就行了啊！表哥片约不断，这部还没进入后期制作，他已经演起了另一出戏，后期制作完，电影还可以看一遍，几十集的电视剧，他哪有几十个小时的功夫去看！当然，“12345”地说台词，确实荒唐，但听说表哥一签约，动辄就是八位数，还都是税后……听说出台了限制高片酬的规定，就算压下来，想想也还是吓人啊！……叹口气，闭上眼，唉，那“小鲜肉”的一颦一笑，着实还是让人怦然心动，他是我表哥，还是值得骄傲！

妙　招

他有一个妙招，隔段时间就使用一下，确实可以迅疾增加他那微信号的流量，而且人们会再次纷纷互相询问他是谁。前天他又使出妙招，贴出中国十大最糗作家，其中囊括了郭沫若、徐志摩、老舍、金庸、李敖……除了他，九位都赫赫有名，而他的名字呢，排列第六。

女士挎包

她埋单毕，离开自己那张餐桌，忽然瞥见对面那张空餐桌旁的一个座椅靠背，挂着一个女士挎包，四面望望，判定是哪位已经离开的顾客忘下的，要不要报告服务员呢？也许，那位女士会折回来取走？犹豫中，却已走出了餐馆，都快到地铁站了，良心上过不去，就又折回餐馆。刚进门，就见收银台那里站着几个人，正争吵，其中一位化浓妆的女士，手里捏着那包，厉声质问餐馆的人："怎么这包里的翡翠镯子没有了？你们知道它值多少吗？……"她赶紧又退出了餐馆，愣在门外。

大团结

他去总经理办公室面试，总经理开口跟他说话前，他瞥见总经理身后的书架上，居然有个镜框里，装的是老版人民币，十元的，币面的图案被叫作"大团结"，忍不住跟总经理说："您也收藏旧币呀！我知道，'大团结'如今都快涨到三万一张啦！"总经理回头望望镜框里的"大团结"，跟他说："三十年前我还没出村的时候，拿一分钱能到村里小铺买一块硬糖。我出村打工，开始是在建筑工地干活，二十天铲沙子，每天三毛钱，十天搬水泥，每天四毛钱，这样干满一个月，领到一张有水渍的'大团结'，我好高兴！我能买一千块糖吃啦！"他就说："结果，您一块糖都没买。”总经理问：“你怎么知道的？”他想说“所以您能奋斗出来”，可是说不出口，总经理笑了：“好啦，你被录用了。”

墓志铭

胡老先生切除肺癌后，总跟儿子儿媳妇说：“我是不怕死的。我都写好墓志铭了。”还把在笔记本上拟好的墓志铭拿给他们看。开头小两口跟他说：“您何必呢？这不吉利。”后来看他把那墓志铭越修改越精彩，也就觉得那未尝不是父亲的一种自我疗愈方式。再后来，胡老先生又住进医院，过几天更是进了ICU，每天只许亲属探望半小时。那天，老人呈现衰竭迹象，小两口去探望，老人嘱咐儿子：“把你妈妈的骨灰，从合葬墙上取下，给我们合葬在墓地，把我拟好的墓志铭，好生刻在墓碑上。”儿子出了ICU，在走廊遇见媳妇，媳妇刚去问过自费药物的报价，算起来父亲自己的存款全用光，他们也还需再负担不小的数字，两个人前些时候查过墓地价格，比房价高过很多。回家以后，小两口叹息，父亲的墓志铭，恐怕只好刻在他们心中了。

咬耳朵

他最怕看见别人咬耳朵说悄悄话。他的顶头上司跟老总说悄悄话，哪怕只是几秒，他也会心惊肉跳。同事在那边咬耳朵，他就总觉得是在议论自己。

地铁上对面座位两个人咬耳朵，他忍不住盯着看。回到所住小区，甬路边两个妇女在那里咬耳朵，他故意慢走，路过她们身边，想窃听她们究竟在议论什么，当然一无所获。他真该回到家中以后，静下来搞搞心理卫生。

“情　书”

周末小丽睡了个懒觉，起床后开始收拾屋子，书房柜子里的一个小盒子一直是个秘密。小丽试着打开几次都是以失败告终，今天做好了大闹一场的准备，把木盒子放到了老公面前说：“今天必须给我打开看看，你里边藏了多少情书？咱都结婚半年了，也该公开了吧！”老公拉开抽屉，取出一枚缝衣针，轻轻插到了木盒子底部的一个小孔里，打开了盒子。盒子里边那是什么呀？人参？怎么都糟朽啦？“以前跟你讲过，我是跟爷爷奶奶长大的，爷爷为了供我上学，把我培养成今天这样，光靠辛苦打工还是没能力的，他就到深山上去采人参……他病重虚弱的时候，奶奶要把这支最大的人参熬汤给他喝，他让拿去卖了把钱给我，奶奶和我舍不得……后来奶奶也走了，我就留下这支人参，作个念想，没想到它现在都快变成碎渣了……”小丽鼻子一酸，把那木盒子抱在怀里，说：“果然是情书。长辈的养育恩情，比山高比水深啊！”

偶　遇

刚子是一家公司的老总，每天开豪车到公司，着装都是国际一线的大牌西服，一条腰带都要上万元。周末一早换上休闲上装去了早市，在一位衣衫破旧的老汉菜摊前停住了脚步，“你这白菜多少钱?”刚子一边砍价一边一层层地剥去菜上的叶子，付完钱刚要离开，“这不是刚总吗?”老汉身后一位青年脱口而出，刚子瞥了一眼这位到公司入职才一个月的员工，转身消失在人流中。在那一转身间，腰带那金扣头折射的光芒闪刺了青年人的眼睛，他不禁默默评估这次偶遇会产生怎样的效应。

眼睛鼻子

两个小学生打架，一个眼睛边碰出个红印，一个鼻梁上抓出条血道。二人的母亲都被请到学校班主任面前，一个母亲说：“眼睛多重要！给我们打瞎了咋办?”一个母亲说：“那鼻子上今后留下疤痢，大破相，得了吗?”两个母亲互不相让，班主任都插不进嘴。忽然班主任对两位母亲喝一声：“都闭嘴！往后看!”看什么?两个母亲本能地扭头看，只见两个被罚站的孩子，一个正往另一个手里递东西，两个孩子脸上怒气全消，竟互望着微笑。递的是什么？是一个把自己最喜欢的总随时装口袋里的那块柠檬香的橡皮，送给另一个。两个母亲愣了几秒，一个就说：“嗨，小孩子嘛，磕着碰着难免!”另一个则说：“所幸都没大事儿，过几天全消了。”班主任就说：“找你们来，就是为了让你们加强对孩子的纪律教育，回去好好跟他们讲明利害，活泼要有个度，打闹起来不能往脸上身上乱抓乱捶!”两个母亲连连点头，谁知班主任拉下脸来宣布：“校长知道了，决定他们两个都停课两天，你们先带回去!”

冷战的爱心

乔晓这两天，下班以后，跟一位女同事，作为志愿者，一起去一位疫中去世的同事家里，女同事跟遗孀娓娓谈心，乔晓则跟那失去父亲的小男孩一起，通过联手画画，化解他心中的郁结。每次去之前，以及完事之后，他都跟妻子微信报告，妻子对他所参与的志愿者行为表示过理解和支持，但他回家以后，妻子只是默默地把熥好的饭菜摆到餐桌，不怎么跟他说话，大有冷战氛围。这天算是完成了心理疏导的一个疗程，完事后他就马上微信妻子，妻子却似乎把他拉黑了。匆忙回到家，乍见妻子，似乎还是冷面，他急切地问：“你今天怎么不回应我呀?”妻子盯住他看，噗嗤笑了：“要的就是你这表情。说明前两天我真是小心眼了。”妻子去厨房端出给他备好的晚餐，还特别加了一碗冰糖银耳鹌鹑蛋。他心里暖暖的。

体重秤

潘哥偶然在我家洗了个澡，洗完以后道谢，留他吃晚饭拒绝，说必须回家吃，否则潘嫂会不高兴，我说："那你在我这儿洗澡，她难道就不说闲话吗？"潘哥且不回答，却提出无理要求："你卫生间的那个体重秤，我带回去使啊！"我说："你网上查一下，好多种体重秤在卖，我这个用好多年，很落伍了，你为什么不网购一个最先进的？"因为我俩打上中学时候就论哥儿们，他竟把我那体重秤拿他车上开车回家了，两小时后他来电话："你潘嫂今天对我大表扬。"我问："为什么呀？"他笑："我用你送的那体重秤秤给她看，毛重也只有七十六公斤！"我不再问，心想原来我那旧秤也一直安慰着我，他喜欢那旧秤撒谎，我可得赶紧网购个诚实的新秤，认认真真地减肥！

剔翎鸟

中午在餐厅里不知谁喊了一嗓子："下午总部来人开会！"聪会收了餐盒回到了工位，几位同事在一旁议论："只要总部来人开会，肯定没好事。"果真下午的会议是减员增效，聪会被列在裁员名单中，她找到部门经理，哭诉说："我这房贷、上幼儿园的孩子，咋办呀？'996'工作模式我能接受呀！"只见部门经理收拾着个人物品往纸箱子里放，聪会这才意识到，他也被裁了。部门经理微笑着让她往玻璃窗外望，只见雨后树枝上，一只小鸟正反复地剔翎。只听现在已经不是部门经理的他对自己说：“雨后剔翎，准备再起飞吧！”她痴望着那剔翎鸟，又听他说：“我手机号、微信号都不变，我们保持联系，总还会有机会的，我有了线索，第一时间联系你！”聪会心里好受了许多。

大　风

起风了，她出了地铁站，往所住的小区走。风把沿街那家商店的标牌吹得嘎啦嘎啦响，啊，标牌一角好像松脱了，是不是进那店里提醒他们一声，要么打110报告？但她只是那么一想，很快也就走过去了。后来很多天无风，有天出了地铁站，又路过，抬头望，标牌没动静，想必已经加固，暗自好笑，难道这地区那么多人，就自己那天发现了问题？没有你这一份关注，就坏事了不成？这天下班前竟然刮起贼大的风，风力大，还起旋，气象台报告阵风达到10级。出了地铁站，她裹紧风衣快步朝家走。忽然，惊心动魄咣当巨响，那块曾经注意到有隐患的标牌，瞬间脱落飞下，距离自己仅仅两米！

腹　肌

他坚持健身，终于，不仅胸肌骄人，臂肌也很棒，最得意的，是八块腹肌初露端倪，就每天在抖音亮相，希望获得点赞评论，但亮相一个月，点赞始终只在两位数内，评论则一直为零，好沮丧！把照片和视频发到朋友圈，有朋友跟他打招呼说别的，有把比他练得棒很多的帅哥照片转给他不附言的，真让他寒心。翻看手机，如今健身照片视频满天飞，确实有太多太多抢眼球的，单论颜值自己就拼不过。那么，还要坚持吗？终于，他的抖音视频有了一条粗体大字评论：“你究竟为谁健身？”评论者网名“字樯”，那是他新取的别名。

脸　肿

每到节期，阿亮老家那个偏僻的村子，总有不少在外打工的开着汽车回来，一时间村道上院门旁停下不少车，大多数都是些 8 万左右的低档车，少数价位超过 15 万，偶尔有 20 万以上的出现，会立即引起轰动，围观的，竖大拇哥的，啧啧赞叹发财的，形成村里一大兴奋点。阿亮多年总开着一辆低档车回村，下车时一望前后别人开回的车，总觉得磕碜。今年春节，阿亮开了辆贼亮的黑色 A6 轿车回村，刚进村，就有小孩追着跑，还有半大小子大声欢呼：“哎呀！首长车吔！谁当了大官回来啦？”阿亮故意缓慢地开到自己家院门那里停下，任由人们聚过来围观。在一片赞叹声中，他注意到有“羡慕嫉妒恨”的眼神，这也正是他所期盼的，心里好爽！节期结束，他开那车返城，离村子越远，心情就越沉重，其实他在城里所挣并没有增加，他把多年积蓄投入，作为新车首付，签了分期付款的协议，现在光为这车，每天一睁眼起来，就锥心刺骨地意识到，今天欠银行400元！为了维系这份“豪车进村”的虚荣，他还得在烧油、保养、保险等一系列费用上咬紧牙关……车子离城区越来越近，阿亮只觉得自己脸上火辣辣的，怎么，肿了么?

违 规

天亮了，又是一宿没合眼，老王疲惫不堪地把货车开进了服务区，距离货场很近了，可以轻松地休息一会了。老王是一个有多年驾龄的货车司机，有经验，夜间跑车赶路又省油。原来是给老板开车，这不，奋斗好几年，终于自己买了一辆新货车，今天是第一趟活。趴在方向盘上本想只眯一会儿，没想到睡着了。猛地醒来，高兴地给妻子打了个电话，告诉她如今一天能挣以往两天的钱，等一会儿到货场卸下货，就能数钱了！他等着妻子表扬，谁知妻子一反常态地跟他发起火来：“你给别人开车，知道四个小时必须休息，自己有车，就一宿连着跑，告诉你，我还真不在乎你大把多挣，我要你别违规玩儿命!”妻子的责备先让老王窝火，冷静下来，他意识到自己财迷心窍，已经违规疲劳驾驶，而妻子的责之深，正是爱之切啊!

家 长

昨晚中学同学聚会，阿康本来不想去，可一想到三十年都没见了，而且，主题是为当年的班主任冯老师祝八十大寿，就还是去了，餐桌上女同学都珠光宝气，男同学着装都是一身的名牌，显然都混得不错，他却高二就辍学了，现在还在老家务农，穿的西装还是为同学聚会特意置办的折扣货。席间只听一个女同学跟另一个女同学说：“你那金链子是老凤祥的？啊呀，我这可是周大福的！”又听那王姓同学说：“别‘王局王局’地称呼我啦，还是叫名字吧！说实在的，我来聚餐，都有点违规呢，不过，今天是为冯老师祝寿，另当别论啦，我怎么着也得来呀！”席间的炫富、炫贵气氛让阿康很不舒服，倒是冯老师蔼然可亲地询问他的情况，他就放大声音说：“其实，我也是一长啊，不是科长、处长、局长，那是什么长呢？家长！我领导的部下，两个儿子，都很争气！”忽然那王姓同学手机彩铃响，站起到一旁接听，只听他气急败坏地跟那边对话：“什么？又犯事啦？这浑小子！真不省心！”挂断这个，又往外打，似乎是跟公安方面的朋友托付，然后匆匆跟大家告别，一阵风地撤了……散了后，别的同学纷纷开小轿车离开，他骑着电摩托出县城往村里返，忽然手机铃声响，停到路边不违规处接听，是学校校长打来的，告诉他老大的图画在地区评比中得了第一，老二被市里电视台选中去参加一档智力竞赛节目……阿康满心欢喜。

次生灾害

手机朋友圈里，大家互相提醒注意疫情引发的次生灾害，纷纷举出例子，两个例子最奇葩：一位女士洗手时越来越神经质地搓擦指缝，以致有的指缝皮肤已经红肿开裂；一位戴红袖箍的在小区封闭期间负责在门栅外扫描体温，解除封闭后，他仍坚持戴红袖箍，这倒罢了，他还总是手握体温扫描器，也不征得人家同意，就往人家脑门那里扫……

珊瑚樱

小时工金嫂来她家半年了，她很满意，做饭、洗衣、拖地……服务质量都不错，可是，她渐渐发现，在给飘窗台上的花木浇水护养这件事上，金嫂却连连出现漏洞，对别的花木都伺候得不错，唯独那盆珊瑚樱，金嫂不给浇水。这天发现叶子全打蔫了，她问小金："你怎么不待见这一盆？"金嫂实话实说："这东西在我们老家都栽破痰盂里的。您这么体面的地方，连蝴蝶兰都好几盆，留着它干什么呀？我帮您扔了吧！"她当然没让金嫂搬出扔了。金嫂走后，她给那珊瑚樱浇透了水，没过一会儿，打蔫的叶片就又舒展开了。她坐沙发上沉思，金嫂来自农村，原来的小时工阿凤也是农村的，她告诉过金嫂，阿凤因为切除肚子里的一个肿瘤，没法来帮忙了，这盆珊瑚樱是头年春节后，阿凤带来的，珊瑚樱跟蝴蝶兰都是花木啊，金嫂为什么看不起珊瑚樱呢？恐怕也看不起阿凤吧？叹口气，决定金嫂再来，也不跟她讨论，只要把其他事情做好就行，这盆金嫂眼里低贱的草花，自己多注意养护吧。

纪念币

乔斯家里摆满了各种物件，按古玩收藏的术语，他所收藏的应该属于杂项。他近期又迷恋上了纪念币，妻子望着家里那些琳琅满目的纪念币叹息：“唉！你那份工资都换成了这些破玩意儿，再这么下去，咱们家倒是有丰富的纪念，可无币购物啦！”乔斯得意地说：“我在电视上发现，一个大国的总统，就是个纪念币爱好者，我选择这种投资，方向应该错不了！”妻子笑道：“原来你有了总统的感觉！我的大总统，咱们家的米桶见底了，你去超市买袋米回来是正经！”

婚纱照

温榆河边一对情侣在拍婚纱照，摄影师不停地指导新娘子：“对，靠近一些，闭上眼睛，再把头低一些，脸上表情要出来！”这时新娘脚下一滑险些摔倒，新郎赶紧抱住了新娘，摄影师刚好按了一下快门键。新娘很生气，抱怨摄影师，不想拍了。摄像师走过来，打开相机显示屏给这对情侣翻看照片，当翻到最后这张，新娘惊呼：“啊！这张最好！新郎真英雄！我太有安全感啦！”脸上愠怒表情瞬间变成欢欣。

昙花一现

去年九月份，老安养的那盆昙花就要开花啦！他兴奋地在亲朋圈发出预告。昙花开放的时间大约在午夜一点。老安是个空巢鳏夫，儿子全家移民海外，昙花这边开放的时间，那边已经是上班上学的钟点，虽然可以录下视频传去，究竟不如看他现场直播啊！多么期待有这边的老朋友跟他分享这份午夜的静美！但是，昙花开放，他盯着播放，竟没有一位亲朋来跟他同步欣赏……美丽绝伦的大朵昙花只绽放四个小时，直到昙花开始闭合，微信上才显示出一位当年中学同窗的评论："原谅我起晚了，没看到最佳盛况，但还是要感谢你邀我分享了昙花一现的美妙瞬间！"他曾猜测会有哪些亲朋跟他同步赏花，心中的名单里却并没这一位，猛地忆起，当年好不懂事，抓住这位同窗生理上一个小缺陷，给人家取过不雅的绰号！泪水忽然涌上他的眼眶。

何　妨

他招呼老伴："快来呀，你的老情人就要开唱啦！"老伴乐乐呵呵过来，跟他一起坐沙发上，盯着荧屏上那歌手，聆听他那熟悉的歌声。也不知究竟从哪年开始，她开始成为那歌手的粉丝，好像是在"粉丝"这个词汇普及以前，她就喜欢上了这个原来是杂技演员的歌手。过了两天，她又在电视机前招呼在阳台浇花的他："快来呀，你的女神又要上场啦！"他就也来跟她一起，坐沙发上看那复播的电视连续剧，他确实激赏剧里那个风韵犹存的形象。两口子都不以对方有荧屏上钟情的异性为怪，都觉得那又何妨。这是他们能和谐牵手到底的一个重要因素啊。

公　筷

虽然席上设了公筷，但总有与宴的人士本能地用沾过自己嘴的筷子去搛席上的菜。席间有人对他示好，特意把转盘停住，指着停在他面前的那盘美食，请他品尝，由于他之前看到有两三位客人用沾过嘴的筷子从中搛菜，心里膈应，就含混地敷衍过去，没有吃。结果只有三盘菜没被沾嘴的筷子搛过，他就只用公筷搛那三盘里的东西吃。席散后他暗自感叹：使用公筷的习惯养不成，分餐又嫌不热络，唉，今后还是少去饭局吧！

小孙女儿

他虽不够离休资格，却也算得老革命了。他早已逝去的父亲，生下他和弟弟两个儿子，弟弟婚后生下两个女儿，他生下一个儿子，父亲临终时拉住他手说："要生孙子，咱家不能绝后！"可是儿子儿媳妇给他生下的是个孙女儿。这孙女儿都上初中了，国家放开二胎，他敦促儿子儿媳妇生二胎。儿媳妇临盆时，儿子在产房外走廊，他在家中，都忐忑不安。他在单元里走来走去，手机铃响，急切地接听，只听儿子报告：“爸，您又抱了个孙女儿。”他慌忙回了声：“那，好啊。”就挂断了电话。仍在单元里走来走去。“咱家绝后了啊”的话音响在心里……他努力将紊乱的心理加以梳理，终于，一个意识清晰起来：我，要爱这个小孙女儿，必须！

打　赌

阿风和六子是建筑工地的工友，两人关系很好，经常一起喝酒，但有一个共同的缺点：爱打赌。那天工地上新来了一位女塔吊司机，阿风远远看到塔吊升降、起钩、摆臂，平稳妥当地操作，顺口说了句：“这女司机得有十年的驾龄了。”一旁干活的六子瞥了一眼道：“依我说，这么利索，至少得二十年以上！”俩人你一言我一语的，不但杠上了，还赌了一条香烟。中午下班俩人直奔塔吊而去，定睛一看，爬梯上下来的，竟是一位二十来岁的翩翩少女。

后备厢

疫情严峻时期，业主小车开进小区，门卫都要查后备厢，老公开车，她坐副驾驶，门卫弯腰检查时，她嚷：“有什么好查的?”

老公跟她说："咱们要耐心配合。想必是有个别境外回来的，为了逃避集中隔离，藏后备厢，让亲友开车进入小区藏匿，那样一旦出现社区传播，后果不堪设想啊！"经过多次查后备厢，她从反感变为了觉得有趣。那天又要跟老公外出，老公在停车位发动车，她推开后备厢，顽皮地钻了进去，不知怎么搞的，后备厢盖砰地扣合了，她慌乱地呼喊，老公一时竟没听见，直到老公终于发觉，把她解救出来，她才气喘吁吁地说："后备厢，真不是人待的地方啊！"

恩仇一线牵

偶然听到一位快递小哥说："6 楼那个娘儿们，开门就跟我嚷：'你一身恶臭，熏死我了！东西放地下，我要给你差评！'我呀，杀她的心都有了！"又说："17 楼那个老爷子真好，接过东西，跟我说：'该洗澡啦！'掏出 20 块钱，让我去澡堂。我要有一天发达了，敲开他门递他 100 万都情愿！你别笑。我知道，多半我一辈子也发达不了，那我今后就给老爷子推轮椅收拾屎尿，不要他给工钱！"就忽然想起曾经有个大学生，因为穷，因为丑，同宿舍的一个同学就肆意伤他自尊心，以为无所谓，结果他就把那同学杀了，那被杀的，死到临头还不知道，蔑视羞辱另外一个生命会导致自己生命结束。但是联想不起真实的报恩故事，应该是有的吧！

固定的客户

阿贵家住城乡接合部的一个小区，晚饭后夫妻二人遛弯，出小区门口时，发现一老汉在对面的马路边呆坐着，面前摆放了些青菜，身后停放着一辆破旧的三轮车。阿贵夫妇经过老汉时，妻子望了一眼地上的青菜道："咦，菜还挺新鲜。"于是停住了脚步问了句："多少钱一斤？"老汉回答了她的提问，妻子觉得挺合适，菜新鲜又不贵，有点依依不舍的样子，阿贵拽了下妻子的衣襟说："走吧，明天去超市买，那儿的菜多，随便挑，也不贵。"夫妻二人便继续散步。遛弯回来发现小区门外那位老汉还没走，地上的菜似乎没有减少，妻子决定买点，也好让老汉早点回家，菜称好后，付款时才发现，二人出来遛弯都没带钱包，阿贵尴尬地说："大爷能微信付款吗？我们没带现金。"老汉起身微笑道："我连手机都没有，更别说微信了，没事，小伙子你们拿去吃吧，我这是自己种的，下次遇到我再给钱。"说着话把菜递给了妻子。阿贵借着路灯的光亮，看到那老汉的双手已布满老茧，用的还是早已淘汰了的杆子秤。夫妻二人谢过老汉，快步回到家，妻子说道："这样的憨厚人不多了。"让阿贵拿了钱包快寻老汉去。阿贵走到小区门外，发现老汉已收摊正要离开，阿贵不由得庆幸，还好还没走，不然今晚的觉都会睡不踏实，快步跑过去，把钱送到了老汉手里。阿贵望着那驼了背的老汉蹬着三轮车消失在夜幕里，对他的背影喊："以后我就是您固定的客户！"

人见人爱

他打电话给老李："怎么样？一起过去吧！"老李说："没邀请我啊！"他真诚地表达惊讶："怎么会？"老李说："你是人见人爱，所以邀请不断。我哪能跟你比啊？"他飞过去，参与盛会，确实感受到人见人爱，心中很是欣慰。酒会上，他偶然听到屏风后面两个人的对话，一个提到他，感叹："他怎么人见人爱呢？"另一个说："其实道理很简单，他在专业领域的那些著述言论，对谁都没竞争性，都乐得邀他来凑数！"他的心仿佛被虎爪挠了一下，手中酒杯里的酒洒到了地上……

不奇怪

电视上又在播那档热门相亲节目，爷爷奶奶又并坐在沙发上全神贯注地观看，时不时地笑，还小有争议。孙子好奇怪，跑到厨房问："妈，你跟爸又不要他们操这份心，我呢，不是还小吗？爷爷奶奶盯着看那个，津津有味的，为个啥呀？"妈妈说："别打扰他们！这不奇怪！他们在找补年轻时候缺失的东西，我跟你爸老了的时候，你老了的时候，有的举动，也会让更年轻的生命惊讶的！"孙子边跑进自己屋边想："我不要老！我老了也不会这么样！"

“不过三”

常寿很喜欢养花，把阳台布置得像个小花园，因养殖经验欠缺，买来的花木到他手里都活不过三个月，妻子给他起了个外号“不过三”。一天朋友送他一盆草珊瑚，漂亮极了，他暗下决定，这盆花我要精心照顾，不再让妻子讥笑。一晃三个月，草珊瑚在他精心的照顾下虽然没死掉，但那些结出的红色珠子已让他养丢，这不失去了欣赏价值了吗？常寿等待着妻子的再度讥笑，没想到这次等来的却是妻子的表扬：“若不是你的执着，咱家阳台不会绿意盎然，加油老公！”

陋　俗

清明节那天老黄带着老伴回乡祭扫，走到村口时发现路边有一包棉花，老伴好奇地过去低头端详，老黄瞥了一眼后，拉着老伴的手就急走，奔向墓地。老伴很疑惑，老黄今天咋啦？是怕棉花上有病毒？晚上回到城里家中，老黄跟老伴说：“你在城里长大，不知道农村的风俗，那包着的棉花，在农村叫‘不吉’，村里有的人家里不顺，祸事连连时，就会用白纸包好棉花再用白线系上，晚上扔在村外十字路口，叫扔‘不吉’，意思是把家里的不吉利、晦气扔掉，并且扔得越远越好。我小的时候，在村路上就捡过这东西，拿回家，以为可以给我妈用来在纺车上纺线，结果被我妈骂了一顿。今天我一眼就看见了那扎在纸包外的棉线，就知道是又遇上‘不吉’了。”老伴惊讶：“怎么如今农村还有这种陋俗？”老黄叹口气说：“战胜病毒，移风易俗，都不易啊！”

天选叔

你对我叔叔怎么有疑问？他跟我爸爸是同龄人，却又绝不是双胞胎，长相大不一样，更不是一个姓。你问是不是结拜兄弟？也不是结拜的。那是四十五年前，唐山大地震，他们都在瓦砾中昏迷一时，后来先后苏醒，先后在瓦砾中翻找到亲人尸体……两家是邻居，地震前还为生活琐事闹过矛盾……后来两个少年泪眼互望，然后就本能地紧紧拥抱……所以，我的叔叔是天选的。今年新型冠状病毒大灾中，我们两家老小各自居家隔离，每天互相问候，互相打气，真是心贴心。好，你理解了吧？

灿烂星空

闺女上到初二，两口子终于首付后贷款，改善了居住条件，买了一套二厅二室的新盘单元。闺女有了自己的独享空间。闺女跟他们说：“我的屋子归我装扮。你们要进，先敲门，听我说‘请进’，才能推门！”他们当然同意。假期里，闺女关上门装扮她那独享空间，宣称：“我要布置出灿烂星空!”两口子独处时，他就说：“真想进去指导她一下，别把北斗七星安错了。”她则说：“他们这代人讲究星座，她是天蝎座的，真怕她在墙上画出大蝎子来!”假期快结束，有天闺女外出，母亲忍不住推开那闺房的门，瞄一眼后仿佛被蜇了一下，忙去叫来在厨房做饭的父亲，父亲过来一探头，也不禁咋舌。原来，闺女的屋子里，满墙贴着些时下影视歌曲领域的小鲜肉照片，其中一个显然是闺女最钟情的，那大头像竟贴在了天花板上，俯瞰着闺女的床铺……两口子交换眼神，一时无语，心里都明白，他们将陪伴闺女，穿越这惶惑的青春期，直到她自觉改变那“星空”，而这将是为人父母的艰难工程!

音　响

窗外的音乐声又来了，丽丽起身出去想提醒一下，看到那快递小哥听着自装在三轮车上音响传出的音乐快活的样子，便又坐下了。丽丽家住一楼，窗外不远就是快递柜，每天快递员都会来那里分放一些家里暂时没人接收的快递，只要听到音乐声，就知道是快递小哥来了，慢慢丽丽也习惯了，停下敲键盘，听会儿音乐，顺便放松一下。突然几天没有音乐声，丽丽还有点不适应了，不时地向窗外望望。今天门铃响了，“快递!”门外喊了一声，丽丽开门签收后还特意问了问：“师傅，你们负责这片的是不是换人了，咋没有音乐了?”快递小哥脸一红说：“没有，那放音乐的就是我，是不是打扰到您了，对不起!”丽丽笑着说：“没有，你的音乐一来，我也跟着放松一下，最近咋不响了?”快递小哥的脸更红了，说：“有业主反映扰民，门口保安把音响没收了。”丽丽脸上笑容瞬间凝固了，心想当初我就该提醒他一下……快递小哥是不是以为是我给物业反映的?

撕 画

病愈了，他又抄起了画笔，一年多没执笔都有些生疏，在老伴的鼓励下，大半天的时间，一幅山河图出炉了，他一边端详一边摇头，自言自语：“没有皴好，也没点好……”这时电话响了，是一位公司老总打来的，此人是他多年的粉丝，老伴代接，对方先热情问候，不免又打探是否有新作，说自己公司业务复苏，颇有进账，老爷子如有新作，无论多大代价也要收藏……因是免提，他全听清，忙一旁摆手，虽然老伴代他致谢，那粉丝还是执意要来看望，说甘愿磨墨铺纸、清理画室，老伴只好说他仍体弱乏力，暂时无法提笔，也难会客……通完电话，老伴凑拢观看那画，说：“其实蛮好。人家全是好意，就给他无妨啊。”他却一把抓起，揉成纸团，扔进案边纸篓，老伴见怪不怪，转身去给他倒茶，端茶杯过来，只见他竟把那扔进纸篓的画作捡起来，撕得粉碎。不待老伴发话，他心平气和地解释道：“他前年来，说是帮我清扫房间，其实把纸篓里的废画收走了，结果在拍卖会的目录上，竟出现我那裱好的败笔。我那败笔，竟就此流入社会。这样的事情再不能发生。我死后，留在世上的，都必须是我自己满意的作品!”老伴笑道：“瞧你这一脖子犟筋!”

虎子油饼

虎子是一个地地道道的农民，农闲时就自学一些烹饪技术，试着做给妻子吃。一天晚饭后妻子拉着他的手说：“你看村里的乡亲，搞养殖的、做生意的、搞加工的都富裕起来了，你这一手的烹饪技术不能让我一个人享受，是不是该发挥一下，咱也开个小店，富裕的路上不能掉队!”妻子的一句话让虎子有了念头。一个月后，镇上添了一家新店“虎子饼铺”。开业这天来了不少乡亲们，嘴上在道喜心里却在怀疑，这虎子行吗，一个种地的，没学过面点就开店，他做的能吃吗，几天还不得关门呀？你一言他一语地议论着。这时第一锅油饼出炉了，虎子分发给乡亲们品尝，乡亲们都做了不好吃的准备，忽然有一人尖叫了一声：“很好吃嗳！比我在县城买的还好吃。”乡亲们品尝后都竖起了大拇指，叫好！在油锅边忙碌的妻子听到外面的叫好和对虎子的肯定声，抬起头擦了擦额头的汗水，会意地笑了笑说：“选对了行，嫁对了郎，老公加油!”

还　钱

房价不断攀升，喜子夫妇有些沉不住气了，把家里多年积蓄都拿出来，还是差五万的首付，只好找朋友去借，喜子打了几个电话都没借到，有些茫然，最后想到了中学同学齐智，当年跟齐智关系很一般，只好试试。结果电话打通说明情况后，齐智很爽快地答应，第二天就给喜子转账五万元。时间很快，一晃大半年，喜子夫妇攒够了五万，立马想到了还钱，俗话说“好借好还，再借不难”吗。喜子打通电话，表达感激，要把钱给送去，还要请吃饭，齐智一听忙说：“别来，钱你先用吧，我现在不需要，以后再说吧。”就挂断了电话。又过了几个月，喜子一直不安，从来没欠过别人的钱，何况数额又不小，又打通了齐智的电话，再次表示谢意后说：“把送钱送过去，如不方便见面，就转账过去。”齐智一听转账，忙说：“别这样，我现在不需要，千万别转。”又挂了电话。喜子第一次借钱，还钱竟然遇到了困难，就决定直接去找齐智，到单位门口登记时，工作人员看了看喜子说：“齐智不在这办公了，经过组织上近一年的考察，已经升副区长了，你去区里找吧。”喜子这才恍然大悟，齐智为什么不让他急着还钱。

CEO

从手机上看到好几段文字，也不知是小说还是报道，说的是一个老太婆，要么在饭馆吃面没钱，要么在垃圾筒边上捡瓶子不小心弄脏了宝马车，饭馆里最后总算有个人给她买了面，那宝马车女车主指着她骂个没完，老太婆就拿出个老掉牙的手机，给她儿子打电话，不一会儿，开来辆法拉利，车上跳下个西服革履的

CEO，见那老太婆叫妈，结果呢，那给买面的得到厚报，那宝马车主气短心慌……他那天在一家面馆吃面，恰好遇见一个老太婆，挨桌请求："给碗面钱吧。"别人全不理，他掏出了二十块钱。老太婆也没买面，就走出去了，临走前让他留下手机号码，他留了，并说这也是我微信号。他慢慢吃面，吃完面付了钱又磨蹭了一阵，出了面馆还在门口站了好久，咦，说好的法拉利呢？CEO呢？厚报呢？都没影儿。闷闷地回到家，忽然有人加他微信，蹦出一句"先划50来吧"，心想该是CEO测试一下，划去50元以后，就等着那边划500甚至5 000过来。几天再没动静。再去那面馆吃面，隔着大玻璃窗见马路那边有那老太婆身影，忍不住指指问服务员："那老太婆的儿子是CEO吗？"服务员笑了："你给她留过号码吧？今天又有人给她留了。你看，她干什么呢？"他仔细望去，那老太婆正跟两个妇女凑一起在街角嘀咕。服务员告诉他："她们是一帮的。那老太婆就是她们的CEO！"他全身顿时变成冰桶。

想　念

放学后，小学三年级的冬子并没像往常一样回家，而是奔向了村边的大河，爸爸妈妈就是从这条河乘船去南方打工的。冬子由奶奶一手带大，只有过年时才能见到爸爸妈妈一面，父母在老家停留短短几天，就又去了南方。每次通电话，妈妈还没说几句，爸爸就接过去说："冬子乖，听奶奶话，我们这儿没网，长途话费贵。"便匆匆挂断。冬子后来把想念都写在了小本子上。这天，冬子把写满了想念爸爸妈妈话语的小本子，一页页撕下来，折叠成一个个小船，含着眼泪放到了河水里，希望能漂到爸爸妈妈的身边。突然冬子起身擦了擦眼泪，冲着河水大吼一声："我到底是不是你们亲生的?!"

粉　堕

自媒体上惊爆，她所倾心的那个明星竟瞒婚十三年！她不由自主地哭了，反正一个人在出租屋，爽性哭个痛快！那明星怎么能欺骗自己？瞒得铁桶一般！哭累了，也倒在床上睡熟了。醒来，头疼。窗外射进朦胧的天光。去卫生间洗个凉水脸。回自己屋的时候，发现租另一间屋住的悠悠穿睡衣坐在餐桌旁发愣，问："是不是……也为那白眼狼……瞒十三年的事？"悠悠望她一眼，现出一个意味深长的笑容："嗨，他跟咱们，究竟有个什么关系？他娶他的老婆，由他去！可恨的是，他跟经纪人，娱乐机构，瞒，瞒，瞒，为的是骗咱们这样的，场场演唱会都买高价票，现场摇晃电光棒，就好像他会娶咱们一样！"第一缕阳光射进窗内，她去屋子一角取出保存的电光棒和有那明星名字的电光板，问："垃圾分类了，这些东西算哪类？其他？有害？"悠悠说："他也别再装嫩啦，咱们也别粉他啦，都扔有害类桶里吧！"从那个早晨，她和悠悠，应该还会有更多的同类粉丝，告别生涩，开始成熟……她哼着"粉堕百花洲，香残燕子楼"这两句诗，准备下楼扔垃圾。

诚　信

小区门口保安是一位年长的农民工，人品不错，乐于助人。一天下班回家，保安拦住了我："能帮我个忙吗?""当然可以，您经常帮我接收快递，我还没谢您呢。"我被请进了保安亭，他拿出手机让我帮他在网上买双袜子，看到手机我愣了一下，那是大块头的老年机，只能接打电话，根本就没有上网的功能。只好用我的手机按他的要求下了单，我还特意为他选了一件T恤衫，一并买下。商家发货挺快，第二天就收到了，下班后保安拦住我，袜子号小了要求退换，T恤也不要，让退了。我顿时有些不高兴说："袜子可以将就穿吗，没有多少钱，T恤是按您的身材买的，是我送您的不用退，如果退的话，商家是不承担快递费的。"最后还是拗不过他袜子退换、T恤退货的要求。第三天保安又拦住了我，要看我的手机上退换货后商家反映的信息，我说："商家态度很好很有耐心，已按您的要求退换了，还让我对她的服务评价呢，我给了一个大大的好评。"保安听后高兴地掏出了"大块头"拨通了电话："闺女，看到你网店的诚信，爸就放心了!"

辑　三

瓶外续谭

堆积财宝极有罪

上世纪五六十年代，毛泽东五次在公开场合劝干部们读《金瓶梅》。他指出，“《水浒传》是反映当时政治情况的，《金瓶梅》是反映当时经济情况的”，他将《东周列国志》与《金瓶梅》对比，认为前者只写了当时上层建筑方面的复杂尖锐斗争，缺点是没有写当时的经济基础，而《金瓶梅》却写出了“明朝的真正的历史”，虽然其故事假托在宋朝。毛泽东指出：“《金瓶梅》可供参考，就是书中污辱妇女的情节不好。”如何阅读《金瓶梅》，毛泽东的说法到今天仍有指南意义。如果读《金瓶梅》只对那些“污辱妇女的情节”感兴趣，而无视其巨大的社会经济方面的认识价值，那是低劣的读者低劣的读法。其实早在东吴弄珠客为兰陵笑笑生最早的《金瓶梅》本子作序时，他就指出：“读《金瓶梅》而生怜悯心者，菩萨也；生畏惧心者，君子也；生欢喜心者，小人也；生效法心者，乃禽兽耳！”不过东吴弄珠客还没有意识到，这部书除了令读者生怜悯心与畏惧心，还具有巨大的社会经济的认知价值。

《金瓶梅》里的西门庆这个人物，作者虽然以大量的篇幅写了他的情爱与性事，但绝没有简单化地把他塑造成一个淫棍。书里有许多笔墨写到了西门庆的经商理财能力，而且，兰陵笑笑生笔下的西门庆，还并不是一个凭着追求财富的本能去经营生意的富商，西门庆是有他的经济思想的，他是在一种成系统的经济理性的指引下，去发家致富的。

书里第五十六回，有段情节写西门庆资助他的结拜兄弟之一常时节，给他一包碎银子，还许诺以后为他购置一所房屋居住。这时候在场的总粘着他的结拜兄弟应伯爵就恭维他，大意是古人轻财好施的，后来都有好报，西门庆听了却不以为然，因为应伯爵没有说到点上，所谓好报，就是财富持续增长，靠什么增长？不是靠轻财，也不是靠施舍，西门庆很郑重地跟两位朋友说：兀那东西（指银钱）是好动不喜静的，怎肯埋没在一处？也是天生应人用的，一个人堆积，就有一个人缺少了，因此积下财宝，极有罪的！我想毛泽东让干部们读《金瓶梅》以为参考，就是要了解明代后期商品经济的发展过程中，出现了西门庆这样的财主，他不是守财奴，不是悭吝人，不是把赚来贪来的银钱秘密地堆积在空屋或地窖中，自己装穷或过着自己苛待自己的怪异生活，他要让银钱滚动起来，再生出银钱。他不但自己这样做，而且希望大家都这样做，因为如果有人谋得银钱便秘密堆积起来，不让其流通，那么一定会有另外的人因缺少流动资金而生意上受阻，所以，堆积财宝还不是你个人是否悭吝的品德问题，而是对社会犯罪，此罪还不是小罪，是“极有罪的”，令他那样的商人愤怒！

潘金莲的情书

《金瓶梅》里的潘金莲，作为艺术形象比《水浒传》里潘金莲丰满多了。《水浒传》里的潘金莲似乎没有什么文化，但《金瓶梅》里的潘金莲却是有相当文化水平的，她不但识字，而写能填曲，她给西门庆写情书，就用了曲的形式。潘金莲怎么学的文化？她父亲是个穷裁缝，她才九岁，就把她卖到招宣府里去了，那种府第买进丫头，有的粗使干杂活，有的服侍太太小姐，都不必读书识字，但有的长得漂亮、伶俐乖巧，就会特意训练她们习学弹唱，以作玩物。习学弹唱，也不都使其识字，但其中有的特别优秀，就再加培养，令其不但能识些诗词曲赋，自己也能随机编造些词曲。潘金莲在招宣府就受到了这种栽培，因此她不但弹得一手好琵琶，也能写点简单的词曲。

招宣死后，潘金莲被遣散，她母亲将她领出后又转卖给张大户，张大户破了她的身，由于主家婆厉害，张大户留不住她，便把她白嫁给了武大郎，为的是还可以趁武大郎外出卖炊饼时，继续玩弄潘金莲。后来张大户死掉了。再后来西门庆刮搭上潘金莲，潘金莲竟在王婆唆使下毒杀了武大郎，于是日日盼着西门庆来娶她，但西门庆却忙着去娶一位有财产的寡妇孟玉楼，把她撇脑后了。潘金莲有天看见西门庆的亲信小厮玳安从门口走过，就招呼他进屋，好生招待，写下一封情书，让给西门庆带去。那情书是填的一首《寄生草》词："将奴这知心话，付花笺，寄与他。想当初结下青丝发，门儿倚遍帘儿下，受了些没打弄的，担惊怕。你今果是负了奴心，不来，还我香罗帕。"潘金莲写完将其叠成方胜儿，就是两个斜方形一部分相连的形状，是旧时常用的一种叠纸保密方式。

潘金莲后来终于被西门庆娶进家门，但西门庆放着家中几房妻妾不顾，跑到丽春院跟妓女李桂姐和一群狐朋狗友鬼混，多日不回家，于是潘金莲又让玳安在往妓院给西门庆送东西时，捎去她的情书，这回填了一曲《落梅风》："黄昏想，白日想，盼杀人多情不至。因他为他憔悴死，可怜也绣衾独自。灯将残，人睡也，空留得半窗的月。孤眠衾硬浑似铁，这凄凉怎捱今夜？下书爱妾潘金莲六儿拜。"没想到这封情书被西门庆的狐朋狗友之一祝日念截获，当众读了出来，惹怒了妓女李桂姐，西门庆竟跟李桂姐道不是，继续在丽春院鬼混，结果性饥渴的潘金莲在西门府里就和小厮琴童苟合泄欲。

能写情书的潘金莲，终于因为唯性至上，缺乏真正意义上的爱情理念，在人生途程中犯下一系列大错，遭至惨死。崇祯本在潘金莲被武松私刑残暴杀害后写下这样的批语："读至此不敢生悲，不忍称快，然而心实恻恻难言哉！"相信这批语能引出众多读者的共鸣。

金莲扑蝶与宝钗扑蝶

宝钗扑蝶是《红楼梦》里最重要的场景之一，就是没读过原书的，通过电影、电视剧也都耳熟能详。早于《红楼梦》二百多年的《金瓶梅》里，有潘金莲扑蝶的一段描写，二者之间，相似度很高。

《金瓶梅》第五十二回，写西门府里的女眷们在花园里饮酒吃餐、下棋投壶，恣意取乐，潘金莲很不安生，离席往花园山子石后，芭蕉丛深处，见有一只蝴蝶翩飞，便用手中白纱团扇，去追扑那蝴蝶，谁知西门庆的女婿，西门庆与前妻生下的西门大姐的丈夫陈经济，暗跟在潘金莲身后，两人就调笑起来。陈经济为岳父妻妾们买来了上好的汗巾子，趁便就从袖中取出一条给了潘金莲。陈经济和潘金莲的暧昧关系，早已建立，这种不伦之恋，自然是“见光死”。不巧李瓶儿抱着为西门庆生下的官哥儿，奶妈如意儿跟着，从松墙那边走了过来，一眼看到潘金莲和陈经济肢体亲密的不堪景象，李瓶儿早觉察他们的不轨，但抱着“事不关己高高挂起”的态度，绝不想就此结下梁子，便佯装什么也没有看见，赶紧躲到山子洞里去，进去后又感到对方不是傻子，一定知道其不堪景象已经被她和奶妈看到，怎么办呢？于是采取“金蝉脱壳”法，爽性主动从山子洞里对外喊叫：你两个扑个蝴蝶儿来，给官哥儿耍！意思就是知会他们：我只当你们是正常扑蝶，我绝不会跟西门庆或别的人告发。潘金莲与陈经济也便赶紧分身拉开距离，潘金莲便大声问：陈姐夫把汗巾子给了你吗？“陈姐夫”是西门府里众人对陈经济的统一称呼，这一问，意思就是陈经济是来给她送汗巾子的，没有别的意图，陈姐夫也正要找李瓶儿送那汗巾子呢。潘金莲和李瓶儿就这样双向摆脱了一时的尴尬。

《红楼梦》第二十七回，薛宝钗也是独自离开热闹的人群，在滴翠亭附近遇见一只翩飞的蝴蝶，从袖子里取出扇子去扑蝶，扑得娇喘吁吁，香汗淋漓。那滴翠亭盖在湖里，有桥曲折相通，她一直过桥扑到亭外，也没能扑中那只蝴蝶，而这时就听到亭中有两个女孩说话，其中一个正是怡红院里头一个眼空心大、刁钻古怪的丫头小红，对话里提及手帕，更涉隐私，而且对话者意识到不能让人偷听，于是推开亭子窗户，以防万一，这时薛宝钗无法撤退，无处躲藏，便一跺脚，表示在追赶林黛玉不得，还故意往亭子里绕一圈作搜索状，说刚才还看见林黛玉在亭外水边弄水，怎么忽然不见了？别是往那边山子洞里去了，让蛇咬一口也罢了……对照一下，金莲扑蝶和宝钗扑蝶的两段情节，扑蝶这一要素相同倒也罢了，但是，隐私、物件（汗巾子与手帕类似）、山子洞、金蝉脱壳……这些要素也都重叠。

毛泽东论定“《金瓶梅》是《红楼梦》的祖宗。没有《金瓶梅》就没有《红楼梦》”，这两本书中这两个扑蝶场景的描写，印证了这个论断。当然《红楼梦》的作者不是生硬套用《金瓶梅》

中的写法，有了很多微妙的变化，但《红楼梦》的作者十分熟悉《金瓶梅》的文本，情不自禁地将其对他的影响融入自己的文本中，当无疑义。

此是他姑娘哩

《金瓶梅》第十四回，写李瓶儿第一次以客人身份进入西门庆家，名义是给潘金莲庆生，拜见了正妻吴月娘，又拜见二房李娇儿、三房孟玉楼，见到五房潘金莲热情叩拜，连吴月娘的嫂子吴大妗子、潘金莲的母亲潘姥姥也拜见了，便提出要拜见西门庆，吴月娘告诉她西门庆去庙里打醮去了，一面让坐，换茶来吃。良久，李瓶儿才见一位妇人走了过来，李瓶儿见她装饰少而次，便起身问道："此位是何人？奴不知，不曾请见的。"吴月娘就告诉她："此是他姑娘哩。"

有的读者读到这里会纳闷，走过来的是孙雪娥，吴月娘怎么向李瓶儿介绍时说她是西门庆的姑娘呢？姑娘不是小姐的意思吗？"此是他姑娘哩"是否应该用来称呼西门大姐呀？《金瓶梅》这部书里几乎没有小姐的事儿，出现的女性角色虽然很多，除了丫头、妓女，主子身份的女性几乎都是已婚的，书里提到西门大姐的时候，也已经安排她出嫁，嫁给东京陈洪的儿子陈经济了。后来因为陈洪牵连到朝廷的罪案里，西门大姐才随陈经济匆忙从东京逃回清河家中，而且这场政治危机还几乎把西门庆也搅进去同归于尽，西门庆通过派人往东京找权臣重金厚礼贿赂，才得以脱身。书里没有称西门大姐为西门姑娘的句子，也没有以姑娘代称小姐的其他句子。吴月娘跟李瓶儿说“此是他姑娘哩”，这句话里的姑娘是小老婆，也就是妾的意思。

《金瓶梅》里用姑娘称妇女，用得最多的是姑妈的意思。第七回写西门庆迎娶孟玉楼，孟玉楼是杨家的寡妇，她丈夫的舅舅姓张，人称张四舅，拦住她不让改嫁西门庆，结果媒婆和西门庆事先贿赂好了杨家的姑妈，人称杨姑娘，关键时刻出面，构成“杨姑娘气骂张四舅”的重要情节。因为这位姑妈毕竟是杨氏宗族的长辈，而张四舅毕竟是外姓亲戚，中国人传统意识里固有“外姓逊于本族”的共识，杨姑娘气骂张四舅竟被邻里同声赞同，孟玉楼也就终于嫁成了西门庆。西门庆娶进孟玉楼以后，不知怎么忽发兴致，把他死去原配的陪房丫头孙雪娥也收为了小老婆。这孙雪娥其貌不扬，行为举止也很粗粝，虽然排位第四，却矮人一等，每天主要是在厨房里操作，衣装首饰都比较低档。家族聚会时，别的小老婆，包括后娶进的五房潘金莲、六房李瓶儿，都能与吴月娘平起平坐，她却只能一旁斟酒伺候，甚至要跪下服侍，西门庆也难得跟她行房事。

一些读者总是本能地把姑娘单纯地理解为小姐，是因为受到《红楼梦》的影响。林姑娘、宝姑娘、史大姑娘、二姑娘、三姑娘、四姑娘……尤其到了电影、电视剧里，真是不绝于耳。以上称呼当然都是小姐的含义。但《红楼梦》里，姑娘有时也是姨娘，即小老婆、妾的意思，比如第三十一回晴雯讽刺袭人：“明公正道，连个姑娘还没挣上呢，也不过和我似的，那里就称上我们来?”这句话里的姑娘一词，就只有小老婆一个含义。《红楼梦》里有时候姑娘也是姑妈的意思，比如第九回在家塾里，金荣和宝玉、秦钟冲突起来，宝玉的小厮焙茗就告诉宝玉，“璜大奶奶是他姑娘”，就是金荣的姑妈嫁给了贾氏宗族一个叫贾璜的。第三十回丫头靛儿去跟薛宝钗讨扇子说：“必是宝姑娘藏了我的，好姑娘，赏我吧。”第一句里的姑娘是小姐的意思，第二句里的姑娘则是自命晚辈称对方为姑妈的恳求之词。第三十九回写看门的小厮有两个跑上来，赶着平儿叫姑娘，求她开恩给假，那不是把平儿当小姐称呼，而是尊称她姑妈（姑嬢）的意思。总之，明清小说里的姑娘两个字，在不同的语境中有不同的含义，读者必须一一领会。

灯节的头饰

孟玉楼是作者肯定的人物，全书最后的结尾诗有一句就是“楼月良善终有寿”，把她与吴月娘并列，而且还排在吴月娘前头。吴月娘恪守封建礼教，从一而终，在那个时代堪称女性楷模；孟玉楼虽然天性良善，却两次改嫁，她珍惜自己的青春年华，绝不愿意苦了自己去做一个“节妇”，总能以个人幸福为前提，在生活中朝前迈步。

书里写西门庆求娶孟玉楼的时候，头一回见到她便惊艳，“长挑身材，粉粧玉琢；模样儿不肥不瘦，身段儿不短不长；面上稀稀有几点微麻；生的天生俏丽，裙下映一对金莲小脚，果然周正堪怜；二珠金环，耳边低挂；双头鸾钗，鬓后斜插；但行动，胸前摇响玉玲珑；坐下时，一阵麝兰香喷鼻。恰似嫦娥离月殿，犹如神女下瑶阶。”其中“金环”“鸾钗”“玉玲珑”都是非常讲究的装饰品。西门庆问其年龄，她坦率告知“奴家青春是三十”，比西门庆大了两三岁，媒婆此前对西门庆谎报她“今年不上二十五六岁”，一旁忙圆谎：“妻大两，黄金日日长；妻大三，黄金积如山。”西门庆又听说孟玉楼会弹月琴，便可在心上，果断将这位姐姐娶进了门，作为第三房。

书里在情节发展中，多次刻意写到孟玉楼的头饰。孟玉楼是阔寡妇嫁过来，不但手里有大把银子，还搬来两张象征财富的拔步床。西门庆把女儿西门大姐嫁往东京陈洪的儿子陈经济，来不及准备超豪华的嫁妆，就把孟玉楼带过来的一架拔步床拿去陪往东京陈家，大增颜面。孟玉楼的头面，也就是装饰品，自然很充足，也都相当值钱。如果仅仅是值钱倒也罢了，难得的是她的首饰还往往具有创意。第十五回写吴月娘带着李娇儿、孟玉楼、潘金莲去往狮子街，到李瓶儿那两层楼的居所赴约登楼观灯，当时李瓶儿还没有被西门庆娶去，热情接待了吴月娘等人。对这些妇女装束的细致描写，吴、李、潘都只写到服装，唯独对孟玉楼除写她穿着“绿遍地金比甲”，还特别写到她“头上珠翠堆盈，凤钗半卸，鬓后挑着许多各色灯笼儿”，珠翠凤钗不过是显示富贵，令人称奇的是，孟玉楼居然还有应时应景的特殊首饰，灯节中特意在鬓后装饰许多的小灯笼，既美化自己也娱乐他人，这显示出她是一个富有情趣的人。

书里写西门庆死亡后，孟玉楼一度伴着吴月娘，但在一年后清明给西门庆上坟时，她邂逅了李衙内，芳心摇荡，便又嫁给了李衙内，又随公公迁官到了南方严州。陈经济当时被吴月娘赶出家门后，竟跑到严州去讹诈孟玉楼，陈经济所凭借的，就是当年在西门府花园里拾到的一根金头莲瓣发簪，上面刻有孟玉楼的名字，可见作者在设计孟玉楼这个人物时，注意刻画她的头饰，也有意从她的发簪引出一段离奇的情节。孟玉楼李衙内夫妇虽然因陈的讹诈一度受损，但终究还是安度余生。

灯节中孟玉楼鬓发后挑着许多各色灯笼儿，这一笔显示出《金瓶梅》作者利用细节营造文本魅力的功力非同小可。

谢家大酒楼

明代的皇室建筑及宗教建筑，有高层的，尤其是寺塔，但一般民居及商用建筑，楼房也就两层，至多三层。《金瓶梅》里西门府花园有楼，两层；狮子街李瓶儿旧居临街两层；武大郎从紫石街迁出后，也买下县门前一个两层四间附带两个小院的居所。《金瓶梅》故事展开的空间，主要是在清河县县城里，但也辐射到县城外，甚至一直辐射到朝廷所在的东京，书里最后十回，很多情节发生的空间则是临清码头。从书里的描写看，清河县并不在大运河紧边上，但离临清不算远，这临清“是个热闹繁华大码头去处，商贾往来之所，车辆辐辏之地，有三十二条花柳巷，七十二座管弦楼”，可见明代晚期商品流通已经非常繁忙，商人阶层特别是搞长途贩卖的数量相当多，他们到了码头不仅要跟官方税务机构打交道，要跟批发商零售商做交易，也需要住宿、餐饮方面的服务业提供方便，免不了还要娱乐，要赌博，要色情享受，其对传统农耕社会的解构，已经达到令人瞠目结舌的地步，书里田园牧歌匮乏，柳巷弦楼喧嚣。

陈经济是书里的“男二号”，最后十回里他的故事最多，直到暴死。陈经济被守备夫人庞春梅以兄弟名义收养后，娶葛翠屏为妻，以遮人眼目，其实他和春梅趁守备频繁出差，在守备府里私通鬼混。陈经济后来又不甘这么囚在府里只作春梅玩物，于是讨还了被杨家兄弟讹走的财物，再加春梅资助，到临清码头，盘下了紧邻码头的一座谢家大酒楼，铺张地经营起来。这酒楼原是一个谢胖子所开，故有此名，陈经济盘过来后，用今天的概念，他控股，所以相当于董事长，谢胖子也还保留一些股份，好比董事，一个叫陆秉义的，则被任命为总经理。因来往客商熟悉谢家大酒楼的招牌，就加以沿用。陈经济则时而在清河，时而来酒楼。

这谢家大酒楼，乃是临清第一大酒楼，“里面有百十座阁儿，周围都是绿栏杆，就紧靠着山冈，前临官河，极是人烟热闹之处，舟船往来之所”。书里没说这背山靠水的酒楼几层，读者可以想象，其主体部分可能是三层，两翼二层朝远处延伸，坡顶翘檐，恰似巨鹰展翅，甚是气派。酒楼中若干空间供应餐饮，有大堂散座，亦有许多包间，另有许多房间是客房，可长期包租，亦可临时入住。长期包租的有明娼亦有暗娼，明娼就是在官府登记过的，由鸨母看管的妓女，暗娼就是暗中作皮肉生意的风尘女子。陈经济盘下酒楼后，为自己布置了华丽的房间，窗口正对着码头上下船的方位，推窗一望，运河中船只风帆历历在目，更可望见上下船的男男女女。陈经济在这谢家大酒楼里吃喝玩乐，大把赚银子，好不快活，唯一的不快，就是跟坐地虎刘二利益冲突，酿出事端，本来凭借周守备的势力，不难将刘二制服，陈经济却又觉得刘二的姐夫是守备的亲随张胜，莫如把张胜、刘二一揽子解决，岂不快活！陈经济恨常到谢家大酒楼寻衅滋事、砸场子讹银子的刘二还有些道理，那张胜本是将他寻领到守备府的恩人，却也冷心狠意，必欲置之死地而后快，他人性中的恶，太酽黑了！结果他反被张胜手刃。但谢家大酒楼依然屹立在临清大运河边码头边，有更多人的生死歌哭，陆续在那空间里搬演。

电影镜头感

兰陵笑笑生写《金瓶梅》的时候，人类还没有发明照相术，更没有发明电影，但是，阅读《金瓶梅》，其中一些情节的推演，真的大有电影镜头的感觉。

书里接近结尾，写陈经济成为临清码头谢家大酒楼老板后，为自己在楼上布置了一间豪华的房间，没事就倚在窗台朝外眺望。有一段文字，就仿佛电影的分镜头剧本，读来极有银幕感。

先是从室内陈经济背后拍他倚窗，然后给一个近景反打镜头，表示陈经济朝窗外望去，再就是一个从楼窗朝外眺望的摇拍大全景：三月佳节，天光明媚，翠依依槐柳盈堤，红馥馥杏桃灿锦……然后镜头停止于码头上的两只驳船，船上载着许多箱笼桌椅家伙。

还是陈经济的主观镜头，但换成中近景，显示出一些力夫正往岸上搬运东西，指挥他们的，一男子是韩道国，已经胡须花白；他旁边则是两个妇女，一个中年的长挑身材紫膛色面皮，一个才二十多岁，搽脂抹粉，生的白净标致，那中年妇女是韩道国媳妇王六儿，那年轻的是韩道国王六儿的女儿韩爱姐，两人指点酒楼议论。力夫把东西往谢家大酒楼大门里运，那一家三口也随之朝大酒楼门口迈进。

中景：从大酒楼大堂往外拍摄，主管迎上人群，跟他们说："你们怎么往这儿搬家？要安家请到街巷找房东去！"那些力夫竟把搬去的箱笼桌椅等都摆放在大堂里。

跟拍镜头：主管急匆匆跑上楼梯。

切换：陈经济离开窗口，走到楼梯口，斥责跑上来的主管："岂有此理！把他们统统给我轰走！"楼下传来伙计声音："掌柜的，他们硬要住在这儿！"陈经济吼："让他们滚！"朝楼下走，主管先退身让路，再转身追随。

陈经济主观镜头：下了楼梯，见一堆行李中，现出三个人。

近景：韩爱姐向陈经济敛衽道万福："官人息怒，非干管之事，是奴家大胆，一时出于无奈，不及先来宅禀报，报乞恕罪！容略住得三五日，拜纳房金，就便搬去。"

特写：陈经济望着韩爱姐上下打量。

特写：韩爱姐一双星眼，斜盼经济。

近景：侧面拍去，陈经济、韩爱姐两情四目，不能定神……

这段情节里，开头陈经济和主管拒绝韩道国一家，是因为谢家大酒楼是餐饮旅店，不是长租公寓。后来王六儿先认出了"陈姐夫"，陈经济也认出韩道国是西门庆雇佣过的绒线铺掌柜，当然这也还不足以容纳他们，关键是色鬼陈经济一眼垂涎于韩爱姐，而韩爱姐对陈经济是一见钟情，双方擦出了火花，于是陈经济答应他们一家不是拎包入住，而是把家搬进谢家大酒楼。

兰陵笑笑生的总体构思，是把三个家庭的结局总合在一起，来结束全书。一个家庭是周守备家，构成书名的三位女性的最后一位庞春梅，最后成为守备夫人，她快意恩仇一番，周守备战死沙场，她纵欲死在床上。再一个家庭是西门家，西门庆死后，后西门庆时代还派生了许多故事，最后宋朝皇帝被金国虏走，金兵南下，清河县的官吏抢先逃遁，全县沦陷，生民涂炭，吴月娘带着孝哥儿，只有吴二舅和玳安、小玉一对仆人跟随护卫，锁起府门，慌忙逃走。西门家和守备家作为收束全书的家庭，不足怪。令读者意外的，是韩道国一家四人，即韩道国夫妇、他们女儿韩爱姐，还有韩道国兄弟韩二，竟成了乱世中劫后余生的象征。

韩爱姐瞎守节

韩道国王六儿的女儿韩爱姐到了临清码头谢家大酒楼，与陈经济一见钟情，陈经济呢，不过把她当成妓女，绝无给她名分之想。但陈经济被张胜杀了之后，并无名分的韩爱姐却跑到永福寺陈经济的坟上去哀哭欲绝，正好遇到佯称陈经济姐姐的庞春梅和陈经济的正牌妻子葛翠屏也去上坟，在那种情况下，韩爱姐竟宣称她再不回父母处了，要跟着庞春梅到守备府去，陪伴葛翠屏，给陈经济守节。这是一个再荒谬不过的想法，但书里却写庞春梅和葛翠屏都接受了韩爱姐，韩爱姐也就真的告别了父母，去到守备府里，与葛翠屏姐妹相称，正儿八经地做起"节妇"来。

这是《金瓶梅》书里最令读者咋舌称奇的一个情节。因为封建社会虽然以儒家的一套伦理道德控制社会，皇家官府都提倡寡妇守节，守节守得严谨，时间悠久，当地口碑好的，还会加以旌表，最优秀的，会给其人立贞节牌坊，以为妇人楷模，但是，你守节，需要有正式的名分，男人死后，正妻、妾（姨娘，小老婆）都有资格守节，丫头包括通房大丫头，都是没有资格为其守节的，至于情妇、娼妓，当然就更上不了台盘，提出自己要为情夫、嫖客“守节”，那本应成为一桩笑话的。《金瓶梅》之后约二百年，出现了《红楼梦》，《红楼梦》后四十回，不是曹雪芹原笔，是别人续写的。里面最后一回写袭人的结局，虽违背曹雪芹原笔原意，但自身的情节逻辑还是合情合理的，写得知贾宝玉科举考试考中后不回府，随和尚出家去了，已嫁给贾宝玉作正妻的薛宝钗当然要给宝玉守节，袭人怎么办？如果她此前已经有了姨娘的名分，自然可以同宝钗一起为宝玉守节，但她虽然被王夫人内定为了准姨娘，毕竟没有公开地正过名，老太太贾母生前虽然知道王夫人的动作，没有制止而已，并无认可，甚至在王夫人害死晴雯以后，贾母还跟王夫人冷冷地说，她早看中晴雯，意思是倘若要给宝玉定一个姨娘，非晴雯莫属，至于府主贾政根本不知道此事，况且公开表示过对袭人这个名字的厌恶，王夫人的内定，完全是暗箱操作，都不敢让府里总账房按姨娘待遇给袭人发银子，只是每月从她自己的月例银里，拨出相当于姨娘的份额，来给袭人，而袭人原来开在贾母房中的月例银子，则免除掉不再发放。续书者就细写袭人的生存困境，她本是与宝玉有身体关系的，又迈入了准姨娘门槛，宝钗跟她有共同语言，待她很好，她是极愿陪伴宝钗给宝玉守节的，但思来想去，毕竟“妾身未分明”，这样死赖着不走，招人耻笑，自身尴尬，于是终于“抱琵琶另上别船”，去嫁给了蒋玉菡。续书者还引用“千古艰难惟一死”的诗句，讥讽她怎么那么怕死，不为宝玉殉了。《红楼梦》晚于《金瓶梅》二百年，尚且强调妇女守节需要名分，那么，《金瓶梅》所表现的，托言宋朝实际明朝的时候，韩爱姐这样没有名分，名不正言不顺地去给陈经济守节，确实太惊世骇俗。

韩爱姐是经过媒婆之言、父母之命，作为西门庆干女儿，正式嫁与东京大权臣蔡京府大管家翟谦为妾的，她之所以随父母出现在谢家大酒楼，是因为皇帝惩治了蔡京，翟谦也连带被惩治，应该也死掉了，才慌乱从东京逃回老家的，到了清河发现家宅已经被委托照看的叔叔韩二卖给了他人，这才转移到临清寻觅落脚点。按理说韩爱姐如果是想恪守封建礼教，她大可为翟谦守节。显然，韩爱姐是“打着贞节旗号反贞节”，估计她在翟谦身边，只受蹂躏，并没有尝到过爱情滋味，到了临清，尽管陈经济是个“渣男”，但她对陈的前史并不清楚，毕竟这个男人让她尝到了男欢女爱的真趣，因此，她的“守节”，实际上是守护自己的爱情自由，是一种对封建礼教的隐性反抗。后来守备战死，春梅恶死，葛翠屏被娘家接走，金兵攻入清河，她一路逃难，在荒村野店与叔叔韩二遇合，结伴到湖州去寻觅父母，那时父母所投靠的何官人和她父亲先后死掉，母亲又与韩二结为夫妇，劝她嫁人，爱姐坚决不从，自己刺瞎双目，削发为尼，那真是在为陈经济守节么？韩爱姐瞎守节的情节，实在耐人寻味。

王母猪

韩道国一家的故事，贯穿《金瓶梅》一书，在书中各个家庭中，这家人的故事怪异处最多，我之前写过《奇怪的韩道国一家》，这里单补充王六儿的一些情况。

王六儿生于一个多子女家庭，她排行第六，是否她以下就没有弟妹了，书里没有明确交代，只说她有一个哥哥被称为王屠，是屠夫之妹。但书里写到，西门庆支使韩道国和家中男仆来保一起外出贩运，韩道国和来保沿运河押运船只归来，对面船只上有熟人跟他们喊话，告诉他们西门庆已经死了，当时来保没听见，韩道国听真了，归家后见到王六儿，打算贪下一半卖货的银子，另一半还是给西门庆遗孀吴月娘送去，王六儿却嘲笑丈夫蠢笨，设计出贪下全部银两的计划，趁夜去往东京。之前他们女儿韩爱姐被西门庆以干女儿的名分，送往东京权臣蔡京府大管家翟谦那里为妾，他们到东京就投靠到翟谦宅爱姐那里。王六儿两口子的贪婪固然可鄙，那翟谦听到西门庆死去，不但对遗孀吴月娘毫无怜恤，还致信向吴月娘讨要会弹唱的丫头，真是趁火打劫。《金瓶梅》写人性恶，毫无保留，字字见血，令人心悸。

跟韩道国一起去贩货的来保，在韩王两口子逃遁后，也瞒天过海，贪下银子和余货，但不使吴月娘察觉。来保媳妇慧祥，在西门府一向在厨房干活，贪了吴月娘银子以后，买下鲜丽衣裳、高档首饰，在府里绝不显露，但外出作客，就全副武装，招摇过市。书里写来保慧祥有个儿子僧宝儿，已经成年，需要找媳妇，结果看上了王六儿娘家的一个姑娘，应该是王六儿的一个小妹妹，由此推算，王六儿绝非家中最小一个，之下还有弟妹，有的妹妹年纪可能比韩爱姐还小，否则慧祥不会跑去她娘家扳亲家。这些笔墨也都不稀奇，稀奇的是，书里交代，王六儿的母亲叫王母猪，这并不是她的绰号，也不是邻里亲友对其的蔑称，似乎就是她的正式名字，慧祥衣裳光鲜地去王母猪家做客，不觉跌份儿，抢着认亲家。王母猪！这是怎样的名字，没有生活依据作家是写不出来的。可见关于韩道国、王六儿、韩爱姐、韩二这一家子的故事，兰陵笑笑生是有原型素材的，全凭想象去虚构，是不可能如此怪异而真实、独特而鲜活的。

王六儿的情感生活是紊乱的。她被西门庆霸占，西门庆对她实施虐恋，她不抗拒，甚至似乎还很享受。韩道国被西门庆支使外出办事，归来后她把西门庆对她的占有和盘托出，两口子只把这事当成一桩生意来做，王六儿没有耻感，韩道国没有嫉恨，晚上两口子做爱，依然轰轰烈烈。王六儿第一次出场，是和韩道国兄弟韩二通奸，被捉奸捉双，绑在一起游街，引众人围观，后来被西门庆解救，西门庆霸占她以后，韩二还曾来找她，袖子里露出一根小肠子，想跟她喝酒吃肠鸳梦重温，被她操起棒槌打撵出去。但她和韩道国贪银遁走，却又找来韩二帮他们看家。翟谦随主子倒台，她和丈夫女儿逃回清河，发现韩二已把宅子卖掉不知何往，这才流落到临清谢家大酒楼，成为一个暗娼，并和湖州来的何官人保持了比较牢固的关系。何官人要带她回老家湖州，问韩道国要不要一起去，韩道国竟感激地说："可是好哩！"在湖州何官人、韩道国相继死去，韩二和爱姐在北宋国破家亡后寻觅到南宋湖州，最终王六儿又嫁给韩二，苟且余生。

王六儿的生存轨迹，使我们看到明代晚期儒家伦理已是礼崩乐坏，市民中的此类小人物，在金钱与肉欲的支配下，丧失了人格底线，一切只为了活着！

一篮芍药花

张胜是《金瓶梅》里一个不可忽略的角色。第十九回他和鲁华一起出场，书里明确交代，此二人是清河县的地痞流氓，“宋时谓之搗子，今时俗呼为光棍是也”。鲁华的绰号是“草里蛇”，张胜的绰号是“过街鼠”，“过街鼠”听来比“草里蛇”更低贱，“过街老鼠人人喊打”嘛。此二人常得西门庆资助，乃鸡窃狗盗之徒。李瓶儿在西门庆遇到政治危机时，耐不住寂寞，竟嫁给了“矮王八”蒋竹山，还出资让蒋开起生药铺，公然戗西门庆的行，西门庆知道后，就唆使鲁华张胜上门讹诈闹事，最后导致李瓶儿把蒋竹山轰出家门。书里前半部，张胜就出场这么一次，也没再写西门庆如何继续资助他、唆使他。

书的后半部，张胜戏码多起来。张胜投靠到周守备府，成为守备的亲随。和他并肩得到守备信用的亲随，是李安。鲁华不再提起。张胜成为周守备亲随后，大有洗心革面之态，不仅没有什么鸡窃狗盗的行为，也没有“人人喊打”的尴尬，一度生活得颇为体面。西门庆死后，庞春梅被吴月娘遣散，罄身出府，但运气很好，被转卖到周守备府以后，深得守备宠爱，守备正妻去世后，给她扶了正，她为守备生下一男，取名金哥儿。那时张胜不但常常随侍在守备左右，也深得春梅信任，在府里有时候就帮着抱金哥逗他玩耍，有一次竟抱到守备审案子的厅堂边上，正巧守备所审的是陈经济，金哥就伸出小胳膊要求陈经济抱他。此事被春梅知晓后，也到厅堂旁偷觑，认出是在西门府时与其有过恋情的陈经济，便要求守备宽免释放。当时春梅不便将陈经济留下，陈经济走脱后不知所踪，春梅就跟守备说那原是他的兄弟，守备就责令张胜满世界去寻找陈经济。

陈经济一度沦落到社会最底层，被一个包工头飞天鬼候林儿控制玩弄。春天到了，陈经济干粗活累得不行，蹲在墙根下晒太阳捉虱子，忽然对面路上来了一个骑马的汉子，头戴万字头巾，脑后扑匾金环，身穿青窄衫，紫裹肚，腰系缠带，脚穿皮靴，那就是张胜，从穿戴看，十分体面，而且，兰陵笑笑生设置了一个跳眼的细节，就是骑在大黄马上的张胜，手里还提着一个花篮，里面盛满芍药花，那显然是春梅派他到郊外花田去采买的。张胜在马上认出了陈经济，就跳下马来，趋前深深唱了喏（唱喏是那个时代男子躬身抱拳向人致意的礼仪），便叫：“陈舅！小人那里没处寻，你老人家原来在这里！”已经陷于绝望的陈经济竟就此获得拯救，张胜将陈经济扶上马，自己提着芍药花篮跟随，将陈经济带回了守备府。张胜偶遇陈经济，将其尊重地送入府中，氤氲着春天芍药花的气息，令人不禁感叹人间真有温馨。

但是书里后面写到，陈经济被春梅以弟弟名义包养后，在临清大码头开了大酒店，在那里跟坐地虎刘二产生矛盾，而刘二恰是张胜的小舅子，张胜又偏和在那里沦为娼妓的孙雪娥产生恋情，春梅和孙雪娥是死对头。于是陈经济从临清回到守备府，和春梅在花园书房幽会，议及这些情况，二人一致决定，只等守备回府，便让守备将张胜结果。书里这段情节，令人惊悸于人性的黑暗，你陈经济如无张胜领回府中，哪来的今天，就是要借守备之力对付刘二，也犯不上置恩人张胜于死地啊！偏这话让张胜窗外偷听到，便回身去取刀，春梅走脱，张胜便冲进屋内将陈经济杀死，张胜自己被擒获后又被乱棍打死。一定有读者读到这血淋淋的情节时，不免想起那篮芍药花，人世间为什么就不能永葆温馨呢？

武松对迎儿的亏欠

曾写《不可忽视的迎儿》一文，针对的是《金瓶梅》的读者，指出虽然《金瓶梅》一书“借树开花”，从武松打虎写起，似乎抄袭《水浒》，其实作者兰陵笑笑生是非常有创意的，甚至可以说是“化腐朽为神奇”。《水浒》里的武大郎无生育，有的读者会联想他恐怕性无能，这样潘金莲在婚姻中就更不幸了，但《金瓶梅》写的是，武大郎娶潘金莲前，有过前妻，前妻虽故去，却留下了二者结合的结晶，就是女儿迎儿，因此可以联想到他虽丑陋，却绝非性无能。迎儿这个角色贯穿《金瓶梅》全书。《水浒》写武大郎被害后，武松杀嫂祭兄，一并杀了教唆犯王婆，读者多有称快的。《金瓶梅》的作者让潘金莲和王婆漏网多年，直到西门庆自行暴毙以后，才让武松回到清河县，找到潘金莲和王婆，将她们手刃。这段情节里有个因素，却会令颇多读者难以接受，因为武松是当着迎儿的面，实施私刑的，其场面之血腥，达于极致。武松行动前，甚至还让迎儿“帮凶”，吩咐迎儿把前门上拴，顶住后门，之后竟也不安排迎儿回避，当着这个未成年的少女，血淋淋地残暴杀人，“迎儿小女在旁边看见，吓得只掩了脸”。

武松是迎儿唯一的亲叔叔。迎儿是武家唯一的后代。武松为兄报仇，实施私刑，手段残暴，场面血腥，我们多少还可以理解甚至谅解，因为那个时代那种社会，要靠公权来制裁邪恶是非常困难的。但是武松如此忽视迎儿的存在，漠视迎儿的感受，实在是既难以理解更无法原谅的。你武松为哥哥报仇，但你哥哥是有后代的，这个后代就是你亲侄女迎儿，你就不想想这个女孩子今后怎么生存吗？武松先杀潘金莲再杀王婆，之后他怎么做的呢？他倒扣迎儿在屋里，迎儿还在屋里跟他说："叔叔，我也害怕！"武松居然回应："孩儿，我顾不得你了！"就自顾自地跑到王婆住处，搜出银两和钗环首饰，都包裹起来，翻墙逃遁，把迎儿这一个亲侄女儿撇在倒扣门的充满血腥气的屋子里，不管其死活，径直先投往十字坡张青夫妇那里躲住，然后上梁山了。武松这样对待迎儿，他哥哥武大在天之灵，能获安息吗？

在《水浒》和《金瓶梅》里，武松都被塑造成一个对女性没有欲望的男子。其实对比于他哥哥武大郎，受过现代性学教育的人士，会怀疑他性冷感导致性无能，十足的"银样蜡枪头"，心理上生理上反不如武大郎正常。当然一个男子性冷淡性无能并不构成道德问题，但武松那样漠视迎儿，全然不顾她的生死，则不能不予以谴责。一个如此对待亲侄女儿的男子，即使徒手打死过猛虎，又怎堪称英雄？

书里后来通过一个叫杨二郎的交代，武松杀人后，迎儿被杨二郎姑父姚二郎养活了三四年，后来把她嫁给外县某人为妻小去了。所谓姚二郎养活迎儿，其实就是拣了个女孩当奴仆，长到可以出嫁的年龄，便收聘礼将她草率嫁人。迎儿命苦，不仅苦在被后妈潘金莲凌辱，也苦在被亲叔叔武松抛弃，任人摆弄。武松实在亏欠迎儿太多！他至少应该为迎儿留下些银两，上梁山后也还可以设法探视迎儿，或付银托可靠的人照管迎儿。张竹坡评点《金瓶梅》，认为全书的主旨是弘扬孝悌，武家两兄弟父母双亡，无父母可尽孝，那么你讲悌道，就是对哥哥要服从要照顾，为冤死的哥哥复仇固然算得尽悌，为失祜的侄女儿安排生计直至将其妥善嫁人，才算足悌。武松对迎儿生命价值的漠视是反人道的，读《金瓶梅》，不可不意识到武松人格的这一重大缺陷。

小铁棍儿

小铁棍儿是西门庆一对仆役夫妇的儿子，出场时还是个孩童。小铁棍父亲叫来昭，母亲叫惠庆，绰号与《水浒》中扈三娘相同，称一丈青。来昭在书里戏份不多，但小铁棍儿和一丈青有重头戏。

有一天在西门府里，西门庆女婿陈经济在花园门口遇见小铁棍儿在那里玩耍。陈经济对府里这种“仆二代”本是置若罔闻的，但小铁棍儿主动招呼他，问他手里拿的什么东西。陈经济当时手里拿的是一副银丝巾圈儿，那是当时成年男子束发用的，小铁棍儿觉得有趣，想讨来当玩具，陈经济本来懒得理他，说那是当铺里别人当下的，不能给，但小铁棍儿提出拿东西跟他交换，本来陈经济也还懒得理他，没想到小铁棍儿从腰里掏出一只绣花鞋来，令陈经济眼睛一亮，原来那是潘金莲穿的“三寸金莲”红绣鞋，陈经济一直想跟潘金莲勾搭，这是上好的诱饵，就拿过去褪在袖中，佯称以后再给小铁棍儿更好的巾圈儿玩耍。小铁棍儿是在花园里玩耍时，偶然拾到潘金莲绣鞋的。陈经济用那只鞋去挑逗潘金莲，潘金莲得知是小铁棍儿拾取的，在西门庆到来后，便唆使西门庆责打小铁棍儿。西门庆一冲性子，走到前边，小铁棍儿正在石台阶玩耍，被西门庆揪住领角，拳打脚踢，小铁棍儿杀猪般惨叫，才住了手，西门庆打完走人，那小铁棍躺在地上，死了半日。来昭夫妇把鼻口流血半死的儿子抱回家，终于问出了挨打原因。底下就有来昭妻惠庆，也就是一丈青厉骂的情节。来昭夫妇委身为西门府之奴，他们的后代，生命前景也就是继续为奴，府主只把他们当作驱使的工具，哪里会尊重他们的人格爱惜他们的生命。有的奴仆，遇到欺凌，也就忍气吞声，或至多是暗中抱怨，但是书里写一丈青出于母爱的本能，她还不是像旺儿那样借酒劲醉骂，她是十分清醒，刻意怒骂。一丈青先气忿忿地走到后边厨下，指东骂西，一顿海骂道："贼不逢好死的淫妇，王八羔子，我的孩子和你有甚冤仇，他刚十一二岁，晓得什么！平白地调唆打他一顿，打得鼻口都流血，假若他死了，淫妇王八儿也不好，趁不了你什么愿！"厨房里骂了，到前边又骂，整骂了一二日，还不停歇。一丈青护子厉骂的情节，比旺儿为西门庆霸妻的酒后醉骂更加精彩，更加体现出哪里有压迫，哪里就有反抗的社会实情。这是被侮辱被损害的底层生命的怒吼。

一丈青之骂，先到厨房那边，那里离吴月娘住处最近，吴月娘应该自知丈夫暴打儿童理亏，只能装聋作哑；后来一丈青又骂到府第前边，目的是让全府皆知，她是完全豁出去了。旺儿醉骂，遭遇兴儿告密，因为兴儿与其有利益冲突，一丈青骂潘金莲"淫妇"倒也罢了，她还毫不含糊地骂西门庆"王八"，她与孙雪娥同在厨房劳作，当然知道旺儿与孙雪娥有奸，"王八"就是老婆被别的男子睡了的窝囊废，她的高声叫骂，倘若被潘金莲西门庆听见，后果不堪设想。但书里写得很合理，就是能听到的主子如吴月娘、李娇儿、孟玉楼、孙雪娥都保持沉默，也没有听见的丫头仆妇去花园里告诉潘金莲，更无人在西门庆面前汇报，这就是因为，教唆者潘金莲不得人心，而西门庆下死手几乎打死孩童，已触犯到一般人难以容忍的心灵底线，因此此事后来也就不了了之。

书里写西门庆死后，吴月娘派来昭夫妇看守大门，他们对旺儿孙雪娥私奔还伸出援手，那时候小铁棍已经步入青年期，为大人们去打酒，再后来西门府衰落，来昭死了，惠庆带着小铁棍另嫁别男。不要再狭隘地把《金瓶梅》视为一部只写富商恶吏情史、性史的书，它的笔触多次延伸到底层，写出了他们的生存困境。

一人观察多人

潘金莲终于被西门庆娶进了门，于是书里有段她首次见到西门庆正妻吴月娘及其他小老婆的文字。在此之前，先写吴月娘观察潘金莲："从头看到脚，风流往下跑；从脚看到头，风流往上流。论风流，如水晶盘内走明珠；语态度，似红杏枝头笼晓日。"这时其他几位西门庆的小老婆当然也一样在观察潘金莲。接着就写潘金莲一人观察多人：正房吴月娘约三九年纪（二十七岁，不要误解为三十九岁），生的面若银盆，眼如杏子，举止温柔，持重寡言；二房李娇儿，生的肌肤丰肥，身体沉重；三房孟玉楼，约三十年纪，生的貌若梨花，腰如杨柳，长挑身材，瓜子脸，稀稀多儿点微麻，自是天然俏丽；四房孙雪娥，五短身材，轻盈体态。

晚二百多年的《红楼梦》，第三回林黛玉进荣国府，到了贾母住处，也有林黛玉一人观察多人的文字，先是只见两个人搀着一位鬓发如霜的老母迎上来，便知是她外祖母，书里后来多称贾母，又常简称老太太，偶尔又会冠以史太君的称谓，因为贾母是从四大家族的史家嫁到荣国府的。后面就写到，不一时，只见三个奶嬷嬷并五六个丫环撮拥着三个姊妹来了，黛玉便逐一观察：第一个肌肤微丰，合中身材，腮凝新荔，鼻腻鹅脂，温柔沉默，观之可亲；第二个削肩细腰，长挑身材，鸭蛋脸面，俊眼修眉，顾盼神飞，文采精华，见之忘俗；第三个身未长足，形容尚小；三人钗环裙袄皆是一样的装饰。

很显然，《红楼梦》的这段文字，是受到了《金瓶梅》的影响。《红楼梦》在第三回写完林黛玉一人观察多人后，补写了众人对她的观察：见她年纪虽小，其举止言谈不俗，身体面庞虽怯弱不胜，却有一段自然风流体度，便知她有不足之症。这与《金瓶梅》里先写一笔吴月娘对潘金莲的观察，异曲同工。

值得注意的是，两部书里都多次使用了“风流”一词，现在多有把“风流”体会成贬义的，更有把“风流”等同于“下流”的。其实“风流”这个词在多数语境里，是一个褒义词。吴月娘观察潘金莲，认为她从头到脚都风流，看了一回，口中不言，心内暗道：小厮每家来，只说武大怎样一个老婆，不曾看见，今日果然生得标致，怪不得俺那强人爱她！吴月娘在那一刻评价潘金莲的“风流”，重点在“生得标致”，我们可以用现代语汇延伸一下，就是非常性感，对男性有魅惑力，这个心理反应，接近于贬斥，却也还大体维系着客观的中性评估。至于《红楼梦》中说林黛玉“有一段自然风流体度”，其中“风流”一词，就完全是赞颂。“风流”一词最早出于《汉书·赵充辛庆赞国忌等传》：“其风声气俗自古而然，今之歌谣慷慨，风流犹存耳。”“风流”指风度，仪表。此词在流传过程中，可以用来形容女性，如《红楼梦》中晴雯的判词“风流灵巧招人怨”，也可以用来形容男性，如“风流倜傥”，毛泽东所填《沁园春·雪》词，更用来泛指历史上的杰出人物：“数风流人物，还看今朝!”

卑贱的架儿

西门庆逛妓院丽春院，自然有鸨母妓女迎接，也有若干帮嫖的狐朋狗友去凑趣揩油，这类场景不算稀奇。兰陵笑笑生笔下，还写到妓院中专有所谓圆社的成员，踢皮球助兴，表演各种鞠戏娱客，有时嫖客和妓女也会参与其中，这也不算太刺激。但是《金瓶梅》的笔触很细，描写那托言宋代其实是明代的社会生活，最上层写到皇帝权贵，中层写到地方官暴发户，下层呢，写到最卑微、最卑贱的社会存在，其中一种，就是混迹在妓院中的架儿。

书里写到，西门庆和帮嫖的狐朋狗友正在室中接受鸨母妓女接待，吃完茶，保儿上来打抹春台，才待收拾摆放案酒，忽见帘子外探头舒脑，有几个穿褴褛衣者，谓之架儿，进来跪下，手里拿三四升瓜子儿，口中道："大节间，孝顺大老爹！"架儿，就是一种起哄架秧子的最卑微的底层生命，他们犹如爬到华丽衣衫上的虱子，依附那外表光鲜的妓院谋一点残羹剩水苟活，因为极端贫穷，所以破衣烂衫，身上随时发散出不雅的气息，妓院老板一般是不待见他们的，或者让把门的拦住不许进入，或者他们混入后被发现往外轰撵，但也有西门庆那样的嫖客，或许因为自己也是从底层挣扎出来暴发的，倒不完全嫌弃他们，偶尔还会给他们一点挣钱的机会。嫖客既然有捉虱之癖，鸨母妓女也就容架儿见缝插针。书里写架儿们开始只是隔着门帘子探头舒脑，也说明他们的生存是非常艰辛的，拿不准会不会被踹一脚踢出去，但是为首的发现嫖客是西门庆，而西门庆也还认得他叫于春儿，就混进屋内，西门庆问他：你们哪几位在这里？于春儿道，还有段绵纱、青聂钺在外边伺候，西门庆也还知道这两个。这一笔写出了西门庆这种新兴商人超越主流社会规范的气派，他既见得威严尊贵的皇帝，也接纳臭烘烘的架儿，他不但没有把于春儿踢踹出去，还大方地让保儿收下于春儿拿来的瓜子儿，打开银子包儿，捏出一两一块的银子，作为赏赐。那些瓜子当然绝对不值一两银子，西门庆也不会真去嗑那些瓜子儿，他分明是慷慨施舍，但西门庆又厌恶架子儿的腌臜，绝不跟他们身体接触，于是把银子掠在地下，于春儿和跟进来的架儿知趣，立刻把银子收下，磕头称谢，然后呢，书里写得非常传神，就是于春儿等就往外飞跑。

沦落到社会最底层的架儿，他们的人生悲剧，还不在贫穷，而是为人的尊严尽失。书里写他们先是在门帘外探头舒脑，用廉价的瓜子儿换得富人掠在地下的银子后，磕头道谢完毕，立即往外飞跑。“探头舒脑”“往外飞跑”八个字，描摹尽了他们生命形态的卑微、卑贱，非常刺激。开头的“探头舒脑”是自知形秽，随时准备成为垫踹窝的，最后的“往外飞跑”也是自知恶臭，得便宜不易，赶紧躲开富人去找个旮旯分赃。当然，此笔瓜子儿生意完毕，会再拿些廉价瓜子儿，去试探别的嫖客，表面上还算是提篮小卖，实质上就是花样乞讨，至于是否还能遇上西门庆这样的，跟他们竟然并不见外的豪客，那就全凭运气了。人在困顿中苟活，尚可原谅，人以泯灭尊严为代价，臭烘烘地“探头舒脑”“往外飞跑”，活成人渣，则真不如不活。

琐碎一浪汤

西门庆命令玳安去寻访文嫂，文嫂是个说媒拉皮条的妇女，她与王招宣的遗孀林太太有猫腻。林太太表面上恪守封建礼教，似乎是深居简出地为亡夫净心守寡，实际上很不安分，时不时会秘密地会见文嫂，让文搜给她寻找合意的性伴侣。西门庆获得这个情报后，希望通过文嫂接近林太太，尝一尝贵妇人的特殊滋味。其实文嫂和书里另一位媒婆薛嫂一样，本是常到西门庆家走动的，只是后来吃了官司，赔了钱财，有所收敛，才失去联络。如何才能寻访到文嫂呢？西门庆的女婿陈经济，偏知道文嫂居住在哪里，他就说了一大篇话，让玳安按图索骥。玳安听了头晕，说："小炉匠跟着行香的走，琐碎一浪汤。"意思是，"小炉匠"本是不谙拜神佛之地的，只能跟着已经走油了的香客往前去，没想到路径如此复杂，好比一锅充满杂碎的热汤，令人十分地不耐烦！

主人严命，焉能不从？这琐碎一浪汤，只好硬喝下去。书里写玳安按陈经济所说，骑马去寻访文嫂，也就真好比熬一锅充满杂碎的热汤，他挥鞭驱马，出了东大街，径往南过同仁桥牌坊，由王家巷进去，中间有个巡捕厅儿，对门是座破石桥儿，里面半截红墙，是大悲庵儿，往西是胡同，北上坡挑着个豆腐牌儿，门首只见一个妈妈晒马粪，玳安在马上问她，这里有个说媒的文嫂儿吗？那妈妈道，这隔壁关着的门儿就是。玳安下马叫门，是个男子开的门，那是文嫂的儿子，问玳安哪里来的，玳安亮出身份，乃是奉县衙门提刑官西门老爹来请，这才让玳安进去，但谎称文嫂不在家，玳安就往里屋闯，把文嫂逮个正着，文嫂随机应变，说玳安来找是“冷锅中荳儿爆”，意思是西门府冷淡她久了，怎么忽然热辣辣地找上门？玳安敦促文嫂赶快去见西门大官人，文嫂这才不得不去。

《金瓶梅》在中国古典长篇小说的发展中，其开拓性，也体现在对市井生活的琐碎描写上。玳安寻访文嫂这段文字，其琐碎并不惹读者厌烦，许多读者都会觉得所描写的空间场景宛在眼前，生动跳脱，趣味盎然，特别是有一笔写到居所门外有个老妈妈在那里晒马粪，令读者意会到“人们到处生活”，豪门富户穷奢极欲，而低端草民却靠收集马粪将其晒干，或储藏起来自用于冬季燃烧取暖，或卖给别人挣点蝇头小利。

《金瓶梅》书里对那个时代的饮食描写，也颇得琐碎之趣，书里写到的汤品不少：和合汤、银丝鲊汤、韭菜酸笋蛤蜊汤、酸笋汤、黄芽菜并氽的馄饨鸡蛋汤、满池娇并头莲汤、氽肉粉汤、肚肺羹、血脏汤、肉圆子馄饨鸡蛋头脑汤、肚肺乳线汤、鸡尖汤、合汁汤、百宝攒汤，等等。其中鸡尖汤的做法有详细说明：宰两只小鸡，退刷干净，剔选翅尖，用快刀碎切成丝，加上椒料、葱花、芫荽、酸笋、油酱之类，揭成清汤。书里写到茶的地方也很多，如第七十二回，词话本写潘金莲纤手抹去盏边水渍，亲手为西门庆点了一盏芝麻、盐笋、栗系、瓜仁、核桃仁夹春不老、海青拿天鹅、木樨、玫瑰泼卤六安雀舌牙茶，这盏茶里竟添加了十来种东西，这哪里还是茶啊，分明是“琐碎一浪汤”！

郁大姐与申二姐

旧时富人家会请能弹唱说书的盲艺人来献艺娱己，清河县的西门府就常有这样的盲艺人出没。这样的艺人，被称为先儿。先儿的称谓自古就有，是先生的减缩语，多用来称呼男性。但后来女性也有被称先儿的。把女盲艺人叫作先儿，尊为先生，当然是一种超级的客气。但有老北京人跟我指出，其实用“先儿”称呼盲人曲艺演员，尤其是拿来称呼女性艺人，其实也未必是真的尊重，在北方，尤其在北京地区，“先儿”其实也是“瞎儿”的意思。

《金瓶梅》里写到两个女先儿，一位是郁大姐，一位是申二姐。从书里描写来看，西门庆本人对这种先儿的弹唱并不怎么欣赏，书里出现的先儿弹唱，多是西门庆不在家时，女眷们解闷所需。郁大姐出场很早，她似乎随叫随到，时不时地来西门府献艺。她还上了回目，第七十三回后半回就是“郁大姐夜唱闹五更”，《闹五更》是曲名，并不是郁大姐在西门府大闹。词话本里把郁大姐所唱全曲录入，这个曲子是府主婆吴月娘在宴席上亲点的，小老婆们也都听得如痴如醉，其实是性苦闷中的借酒浇愁。郁大姐忠实地为这群妇人服务，从傍晚一直唱到深夜，辛苦异常。不过书里关于郁大姐的段落，都没有生出什么波澜。

书中另一个女先儿是申二姐。她是王六儿邻居，介绍到西门府来弹唱，面貌清秀，为人伶俐。一天西门庆、吴月娘和潘金莲都不在家，申二姐在上房给大妗子（妗子就是舅妈，书里的大妗子是吴月娘哥哥的媳妇）、西门大姐等唱曲。当时春梅在原李瓶儿的住处，跟已经被西门庆占有的奶妈如意儿、潘姥姥（潘金莲母亲）一起喝酒，由郁大姐弹唱解闷，春梅觉得郁大姐唱得不行，就让小厮春鸿到上房把申二姐叫过来，给他们唱个《挂真儿》。春鸿去叫，碰了钉子，回来告诉春梅，春梅不信，说你告诉她是我叫她，春鸿就说，去了是说的"俺大姑娘前边叫你"，申二姐道："大姑娘在这里，那里又钻出个大姑娘来了？"我已撰文说过，那时候"姑娘"有"姑妈"的意思，吴月娘的大妗子，申二姐可尊为大姑妈，春梅是西门庆小老婆潘金莲的丫头，她就不认，"那里又钻出个大姑娘来"，话很难听，春鸿一学舌，春梅听了，三尸神暴跳，五脏气冲天，一点红从耳畔起，须臾紫遍了双腮，当即大怒，冲到后面正房，指着申二姐就大骂起来。府里人都知道，春梅虽未收房，但极得西门庆宠爱，她自尊心比天高，哪里咽得下申二姐的蔑视之语。面对春梅一连串的厉骂，申二姐毫不示弱，也一连串回怼，构成书里又一生猛鲜活的片断，春梅骂中有这样的语句："你怎么对着小厮说我那里又钻出个大姑娘来了！稀罕他，也敢来叫我！你是什么总兵官娘子？不敢叫你！……你无非只是个走千家门、万家户的瞎淫妇，你来俺家，才走了多少时儿，就敢恁量视人家？你会晓得什么好成样的套数唱？左右是那几句，东满篱，西满坝，油嘴狗舌，不上纸笔的，那胡歌锦词，就拿班做势起来！……趁早儿与我走，再也不要来了！”申二姐凛然宣布：“此处不留人，自有留人处”，“我没的赖在你家”，随即申二姐哭哭啼啼下炕，拜辞大妗子，收拾包袱，不等有轿子来，就离府了。申二姐的哭，不仅是委屈，也是抗议。这段情节既深化春梅那自我为中心的暴烈个性，也写出了卖唱女先儿的酸辛与倔强。

一把银执壶

西门庆是个土财主、昏官吏，却也附庸风雅，他为自己配置了四个名为琴童、棋童、书童、画童的小厮。书里有两个琴童，一个是孟玉楼带到西门府来的，因为西门庆一度沉溺在丽春院不着家，潘金莲性饥渴，就跟看守花园的这个琴童私通，西门庆回府后事发，潘被责罚，琴童被撵。后来西门庆又娶进李瓶儿，把她带过来的小厮天福儿改称琴童。那天府里后面摆席，西门庆暂不在家，吴月娘的一个丫头玉箫趁人不注意，拿了一把斟满酒的银执壶，还有一些水果，去到前面书房，想送给书童享用。书童临时不在屋，玉箫就把壶和水果放在那里，回后边了。没想到琴童去了，见了那壶酒，就想贪污，琴童和李瓶儿的丫头迎春交好，就把那银执壶拿到李瓶儿屋里，私下让迎春给他藏着。没想到就这么一把银执壶，引出了一连串波澜。

后边宴席结束，收拾残局，就发现少了一把银执壶。怎么会少？谁的责任？丫头们就互相埋怨、推诿起来。玉箫和书童是一对恋人，她私下给书童送酒果示好，当然不能承认。丢壶一事，遂引出轩然大波。吴月娘作为主家婆，查不出所以然，很是懊恼。

西门庆回到家中，发现乱哄哄的，大不悦，听说是丢了一把银执壶，就说慢慢找就是了，你们平白嚷个什么？潘金莲就说闲话，大意是这等时候丢壶，大不吉利。正闹着，迎春把那银执壶送过来了，供出是琴童拿到他们屋里的，那时候琴童已经往狮子街值夜班去了，潘金莲见西门庆并不深究，就挑拨，大意是琴童本系李瓶儿带过来的，必须拷问他个究竟。西门庆听了对潘金莲大怒，认为潘金莲对李瓶儿大不敬，李瓶儿在几房老婆里是最富有的，“看着恁说起来，莫不是李大姐她爱这把壶?”潘金莲这才感到自己失言，“谁说姐姐手里没钱”，悻悻离开，但又到孟玉楼那里搬弄是非。那时候李瓶儿为西门庆生下了官哥儿，岂止是得宠，分明当皇后般供着，潘金莲妒火中烧，希望孟玉楼能跟她同仇敌忾，孟玉楼虽然心里也失落，却自有生存之道，并不与潘金莲同入一战壕。兰陵笑笑生实在善于利用道具推动情节发展，围绕一把银执壶，把众多人物的性格刻画得栩栩如生。

书里的书童，被西门庆玩弄，但他对自己的性取向，是清楚的。他和玉箫生情，并且终于逮着机会做爱，却不幸被潘金莲发现，书童为了避祸，便远走高飞。琴童、棋童、画童在西门庆死去后，也都离散。东京的奸臣蔡京的大管家翟谦，本是得过西门庆厚重贿赂，并且西门庆还把干女儿韩爱姐连同豪华嫁妆送往东京给他做妾，但在西门庆死后，不仅对西门庆的遗孀吴月娘毫无慰问怜恤，还乘人之危，问吴月娘要西门府会弹唱的丫头，名义上是去伺候翟府老太太，其实就是自己再多几个可蹂躏的女子。吴月娘迫于无奈，只好把自己的丫头玉箫，加上李瓶儿留下的丫头迎春，让男仆来保送往东京，半路上来保就把玉箫和迎春都奸污了。后来书里的权臣蔡京、蔡攸父子倒台，翟谦也连带覆灭，韩爱姐流落回乡，玉箫、迎春不知所终。在家破人亡之后，如果玉箫、迎春仍在苟活，她们也许会偶尔想起书童、琴童，以及那把银执壶吧？

大秘泄密

西门庆究竟识不识字？书里的描写前后不一致，有时他似乎文盲，有时却又能阅读书简，《红楼梦》里对王熙凤的描写也有类似情况，总体而言，这两个人物的文化水平，可以用粗识几个大字来概括吧。

西门庆自己即使识字，也还需要文秘来帮他处理文字方面的事务。他为自己盖造布置了非常像样的书房，书里第六十七回描写冬日其名曰藏春阁书房的景象：那里烧下的地炉暖炕，地平上又安放着黄铜火盆，放下眉梢月油单绢暖帘来，明间内摆着夹枝桃，各色菊花，清清瘦竹，翠翠幽兰，里面笔砚瓶梅，琴书潇洒，床炕上茜红毡条，银花锦褥，枕横鸂鶒，帐挂鲛绡，桌上还有象牙盒，里面装着龙涎香，可以放置在鎏金小篆内点燃……在这样的书房里，西门庆不仅处理书简、来往事务，还用美食招待朋友。

西门庆开始有一个书童，充当小秘，为他处理文字方面的事务。这个书童就住在书房里。西门庆很喜欢这个书童，还将他作为男宠。但书童暗地里跟吴月娘的丫头玉箫私通，被潘金莲撞见。玉箫只能答应潘金莲的苛刻条件以求自保。书童却当机立断，马上遁走，到临清码头雇船逃回老家苏州去了。西门庆于是寻觅大秘，后来应伯爵给他荐来一个叫温葵轩的秀才，这位温秀才处理文字事务的水平当然远超过书童。西门庆对温秀才充分信任，不但以礼相待，甚至还作为朋友款待。书里写到西门庆在书房里招待温秀才吃餐，餐后还品尝各色点心，西门庆让应伯爵和温秀才上座，自己和雇的掌柜打横，有下人送美点来，西门庆请温秀才品尝珍奇难觅的泡螺儿。西门庆整整一天留温秀才在书房里，办事，享用，吃了又吃，还让他一起喝酒听曲，一起掷骰子戏耍，到晚上更请温秀才吃绝品特产衣梅，说那衣梅从杭州运来，是用各种药料，用蜜炼制过，滚在杨梅上，外用薄荷橘叶包裹，形成特异美味。

西门庆对温秀才如此信任，又如此厚待，但温秀才却并不回报以忠诚。西门庆让温秀才修书给京城权臣管家翟谦，谋求能从副提刑升位正提刑，翟谦回书，应允此事，但嘱咐西门庆在事成前千万保密。后来西门庆进京，果然宣布他晋升为清河县正提刑官，原来高他一级的清河县正提刑官夏延龄，则明升暗降，被任命为京城的卤簿指挥。一个县城的正提刑官，是个大肥缺，拥有巨大的生杀予夺之权，人们对之的贿赂当然绵延不绝且拼比厚重，而一个京城管仪仗礼仪的官员，表面光鲜，却与一般官员民众的利益无关，谁去求你办事？贿赂你有何意义？但为皇帝高官操持仪仗，稍有疏忽，却可能招来罪责。任命宣布后，西门庆当然欣喜若狂，夏延龄只能哑然默受。但是翟谦把西门庆单独招到一室，告诉他这事差点黄了，因为有人把前些时他写给翟谦谋职的信稿，拿给夏延龄看了，夏延龄便也紧急给朝廷里的大官写密信，要求保住他清河县正提刑官的位置，那大官也险些就帮了夏延龄的忙，使西门庆的谋职泡汤，后来因为一个宫里的何太监要把他的侄子安排到清河县任副提刑官，正需要夏延龄让位给西门庆，西门庆则腾出副提刑官位给那大太监侄子，才形成夏延龄终于明升暗降的结局。

西门庆获得了正提刑官职，春风得意，也就没有细究是谁把机密泄露给了夏延龄。后来因为温秀才玩弄画童，画童当着吴月娘面痛哭，西门庆回到家，吴月娘让画童跟西门庆控诉，画童说出温秀才玩弄他，偷府里值钱东西。这两项听了倒不怎么惹火，可是画童顺带揭发出来，西门庆让温秀才起草的那封寄往翟谦的信，是温秀才先给一位倪师傅看，倪师傅又拿给夏延龄看的。西门庆这才惊叹“画虎画皮难画骨，知人知面不知心”，把温秀才撵逐了，但还算给留点面子，让温秀才“软着陆”。

水秀才捣鬼

西门庆招大秘，起先应伯爵竭力向他推荐的是水秀才。说那水秀才是他通家兄弟，胸中有才学，人品属孔孟之流，只是应举时运气不佳，开头考试官看中他，不想出来一个赛过他的，令他落榜。几科不中，到现在发白鬓斑，家产荡尽，妻离子亡，只剩他孑身一人。为证明这位水秀才的才学，应伯爵举出一例，随口背诵出水秀才用顺口溜写给他的一封求推荐的书信，是填的一首《黄莺儿》曲："书寄应哥前，别来思，不待言，满门儿托赖都康健，舍字在边傍，立着官，有时一定求方便，羡如椽，往来言疏，落笔起云烟。"其中"舍字在边傍，立着官"是用了拆字法，说的是一个馆字，那个时代官员富人请大秘，也跟请塾师课子一样，可以说是请来坐馆，水秀才的这曲《黄莺儿》的主题就是央求应伯爵给他找个地方坐馆。以外号"应花子"的应伯爵的文化水平，就觉得这首《黄莺儿》非常出色了，也难为他竟背了出来。没想到文化水平并不比他高多少的西门庆，听了以后哈哈大笑，指出水秀才这曲做得不好，可见才学荒疏，人品散弹（散弹是书里原词，与散淡不同，应是贬义）。

应伯爵在书里涉及的情节非常之多，刻画得活灵活现，这是一个非利无视、非利无言、非利不为的市侩，他如此卖力地向西门庆推销水秀才，可想而知，一定得了水秀才的好处，或者水秀才许诺了他一旦入馆便设法报答重谢。应伯爵见西门庆对那《黄莺儿》曲嗤之以鼻，便进一步背诵了水秀才一篇大文，此文也以顺口溜开篇："一戴头巾心甚欢，岂知今日误儒冠，别人戴你三五载，偏恋我头三十年，要戴乌纱求阁下，做篇诗句别尊前，此番非是吾情薄，白发临期太不堪，今秋若不登高第，踹碎冤家学种田。"那时候没有中举的秀才，只能在头发上戴头巾，只有中了举当了官，才能戴上乌纱帽，水秀才一戴头巾三十年，说是"心甚欢"，其实巴不得赶快把头巾换成乌纱帽，又到秋天考举人的时候了，他就以这几句顺口溜引领，写下一篇《祭头巾》文，期盼能一举成功，摘头巾换乌纱帽。书里写应伯爵为了推荐他，连很长的一篇《祭头巾》文也能从头背到尾，那当然是夸张的写法。但是这篇文章也未打动西门庆，特别是西门庆听说水秀才在李侍郎家坐馆时因与丫头小厮有染被辞退，就干脆地拒绝了应伯爵对水秀才的推荐。应伯爵这才又另外推荐了温秀才。

西门庆纵欲而亡以后，他的那些结拜兄弟一个个背叛他另觅新主，应伯爵等七个兄弟在亡者二七祭日，倒也每人凑了一钱银子，来为西门庆祭奠。他们请水秀才为他们写一篇祭文，这水秀才平昔知道应伯爵等人与西门庆乃小人之朋，于是在祭文里捣鬼，把应伯爵等大大奚落了一番，应伯爵那几位都非常粗俗，听念祭文时，哪里听得出对他们的讥讽调侃，文中有"受恩小子，常在胯下随帮，也曾在章台而宿柳，也曾在榭馆而猖狂，正宜撑头活脑，久战熬场，胡何一疾，不起之殃，见今你便长伸著脚子去了，丢下子如斑鸠跌弹，依靠何方”等语。书中水秀才《黄莺儿》《祭头巾》《祭西门大官人》三文，都足令人喷饭，但《祭西门大官人》这篇捣鬼文章，却还有些意思。

暗写松槁商陈大宽

《金瓶梅》书里恶人宵小满纸跳动，作者揭示人性阴暗面毫不留情，但书里也有纯粹的善人形象，那就是直到九十三回才出场的王杏庵老人。故事发展到那个阶段，书里"男二号"陈经济，已经沦落成一无所有的叫花子，白天乞讨，晚上打更，众花子围着他起哄，他就通过唱曲来哭诉自己的悲催，最后用顺口溜概括他那不堪遭遇："频年困苦痛妻亡，身上无衣口绝粮，马死奴逃房又卖，只身独自走他乡；朝依肆店求遗馔，暮宿庄园倚败墙，只有一条身后路，冷铺之中去打梆。"他这番自述实际上是美化了自己，他的妻子，西门庆的独生女儿西门大姐，分明是活活被他打得不堪忍受上吊的，他的遭罪，有罪有应得的一面。

书里写的很有意思，清河县有个大善人，名王宣，字廷用，因为其后园有两棵杏树，所以道号杏庵居士。故事里他出现的时候，已经六十多岁，那个时代，三十岁可称半生，六十就是满寿，人过七十就古来稀了。这王善人有天在门口站立，忽然看见走来个叫花子，趴下给他磕头，慌得他还礼不迭，就问："我的哥，你是谁呀？我老拙眼昏，不认得你。"原来那是陈经济，陈经济就说："不瞒你老人家，小人是卖松槁陈洪儿子。"可见陈经济走上前磕头，是有所期盼的。书里前面一直没有明晰地交代陈经济的家庭出身，到这第九十三回才由他自己道出。王杏庵想了半日，想起来了，说："你莫不是陈大宽的令郎吗?"读者这才知道，陈经济父亲陈洪又叫陈大宽（大宽应是字），原是清河县里卖松槁的商人。松槁是重要的建筑材料，可以一直卖到京城里去，所以后来陈洪一家从清河迁往了京城，作为也是在清河县做买卖主营生药铺发了财的西门庆，与陈大宽攀亲，将女儿嫁给其子陈经济，也算门当户对了。书里前面简略交代，这陈洪在京城又是权臣杨戬的亲家。

有的读者会疑惑，杨戬虽然势高权重，却是内侍出身，也就是说，是阉过的太监，太监应无生育，怎么会跟别人成为亲家?好在书里写了李瓶儿的身世，可以比照，李瓶儿的丈夫花子虚是花太监的侄子，花太监实际上是把花子虚李瓶儿视为子媳，外放带着，告老还乡更一起居住，这在那个时代，是普遍存在的现象，更有干脆把侄子或别的男子收养为儿子的，因此内侍出身的阉人会有亲家，不稀奇的。但书里没有仔细交代是陈洪的另一儿子娶了杨府的女儿（如有此种婚事也只能是娶进庶出的容颜不佳的），还是陈洪的一个女儿嫁到了杨府（这种可能性更大），形成了这种亲家关系。好在书里具体地写了西门庆如何以所雇掌柜的韩道国的女儿韩爱姐，作为自己的干女儿，送往京城大权臣蔡京管家翟谦，去作小老婆，于是西门庆跟翟谦，也就论起亲家来，因此不必是陈洪女儿被杨府娶为正妻或续弦，只要当了小老婆，都可论亲家。这种亲家关系在常态下，可以给陈家，连带西门家，带来自傲的本钱，但如果朝廷出现政治风波，那就会受到牵连。书里写到杨戬失宠事败，皇帝震怒，把跟杨府有关系的人士都写入了黑名单，不仅陈洪遭殃，西门庆也赫然列于名单之上，陈经济带着西门大姐狼狈逃往清河岳父家中藏匿，西门庆也惶惶不可终日，紧闭大门龟缩，弄得说好的迎娶李瓶儿一事不加解释地拖延，以至于李瓶儿一度另嫁了蒋竹山。后来西门庆派人进京，以厚重的贿赂，才换得将黑名单上他的名字改掉，得以脱罪。

书里直到第九十三回才随手写出陈经济的父亲又叫陈大宽，是卖松槁的商人，这个补笔很重要，也让我们觉得，书里的人物应该有原型，否则不会出现这种文本现象。

施善无效

大善人王杏庵第一次见到陈经济，衣服褴褛，形容憔悴，大发善心，把他让进家中，让他吃饱喝足，又拿出一件青布棉道袍，一顶毡帽，一双毡袜棉鞋，给他穿，还称出一两银子，给他五百铜钱，让他拿去租半间房住，做个小买卖度日。谁知陈经济离开后，既不租房也不做小买卖，只在酒店面点花费，很快荡光，甚至最后贪赌连棉衣棉鞋都输掉了。

大善人王杏庵第二次见到陈经济，只剩一顶毡帽，身上更其不堪，光着脚丫，冻得哆哆嗦嗦，王杏庵再发善心，又让他大吃一顿，再给他一条袷裤，一领白布衫，一双裹脚，一吊铜钱，一斗米，叮嘱他这次务必做点小买卖，哪怕卖些蚕豆瓜子，也强似当叫花子乞讨。陈经济口头答应，一离王家门，哪消数日，熟食肉面，都在叫花子所聚集的冷铺内，跟其他叫花子吃光了，又赌钱，又把白布衫、袷裤输掉，大正月里，又抱着肩在大街上走。

陈经济两次得到王杏庵施予救济，两次将所施予的衣物钱粮迅即荡尽，当然不好意思再主动去求王善人施善。但他走到王宅门首旁山墙底下，向着太阳站立。这次王善人先只冷眼看他，不叫他，他就挨挨抢抢凑到老人跟前，趴在地上磕头，王善人就说：“贤侄，这不是长策！咽喉深似海，日月快如梭，无底坑如何填得起？”再次把他请进家里，这次王善人不再简单地施舍财物了，跟他说：有一个去处，你可在那里安身，只怕你不去。陈经济就跪下哭道，若得老伯见可怜，不拘哪里，但能安下身，小的情愿就去。王善人就告诉他，离城不远，临清码头上，有座晏公庙，那里是鱼米之乡，舟船辐辏之地，钱粮极广，清幽清净，庙住持道士和自己相交极厚，他手下也有两三个徒弟徒孙，我备份礼物，把你送与他，做个徒弟出家，学习经典吹打，与人家祈福，也是谋生手段啊。陈经济听了道：老伯看顾，可是好哩。

王杏庵第三次对陈经济施善，叫来裁缝，为他做了两件道衣，一顶道髻，还准备了上好的鞋袜，第二天让陈经济沐浴干净，穿戴齐整，里外都换了新袄新裤，上穿青绢道衣，下穿云履毡袜，还备了四盘羹果，一盘酒，一匹衣料，封了五两银子，考虑到前两次施善的失败，他这次不让陈经济自己离开，而是不顾年老，亲自带陈经济去晏公庙投靠，自己骑马，雇了一头驴给陈经济骑着，让两个仆人跟从，抬了盒担，出城前往。

书里这位王善人，施善可谓仁至义尽，一而再，再而三，对简直不可教的孺子，真是俯首为牛。从书里描写看，王杏庵听陈经济自称卖松槁陈洪的儿子，想起了昔日与陈大宽的交往，那时陈家在清河县是有根基的富人家，王杏庵和陈经济祖父父亲都很熟，想起来当年见到的陈经济才扎着总角上学，而眼前这位陈家公子竟然沦落为丐，不禁伤感，动了不忍之心，才与之施善。这当然是重要的心理动机，但对陈经济的两次施善都沦为无效，他再发善心，亲自送其到可以安身的地方，就只能解释为他是个彻底的大善人了，这样的大善人，即使对总角时没有见过的落魄者，也会伸出援手施善。因此我们不要以为兰陵笑笑生笔下只有恶之花没有善之朵，他写社会生活，是面面俱到的。

但是陈经济到了晏公庙以后，依旧堕落。那样的情节，固然是塑造陈经济这个“渣男”必需的，却也让我们憬悟，仅靠个别善人施善，是无法改造社会的。

正月烧猪头

按说猪头应该只是祭祀的贡品，并非什么美食，大过年的，美食极多，猪头绝非大快朵颐的首选，但是《金瓶梅》二十三回写到，西门府的妇人们，却以分食烧猪头肉为乐。发起人是西门庆的三房老婆孟玉楼，她听说仆妇宋惠莲有个烹饪绝技，能用一根柴禾，把整只猪头烧得稀烂，美味可口，就跟潘金莲、李瓶儿建议，让小厮买来猪头，命宋惠莲给她们烧出来。节期的同乐活动，会令同一府第里的诸人，暂息争端，咸与享受。原来西门庆的这些妻妾明争暗斗，一波未平，一波再起，常常是你妒我恨，闹得鸡飞狗跳，宋惠莲虽是仆妇，因有西门庆勾搭宠爱，也往往仗势娇懒，在众妻妾跟前很不驯服。那天是正月初四，西门庆外出拜客，吴月娘到其哥哥家团聚，孟、潘、李达成共识以后，就派小厮来兴儿买好猪头，送到后厨里，传话给正嗑瓜子儿的宋惠莲，宋惠莲一开头不屑接活儿，因正在节期，考虑到倘若拒绝，头一个潘金莲便会在西门庆归府后在主子耳边下蛆，再说也想借此炫技，就答应了。

书里写那宋惠莲，起身走到大厨灶里，舀了一锅水，把那猪头刷干净，只用得一根长柴，安在灶内，用一大碗油酱并茴香大料拌停当，上下用锡箍子扣定，不到一个时辰，就把那猪头烧得皮脱肉化，香喷喷五味俱全，用大白盘子盛了，连姜蒜碟儿，让小厮用方盒拿到前边李瓶儿房里，让孟、潘、李三位，就着金华酒品尝。当然她们未经吴月娘同意就私享美味未免有些僭越，于是孟玉楼拣出齐整的肉块，倒满一壶金华酒，让丫头送到上房，以备吴月娘回来吃。孟玉楼在诸妻妾里是最顾全大局的，又提出分些给李娇儿和孙雪娥，最排揎她们的潘金莲，因是节下，也同意了。宋惠莲后来也去献媚，问她们烧得好不好？潘金莲抢先说："三娘刚才夸你倒好手段，烧的这猪头且是稀烂。"李瓶儿问宋惠莲："真个你用一根柴禾？"宋惠莲回答："不瞒娘每说，还消不得一根柴禾儿哩。若是一根柴禾，就烧得脱了骨。"孟玉楼就招呼她："你自造的，你试尝尝。"宋惠莲谦虚道："小的自知娘每吃不得咸，没曾好生加酱，胡乱也罢了，下次再烧时，小的知道了。"说完也就站着跟她们一起吃那猪头肉。

后来吴月娘回家了，孟玉楼去跟她汇报，是她跟潘金莲、李瓶儿一处下棋，赢了东道，所以命宋惠莲展示绝迹，烧出香喷喷猪头，拣出最好的部分献给姐姐，吴月娘就说，何必赌赢了请客，不如各房轮流做东道，从明日初五起，大家吃酒取乐，让那唱曲的郁大姐来好生弹唱。这个建议虽然在孙雪娥那里得到消极反应，孙雪娥确实穷，不愿出钱做东，但到头来西门府里众女眷，以及吴大妗子等亲戚，还是一起聚餐饮酒听曲到大年初十，西门庆虽然没有参与，但听说女眷们只喝金华酒，就让把一坛茉莉花酒送过去，给她们助兴。

《金瓶梅》里写过年情景不止一次，次次凸出特点写，第二十三回的烧猪头、吃猪头，不仅写出了烹饪绝技与特异美味，也通过共赏猪头肉，写出人际间的微妙关系。

西门庆的亲戚

西门庆在当时那个社会里，本是一个弱势孤儿，书里交代，他的爷爷叫西门京良，父亲叫西门达，是个贩布的游商，母亲姓夏，他的父母很早就双亡，书里没有出现他父系或母系的诸如伯叔姑舅姨的亲戚，他也没有兄弟姐妹，他完全是靠自己的努力，在清河县拼打出来，成为强势的富商和官吏。

西门庆原配陈氏病死后，并不见有陈氏亲属与他交往。但他续娶吴月娘为正妻后，吴月娘的大哥吴大舅、大妗子，二哥吴二舅、二妗子，常到西门府走动，还有她的大姐及其人称沈姨父的姐夫，也常去，红白喜事时更必定到场。吴月娘的父亲是清河左卫吴千户之女，故事开始时吴月娘的父母都已亡故，所以书里没有西门庆岳父岳母出场。到西门庆家走动得最多的是吴大妗子，她常坐在吴月娘那正房里，但一见西门庆进屋，必定马上离开退到隔壁屋去，那是当时社会的一种避忌礼仪。

西门庆对两位舅子和妗子都很不错，但西门庆死后，两个舅子都暴露出人性之恶。原来为西门庆做官方买办，购置古器的伙计，见西门庆死了，就在应伯爵教唆下，另去投靠张二官，而且要贪污下西门庆的银子，他们用二十两银子贿赂吴大舅，让吴大舅不再追究此事首尾，令孤孀吴月娘蒙受重大损失。但后来吴月娘到碧霞宫还愿，吴大舅陪同了她，一起历险，劫后余生。吴二舅则在丧事期间，配合二房李娇儿偷盗西门府财物，从中取利。故事最后交代吴大舅得病死了，但吴二舅毕竟是最贴近的亲戚，金兵南下，守将官吏弃城逃走，清河县大乱，吴月娘不得不带上孝哥儿随众逃亡，跟从的人有玳安、小玉，还有就是吴二舅，他们在兵荒马乱中也就尽弃前嫌，相依为命了。

西门庆的二房小老婆李娇儿，是从妓院娶回家的，西门庆和她的所谓妈妈李三妈，她的两个侄女儿李桂卿、李桂姐，也就无所谓亲戚，李桂姐后来更被西门庆梳拢，又拜吴月娘为干妈，西门庆死后，李桂姐立刻传达李三妈的指示，李娇儿就盗银归院重操旧业，后来又去做了张二官的二房小老婆。

西门庆的三房小老婆孟玉楼，娶进以后有孟的姐姐孟大姨、孟的大妗子孟大嫂、孟的二妗子孟二嫂、孟的姐夫韩姨父出现在西门府，其中孟玉楼的弟弟孟锐专有一段情节，写他刻意要拜见西门庆，西门庆也就接待了他，称他孟二舅。原来那孟锐刚二十六岁，是个游商，即将到荆州买纸，还要到川广贩香蜡，来去一二年不止，此去从河南、陕西、汉州去，回来打水路，从峡江、荆州那条路来，往回七八千里路，西门庆热情地招待他。书里这一笔，刻画出一个年轻的谙熟江湖道路的商人形象，令我们知道那时候商品的流动已经多么发达，商人的利益链已经多么的成熟。

西门庆的第四房小老婆孙雪娥，原是亡妻陈氏的通房丫头，善烹饪，西门收了她，仍让她在厨房操作，她没有什么亲人，西门庆也就没有跟她相勾连的亲戚。

西门庆的第五房小老婆潘金莲，父亲是个裁缝死掉了，母亲还在，书里称潘妈妈或潘姥姥，是个穷亲戚，西门庆倒没嫌弃她，但潘金莲自己觉得母亲给她丢了面子，对其母有很不像样子的言行。书里还提到潘金莲的姨妈、表妹，但没什么具体情节。

西门庆的六房小老婆李瓶儿，原是花子虚的老婆，花子虚因为跟叔伯兄弟们争夺花太监遗产，败诉破产，气死了。但花子虚堂兄花子由后来却和西门庆交好，花子虚原是西门庆热结的十兄弟之一，他死后，缺位竟由花子由顶上，说明那个时代人与人之间哪有什么真亲情、真友情，利益支配着一切。

京城大场面

早有论家指出，《红楼梦》中的两个大场面，秦可卿出殡、元妃省亲，是受到《金瓶梅》中李瓶儿丧事、权臣朱勔回府两个大场面描写的影响。

现在先说说《金瓶梅》中朱勔回府的大场面。是在书中第七十回出现的。故事发展到那个阶段，西门庆在京城通过一番运作，得以升职为清河县正提刑官，又参与了朝廷的大朝拜，得以目睹皇帝的尊颜，后来就又目睹了权臣朱勔巡视归府的浩大场面。

那时候皇帝对朱勔的宠信达到巅峰状态，本已是太尉，又新加太保，让朱勔替他到南坛视往。朱勔归府，成为一桩泼天大事，各家官吏馈送贺礼、伺候参见的人等黑压压地等候在其府门外，一等等到午后时分，忽见一人飞马而来，传报道：老爷视往回来，进南薰门了！吩咐闲杂人等闪避，不一时，骑报回来，传：老爷过天汉桥了！开头是厨役现身，捧着茶盒、攒盒到来，半日，才远远地看见举着牌子的马队到来，马上众官都头戴勇字锁铁盔，身穿形态复杂的战甲战靴，肩扛销金令字蓝旗，人如猛虎，马赛飞龙。这只是第一拨仪仗，须臾，又来了两拨，都装束豪华、威风凛凛，三拨过后，只闻一片喝声传来，那传道者都是金吾卫士、直场排军，个个身长七尺，腰阔三停，左手执藤棍，右手泼步撩衣，大声喝道，吓得官吏们魂飞魄散，一时街道陡然鸦雀无声，又经过几道护卫，才过来八抬八簇肩舆明轿，显现出轿上坐着的朱太尉，头戴乌纱，身穿猩红斗牛绒袍，腰横四指宽的荆山白玉玲珑带，抬的轿子离地有三尺高，数十人骑着宝鞍骏马围护，轿未到府门，各个仪仗队伍已一字摆开，喝得人静回避，没一个人敢于咳嗽。那来拜见的官吏人等黑压压一群跪在街前。朱勔轿到，左右喝声：起来伺候！众人一起应诺，那谄媚的语音声震云霄。

仪仗是权力的象征。从以上描写可知，权臣的仪仗除了外包装华丽威猛，还有三个特点，一是节奏上故意有所停顿，二是通过喝道增加压迫力，三是人马众多，却偏要营造出鸦雀无声的静场效果。

《金瓶梅》是托言宋朝，实际上写明朝的故事。且不再往宋朝以前捯饬，就从《金瓶梅》实际表现的明朝后期说起，又经过二百多年，到《红楼梦》出现的清代，体现权力威严的仪仗，大体还是那么个模式。《红楼梦》第十八回，写元妃省亲，先是元妃出宫前有许多环节的礼仪，及到终于出宫，也是仪仗多有停顿。贾府正把各处灯点燃，忽听外面马蹄之声，一时，有十来个太监都喘吁吁跑来拍手，这是“元妃来了”的信号，原先已在荣国府门外的太监们便各按规定位置站立，贾母率众人忙到门外等候迎接，但元妃并没有马上出现，半日静悄悄的，忽见一对红衣太监骑马缓缓走来，至西街西门下了马，将马赶出围幙之外，便垂手面西站住，半日，又是一对，亦是如此，一连来了十来队，方闻得隐隐细乐之声。一对对华美仪仗过后，是一把曲柄七凤金黄伞，再有一对对太监捧着香珠绣帕等物品，过完之后，才显现出八个太监抬着一顶金顶金黄绣凤版舆缓缓而来，贾母等就都赶忙跪下迎接。

《金瓶梅》是《红楼梦》的祖宗，但后辈并没有简单照搬祖辈的笔法，《金瓶梅》里朱勔的仪征充满男性的阳刚暴力色彩，《红楼梦》里的元妃的仪仗则更多体现出皇妃的凤翔端庄韵味，但那大场面所包含的权力宣示与人们对权力的崇拜，则是一以贯之的。

“揽头”李智黄四

1960年毛泽东在与高级干部的谈话中，将《金瓶梅》与《东周列国志》加以对比。他说，后者只“写了当时上层建筑方面的复杂尖锐的斗争，缺点是没有写当时的经济基础”，而《金瓶梅》却更深刻，“在揭露封建社会经济生活的矛盾，揭露统治者与被压迫者的矛盾方面，《金瓶梅》是写得很细致的”。这对我们今天读《金瓶梅》，仍具有指导意义。

《金瓶梅》里关于明代末期的社会经济活动，有些人物和笔触，是很自然地镶嵌在主要情节的流动中，呈现出来的。比如书中有两个人物，一个叫李智，一个叫黄四，他们都是“揽头”，所谓“揽头”，就是通过走门路搞贿赂，获得官府大宗采买项目的承包商。书里写到，当时官府有高达三万斤的香料与黄白蜡烛的采买项目，被李智黄四弄到了手，如果他们能在规定期限内完成这项采购任务，便可从中获取到不菲的利益。但派发承包资格的官员，并不会事先把采购银两兑给他们，需要他们先垫付，等香料蜡烛陆续上交后，才会拿到相关的银两，在这整个过程中，拿权的官员先会贪污部分采购款，而且会直接或变相从“揽头”那里索要回扣，得到项目的“揽头”呢，为了使自己的利益最大化，采购中就会尽量以次充好、以假乱真。李智黄四项目到手，需要先借到银子，以便开展采购，就由应伯爵拉纤，找到西门庆，应伯爵说动了西门庆，西门庆先后借出两千五百两银子给他们，说定的利息是每月五分，这比官方法定的民间借贷月例三分封顶高出了两分，是名副其实的高利贷。但因当官府“揽头”油水奇高，李智黄四觉得借到启动金就好，先把事情做起来再说，应伯爵又给他们出主意，采购时香里头多上些木头，蜡里头多掺些柏油，糊弄过去就行，应伯爵也不是白拉纤白出主意，他也要从李智黄四那里拿好处的。西门庆放高利贷，从中坐收渔利不小。李智黄四完成部分采购，从官府兑出一千两银子，到西门府先还上这些，利息么，就用四锭金镯儿，重三十两，算作一百五十两银子之数。当时西门庆颇为高兴，就把那四锭金镯儿拿到李瓶儿屋里，给他那宝贝儿子官哥儿当玩具。

《金瓶梅》写到官府大批量采购香料蜡烛，是对嘉靖朝经济活动的写实。当时嘉靖皇帝崇信道教，在宗教活动中大肆挥霍，消耗不计其数的香料如沉香、降香、海漆诸香，甚至还要到海外寻求珍奇的龙涎香，使用的黄白蜡烛动辄三十余万斤。西门庆呢，作为清河县的一个官员和富商，也通过给“揽头”放贷取利，参与这种经济活动，大发横财。书里写到，西门庆的二房老婆李娇儿的一个丫头夏花儿，趁李瓶儿屋里热闹混乱，将西门庆拿给官哥儿当玩具的一锭金镯子，偷了出去，本想再趁乱逃出西门府，不想未能成功，听见正房那边西门庆命令仆人去买狼筋，要逐个拷打逼问丫头们，必得找回失窃的金镯，吓得瑟瑟发抖，便藏到了马棚的马槽底下，结果还是被发现逮住，西门庆亲自审问，给她上了拶刑。所谓拶刑，就是用一种麻绳拴起的硬竹片做的刑具，把受刑人的十根手指分别套进竹片缝隙，然后行刑者两边收紧绳索，令受刑人手骨欲断，生不如死。这样的情节，确实写出了社会经济活动引发的统治者与被压迫者的严重矛盾。

高头点子青马

西门庆还只是个白衣人的时候，夏延龄就已经是清河县的正提刑官了，那时候西门庆虽无官位，却已富甲一方，为了保障自己的利益，就以包括宴请的各种方式贿赂夏提刑，后来，西门庆通过走上层路线，贿赂了京城权贵，谋得了清河县副提刑官的位置，这官位虽在夏提刑之下，夏提刑对他却不得不时刻观察戒备，因为西门庆手眼通天的伎俩，与日俱增。

一日，西门庆同夏提刑从衙门出来各自回家，夏提刑见西门骑着一匹高头点子青马，觉得扎眼。他们本是天天在一起混的人，平日对各人的坐骑都很眼熟，忽然西门庆骑上如此高大上的马匹，夏提刑不禁发问："你那匹白马怎的不骑？又换了这匹马？倒好一匹马！不知口里如何？"西门庆就告诉他，白马放家歇两日，这高头点子青马，是昨日东京翟云峰亲家送来的，原是西夏一位将军的坐骑，口内四个牙——说明就马龄而言，正是年富力强——只是有点小毛病，夏提刑羡慕不已，说那小毛病遛遛也就好了。西门庆那时候跟东京顶尖级权臣蔡京的大管家翟谦打得火热，他把自己的干女儿韩爱姐送往翟谦身边作妾，攀附成了亲家，这样的社会关系，是夏提刑望尘莫及的，翟谦送他高头点子青马，不仅挣足面子，也宣示着他在官场俨然是“泰山石敢当”了。

夏提刑恭维说，这高头青点子马怎么说也值七八十两银子，这话自然令西门庆欢喜，亲家所赠，必属贵物。夏提刑话头一转，说自己原来所骑的马昨天又瘸了，现在所骑的马是跟亲戚借的，甚是不方便。这话既是哭穷，也是试探，西门庆知其意思，就赶紧表态，说自己家中有一匹闲着的黄马，愿意奉送，夏提刑立即表示他会付账，西门庆当然不会收取，两人分道后，西门庆回到家，就让仆人玳安把那匹上好的黄马送往夏提刑家，夏提刑见了大喜，收下马，赏了玳安一两银子，让他带回致谢的帖子。两月后，夏提刑特备一席，用酿好的菊花酒款待西门庆，算是回报送马之情。

这段过场戏，出现在第三十八回里。这一回的主体情节是“西门庆夹打二捣鬼”和“潘金莲雪夜弄琵琶”，但读《金瓶梅》，不应忽略这类很自然地夹带在主体情节中的过场戏。

这段涉及高头点子青马的文字，可谓“一石三鸟”，首先写出了西门庆攀附东京权贵的得意嘴脸，再又写出了官场同僚间的微妙关系，最后也是设下一个伏笔，就是到头来，无论夏提刑如何防范、笼络西门庆，也还是免不了被西门庆超越排挤的下场。书里后来写到，西门庆因为有翟谦撑腰，又因一个何太监要为其侄子谋职，恰好可以让出清河县副提刑的官位给那何太监侄子，自己则取代夏提刑成为了清河县正提刑官。夏提刑虽然事前也曾找门路托关系希望保留住正提刑官的位置，却还是落了个明升暗降的下场，明升，就是调至京师当个管仪仗卤簿的官员，暗降，就是提刑官虽在京外，掌一处地方百姓的生杀予夺之权，油水极丰，而在京师管仪仗卤簿，谁会来求你办事，是个驴粪蛋表面光的差使。

清代《红楼梦》的作者，也深得此法，常在回目强调的主体情节的推演中，捎带脚引出不可就忽略的过场戏。读《金》也好读《红》也好，能够品出过场戏的滋味，就算真正入门了。

隔船喊话

晚明大运河里商品流通的繁荣景象，在《金瓶梅》里被频繁写到。西门庆的发财，跟大运河密切相关。当时有“做钱粮”一说，就是获得官方特许，领到一纸批文，便可代理官方所需的物资采购、运输与发放，但做这种往往需要获得买办资格的商人先行垫付一大部分货款，待交付全部物资后，方可从官方领取银子，虽然前期的投资不菲，不仅是垫付货款，还需要贿赂经手的几层官员，但一旦“做钱粮”成功，那最后的油水是极其丰厚的，因此许多商人对“做钱粮”都趋之若鹜。书里写黄四、李智（又称李三）“做钱粮”，第一笔是采购香料蜡烛，自己拿不出那么多银子，就通过应伯爵去问西门庆借，西门庆借给他们，当然是要收利息的，这是明面上的事，需白纸黑字落下合同，应伯爵当中拉纤，问黄四、李三要银子，那就是暗箱里的事了。

西门庆当然并不满足于借贷给黄四、李三那样的“揽头”，赚点利息，他财大气粗，自己总体投资，雇人雇船在运河沿线购货运来贩卖，书里写文嫂在招宣府遗孀林太太跟前介绍西门庆，就特别强调他的富有及能力里，有“走标船”一项，狭义的“走标船”，指“做钱粮”，为官方采买贩运，船在河道里航行时，会在船头插上特殊标识，意味着凛然莫犯，宽泛意义的“走标船”，则像西门庆那样的戴官帽的豪富，他自己出资贩运，也可以插上特殊的旗子，以示权威。

书里写韩道国和来保从西门庆那里领到两千两银子，去往扬州那边买下布匹，运回清河这边。当时是正月，北方的运河，比如北京通州张家湾码头那边及河道，应该已经结冰，但运河的中段仍可航运，韩道国、来保他们正月初十起身，一路顺畅。一日，船驶到临清闸附近，临清是离清河县最近的大码头，那里河道中船只南来北往，应如织梭一般，当时韩道国正在船头上站立，忽见街坊严四郎从上流坐船而来，往临清接官去，看见韩道国举手说：“韩西桥！你家老爹从正月间没了！”说毕，船行得快，就过去了。

严四郎是韩道国在清河县居所的街坊，他只出场这一次，但他隔船喊话的场景，对我们当代读者来说，如影视般鲜明生动。书里前面交代韩道国字希尧，这给地方又写严四郎喊他“西桥”，这种文本现象，倒令人觉得韩道国这个角色多半有原型，作者本来要在书里化掉他原来的字，不想写到严四郎隔船喊话时，一不留神，把人物原型的真字写出来了。

严四郎隔船喊话这一笔，无形中写出了临清一带河道中百舸争流的繁忙景象，也再次说明西门庆是清河县万人瞩目的一个人物，他活着不能轻视，他死了是一大本地新闻，严四郎当然知道韩道国是西门庆雇来“走标船”的，隔船喊话告知一声，既是人间常情，也不无炫耀自己“本县新闻无所不知”的用意。

严四郎隔船喊话的时候，韩道国正站船头，他听见了，但那时来保却在船舱里头，没有听见，韩道国掌握了这个重要情报，却瞒住来保，但他又提议不如趁布匹紧缺涨价，先卖掉一部分，由他把卖得的银子先行运回西门府，再从西门庆那里讨得给这边码头税官的书信，有了那书信，他们可以免去或少缴税款，那时再把剩余的布匹押运回清河县，在县里贩卖。来保本是个精明人，但以为西门庆还活着，一个活着的西门庆便是一座难以撼动的大山，因此他不敢造次。韩道国押着卖布获得的一千两银子回到县城，一进城就有又有人跟他证实西门庆死了，他就没去西门府，直接回家了，跟媳妇王六儿一商量，便决定立即携银逃往东京，投靠他们那嫁给蔡京管家翟谦的女儿韩爱姐。来保后来也知道了西门庆死去的事实，就在吴月娘跟前假装忠诚，骗取了西门府更多的银子，后来他和媳妇被吴月娘请出了西门府，就用那剩下的细布，大剌剌地跟他小舅子一起开了铺子卖布。严四郎隔船喊话这一笔，成为以下这些情节的一个引子。

棒　槌

棒槌是《金瓶梅》里一个惹眼的道具。什么是棒槌？简单来说，是古人使用的一种跟衣服有关的工具。大体而言，木制，下半截可以用手握住挥舞，上半截或是圆柱形，或是平锹形。这工具怎么使用？记得李白的诗句吧：“长安一片月，万户捣衣声。”那捣衣的工具，就使用的棒槌。李白那首诗后面是这样写的：“秋风吹不尽，总是玉关情。何日平胡虏，良人罢远征。”敢情所捣的衣，是军人的战袍，那时候棉花在中国还没有普及，军服应该是麻布缝制，里面絮的防寒物，讲究的是丝绵，凑合的只能是乱麻，甚至是木棉、柳絮，把那样的袍服放在石板上，用棒槌使劲地连续敲打，好让它变得结实、服帖，以便穿用。李白生活的那个时代皇帝需要指挥军队抵御“胡虏”，也喜欢通过军事行为开拓疆域，所以军队出征前，会出现夜以继日的“万户捣衣声”的交响，因为到了夜里，如果使用蜡烛灯油来照亮，会形成浪费，在月光下捣衣，也能取得不错的效果。

到了明朝，棉花种植已经普及，棉布已经广泛使用，不仅用来制衣，也可用于制被褥，妇女裹小脚，裹脚布一般也都使用棉布。清洗棉布制品，就会用到棒槌。有的妇女会用大木盆盛着待洗的东西，到河边、湖边、塘边、池边，带上棒槌，去洗涤。那时候这种洗涤点，必有可以放置衣物的石头，或者天然的，或者人为设置的，洗衣物的人，跪在石头边，把要洗涤的东西蘸水后，使劲用带去的棒槌翻面捶打，这样就可以把衣物里的脏东西捶打出来，再放在水里漂洗，以取得良好的洗涤效果。那时候没有肥皂，有一种皂角树，结出的长长的皂角，可以用棒槌敲碎形成泡沫，起着今天肥皂的作用。虽说自古就有浣纱一说，但对纱、罗、绸、缎、锦、绢等比较贵重的纺织物，还是舍不得用棒槌敲打的。

不去自然水域，一般市井人家，就会在井边，利用公用的洗衣石板，操棒槌洗衣。《金瓶梅》里西门庆家是富户，在自己家院子里，就有水槽、架高的石板，可以很方便地用棒槌敲打衣物，进行洗涤。

《金瓶梅》里第一段把棒槌作为道具的情节，是王六儿被西门庆占有以后，她的情人，也是她丈夫韩道国的弟弟韩二，不知趣地跑她家去，那时候韩道国不在家，韩二以为可以跟王六儿重续旧情，说要跟王六儿一起喝烧酒先暖身，他还从袖子里露出一根特意带来佐酒的小肠子，以往那样一根肠子就可能让王六儿动心。韩二不知王六儿卖身西门庆，得到很多赏银首饰，哪里还看得上韩二和他的小肠，韩二还要纠缠，王六儿就操起家中的棒槌挥打，把韩二给赶跑了。这次棒槌起到特殊作用，兰陵笑笑生写得很有画面感。

书里写李瓶儿死亡后，奶妈如意儿赖着不走，跟西门庆相互勾搭，令潘金莲不忿。一天如意儿与另一仆妇在院子里使用棒槌洗衣服，偏巧潘金莲和春梅也要洗裹脚布，但是手边没有棒槌，就支使粗使丫头秋菊去借棒槌，没有顺利借到，气得潘金莲最后亲自出马，冲到如意儿跟前，不但揭露她跟西门庆的丑事，还怕她怀上西门庆的孩子，去抠撞她的肚皮，大吵大闹一场。潘金莲还跟孟玉楼揭发，说如意儿是谎称自己没丈夫没孩子，其实这些天她丈夫抱着孩子在西门府门口探头探脑好多回。借棒槌，引出这样的情节，表现后李瓶儿时代的西门府里，人际关系与人性的复杂，道具的运用，随手拈来，浑然天成。

乐　工

旧时妓院，妓女多有跟着鸨母姓的，那种妓院带有家族经营的色彩，女子为妓，男子呢，就多是乐工，又称小优。《金瓶梅》里西门庆常去的妓院，就是这样。他去得最多的是丽春院，鸨母李三妈出场时依然偏瘫，但经营妓院的热情不见稍减，用尽一切办法来赚取银子。西门庆干脆把丽春院的妓女李娇儿娶回家里做了二房，后来又梳拢李娇儿的侄女儿李桂姐，跟姑侄两辈的女子形成乱伦关系。西门庆一度在丽春院乐不思蜀，一住半个月不着家，几个帮嫖的狐朋狗友跟他在那里面鬼混厮闹。李娇儿的弟弟李铭，是乐工小优，常常应招到达官贵人家里弹唱，去西门府最多。西门庆常去的另一家妓院鸨母姓吴，常接待他的妓女叫吴银儿，吴银儿的弟弟吴惠也是乐工小优。后来西门庆迷恋上了郑家妓院的郑爱月儿，那郑爱月儿的哥哥郑奉、弟弟郑春也都是乐工小优。这几家的乐工小优，有时候还另凑上几个别姓的，一齐到西门府里应招，为西门庆及其家人、宾客弹唱凑趣。

这些妓女的兄弟，未必真跟鸨母、妓女有血缘关系，妓女本身也是一样，多有从贫苦家庭廉价买来，顶着那么个姓名，经过调理训练，做卖笑卖唱生意的。乐工小优的社会地位尤其低微，是一种很酸辛的生存状态。

书里着墨较多的乐工小优是李铭。他是李娇儿的弟弟，李娇儿既然被西门庆娶去成为二房老婆，在小老婆中位居第一，按世俗逻辑，他似乎应该算作西门庆的小舅子，高低也算得一个亲戚吧。书里写吴月娘的兄弟，吴大舅、吴二舅，以及他们的妻子吴大妗子、吴二妗子，到了西门府，都能得到亲戚待遇，男子宴会有座位，女子可以进入正房炕上坐着，就是后来娶进门的四房孟玉楼，她的兄弟孟锐，也能得到西门庆礼遇，正式接待、交谈，但是李娇儿的这个弟弟李铭，却完全不能享受丝毫的亲戚待遇，他的侄女儿的李桂姐，可以在西门府里穿堂入室，获得跟女主人一样的待遇，而李铭作为乐工小优，见了西门庆必须趴在地上磕头，在府里绝不能随意走动，让他弹唱什么，就得弹唱什么，赏饭也另在偏房，是不能上正式座席的。

书里写西门庆一度让李铭教四个丫头学弹唱，其中春梅学弹琵琶。一次训练中途，其余三个丫头跑后头玩耍去了，只春梅还抱着琵琶，那时刻春梅的宽衣袖被琵琶挂住，李铭就伸手去帮她解脱，估计李铭也确实想借机会“吃豆腐”，就按春梅的手臂重了一点，春梅就破口大骂，声震全府，吓得李铭赶紧拿起自己的大衣服，一溜烟跑出了西门府大门。那时候李铭那样的人，外面要穿大衣服，弹唱或做教习的时候，要把大衣服脱下来放一边，李铭若不慌张，应该穿好大衣服再离开，抱起大衣服顾不得穿就跑出去，可见狼狈到了极点。春梅借此事在府里立威，在西门庆跟前告了李铭状，西门庆就命令手下今后再不许李铭进门。

但是李铭是很会弹唱的乐工小优，县里达官贵人多有点名让他去卖唱的。过了一段时间，西门庆还是需要他来奉承，妓院和李铭本人，也难以割舍西门大官人这样一个进钱的雇主，后来李铭就又趴在地上给西门庆请罪磕头，西门庆也就再次容纳了他，书里后面写府里宴请，李铭（书里交代他又叫李日新）有时和王柱，有时和吴惠、郑春一起，弹唱伺候。乐工小优如达官贵人华丽服装上的虮虱，随时会被主子掐捏，其人生非常悲惨。

阴 骘

阴骘这个词在古语里有三个含义，其中最主要的一个指阴德，就是一个人默默地做好事，救助别人。道教有《文昌帝君阴骘文》，劝人行善积阴德，天上洞察一切的文昌帝君就会暗暗保佑你，赐给你福禄寿。

《金瓶梅》里，西门庆就是一个不积阴德的人。他做了太多损人利己的坏事。此书在揭示人性恶方面不遗余力，而且往往用不动声色的笔触，写“几乎无事”的人间悲剧，令读者读来惊心。《金瓶梅》“借树开花”，从《水浒传》里武松、武大郎、潘金莲、西门庆的那段故事起笔，乍看似乎是抄袭照搬，其实有所区别，比如《水浒传》里的仵作何九，他虽然慑于权势，在给武大郎验尸时也做出了自然死亡的结论，起到包庇杀人犯的作用，但毕竟良心未完全泯灭，还是偷偷留下可以证明武大郎死于人为下毒的骨殖，后来武松回来，他将那藏匿的骨殖献出，使武松的复仇有了坚实依据。但《金瓶梅》里的何九，则被写成一个彻底黑了心的恶棍，受了西门庆贿赂，便积极主动掩盖武大郎被毒杀惨死的真相。

《金瓶梅》里关于宋惠莲被西门庆霸占，其丈夫旺儿被西门庆设计陷害一段情节里，不消说西门庆的人性之恶被写得令人汗毛倒竖，一系列的其他人物也都向旺儿倾泻其人性之恶。那时候西门庆自己还没有当提刑官，但县里两位提刑官一贯被西门庆贿赂，刻意枉判旺儿，衙门里上下的那些观察、缉捕、排军、狱卒、押送……竟也无一人现出丝毫的同情心，把旺儿拷打得全身稀烂，几乎是争先恐后要往这个倒霉蛋身上再踩踏一脚。旺儿最后披枷戴锁，衣衫褴褛地被押往徐州流放。旺儿哀求押送的差人让他到西门府门外，央求里面的人能通知他媳妇一声，拿出点衣服盘缠来，西门府的那些仆人没一个站出来施与他丝毫怜悯，对他媳妇宋惠莲瞒得似铁桶一般。当时只有两个邻居，算是发了善心，愿意出面进府里，给旺儿讨个人情，谁知被府里小厮一顿棍给打了出来，这两个角色总算是正面的了吧？兰陵笑笑生下笔却很狠，他给这两个人取的名字，一个叫贾仁清，一个叫伊面慈，谐音是假人情、一面词，就是暗示读者，此二人这样做，也都有私心，一位不过是借此显示自己通人情，其实假情假意，并办不成事，另一位呢，一贯只执一面之词，看问题从来不全面，出面也不过显示自己能说会道。这些笔触，真令人气闷。

但是，兰陵笑笑生在这段情节里，写了一个叫阴骘的人。阴骘作为姓名，挺惹眼的。他写道，衙门里的各色人物，因为都受了西门庆财物，对旺儿治罪就都“只要重不要轻”，“内中有一当案的孔目阴先生，名唤阴骘，乃山西孝义县人，极是个仁慈正直之士；因是提刑官吏上下受了西门庆贿赂，要陷害此人，图谋他妻子，故入他奴婢图财、持刀谋杀家长的重罪”就决不随从，这阴骘的想法是："也要天理。做官的养儿养女也往上长。"这种想法，其实就是良知，是那个时代那种社会最稀缺的。提刑官原本要判旺儿死罪，阴骘作为衙门里的孔目，是负责起草文书的，提刑官再三让他修文书，他抵死不肯写那样的文书，为旺儿负屈衔冤，最后提刑官才将旺儿棍责四十，判了个递解徐州。阴骘名副其实是积阴德之人。

旺儿被冤的这段故事里，如果说宋惠莲对西门庆的当面控诉是划破西门府黑暗王国的一道闪电，那么，阴骘的拒不起草文书，也构成黑暗的清河县里的一星善之烛光。

李瓶儿写真

李瓶儿从病重到死亡，这期间西门庆人性中良性因素大显现，他超越了肉欲，达到对李瓶儿纯情挚爱，李瓶儿停灵的时候，他请到一位韩先生，来给李瓶儿揭白留影。揭白，就是揭开盖在死者面部的白布，以便画像者能观察到容颜。书里写韩先生用手揭起灵前千秋幡，用五轮八宝甑著两点神水，打一观看，只见李瓶儿勒着牙青手帕，虽故久病，其颜色如生，姿容不改，黄恹恹的，嘴唇儿红润可爱。当时仆人来保和琴童在旁，捧着插屏颜色，大家围着韩先生，就要看他执笔写真，西门庆则忍不住掩泪而哭，应伯爵一旁告知，此是病容，平昔好时，比此还生得面容饱满，姿容秀丽。韩先生就说，他曾在前些时五月初一，在岳庙烧香时，见到过李瓶儿，意思是他把生时的印象和死后的颜容合在一起落墨，是有信心为李瓶儿写真留念的。西门庆要他画一幅半身的，一幅全身的，给他一匹缎子上盖、十两银子的报酬。

韩先生很快就打好了半身画像的稿子，西门庆让小厮玳安拿到后头给众妻妾看，让她们发表意见，以便韩先生修改定稿。吴月娘的反应是：成精鼓捣，人也不知死到哪里去了，又描起影儿来了，画的哪些儿像？李瓶儿死后西门庆的表现，吴月娘多有不满，一些处理方式，她认为已经僭越了她的地位，为李瓶儿写真，又添一例。潘金莲怪话更难听。孟玉楼、李娇儿也难免流露醋意。但是到头来她们还是提出了一些具体的修改意见：嘴唇略扁了些，左额角偏低，眉毛还不够弯。后来韩先生都按她们的意见修改了。头七那天，韩先生送来正式的半身像，西门庆见了满心喜欢，众人无不夸赞，说只少口气儿。

《金瓶梅》产生的时代，在欧洲意大利，大体正是文艺复兴运动风起云涌之时，那时候欧洲的画家通过人体生理解剖，获得对人体肌肉骨骼的精准认知，在画人物时不仅面容栩栩如生，通体也都接近生命活体的真貌。但是与之平行发展的中国绘画，一是人物画始终不能成为主流，到明代时，活跃的知名的画家大都热衷山水画与花鸟画，偶尔画人物，也多以写意为主，几乎不能还原人体肌肉骨骼的质感；二是作为艺术家的画家，所画的所谓文人画，和作为民间画匠，应官府或富豪的约请，去画写真，完全分流。我们现在可以看到典藏在南京博物院的一套《明人十二肖像册》，就会发现，这些民间画匠绘制的人物写真，就面容的还原而言，应该说还是相当成功的，只是缺乏欧洲文艺复兴绘画里那种体现立体感的明暗处理；除了面容，画匠所重视的，也应该是雇他们画写真留影的官员富人特别在乎的，就是对体现社会地位的冠帽头饰与袍服的工笔描绘。

书里写韩先生所画的李瓶儿写真，无论半身还是全身，对头饰袍服的描绘都非常到位：头戴金翠围冠双凤珠子挑牌，大红粧花袍儿，十足的贵妇气派。

西门庆对韩先生为李瓶儿的写真十分珍视，办完丧事后，写真像挂到李瓶儿故居中，但李瓶儿人去屋不空，丫头迎春、绣春留在那里，其实已经没有用处的奶妈如意儿，也还没去。西门庆仍到李瓶儿故居去见画如面，十分流连。但随着时间的流逝，西门庆人性中的负面因素也就复苏而且膨胀，就在李瓶儿的写真像下，他占有了如意儿，当然如意儿也是主动地投怀送抱。西门庆死去后，李瓶儿写真画像下落如何？书里没写，读者可以猜到个八九不离十。

西门庆看戏落泪

作为一个享乐主义者，西门庆每天都离不了声色之娱，听曲看戏是他的爱好之一，红白喜事在家摆宴，必有乐工小伶弹唱，也常叫海盐弟子来演戏。李瓶儿发丧那天，就演了一大堆戏：《五鬼闹判》《张天师著鬼迷》《钟馗戏小鬼》《老子过函关》《六贼闹弥勒》《雪李梅》《庄周梦蝴蝶》《天王降地水火风》《洞宾挥剑斩黄龙》《赵太祖千里送荆娘》，现场一定是锣鼓喧天。有戏曲史专家指出，明代盛行的这种海盐弟子演的戏，到清代康熙朝基本上就已经失传了，也许部分元素融入了昆曲和后来的京剧之中，但想要复原西门庆看到过的这些戏曲演出，已经不可能了。

西门庆在现实生活中基本上只有嬉笑与怒骂，他会让别人哭，自己是不哭的。只在李瓶儿病危和死亡、发丧的过程里，他才哭起来，而且会大哭特哭，以至跳着脚哭。他看戏，应该也是多为开心取乐，笑的时候多。但在李瓶儿丧事破七以后，府里摆宴演戏，西门庆居然看戏落泪了。

那天演的剧目里是《玉环记》，搁在往常，这样的剧目他是不会感兴趣的，他恐怕对《洞宾挥剑斩黄龙》那样场面火爆的演出才觉过瘾。《玉环记》是明代杨柔胜创作的戏曲，全剧三十四出，取材于唐范摅《云溪友议》卷中“玉箫化”的故事。写唐代书生韦皋在平康坊和妓女玉箫相爱，因没钱被鸨母赶出妓院。分别时，韦皋赠玉箫玉环为记。后韦皋被西川节度使张延赏招赘为婿，玉箫悒郁成疾，口吞玉环而死。玉箫死后转世，名箫玉，长成后终于和因救驾有功被皇上任命为节度使的韦皋团圆。西门庆本人对妓院生活熟悉，也和许多妓女有过情爱纠葛，这出戏所搬演的故事于他而言不以为奇，然而在特定的情境下，却忽然打动了他。戏里起到“从旁说明”作用的扮末上场，躬身问西门庆：“小的寄真容的那一节，唱罢?”西门庆刚开始也没在意，告诉他：“我不管你，只要热闹。”结果打动鼓板，贴旦扮演的剧中人玉箫上场，西门庆听到唱出“今生难会，因此上寄丹青”一句，猛地触动心尖，李瓶儿活着时，特别是病中的花容月貌，与他让韩先生绘制的写真留影，叠印心头，便止不住眼中落泪，从衣袖里取出汗巾子擦拭。兰陵笑笑生笔下的西门庆，绝非一个概念化的角色，他写出，那样一个强悍、霸道、天不怕地不怕的壮汉，居然在看戏时当众落泪，可见西门庆是一个有血有肉的真实可信的生命存在。

那天西门府白喜事摆宴看戏，亲朋满堂，男宾坐戏台前，女眷则分别在左右的透明帘子里看，当时一些亲朋吃饱喝足，嫌戏太长，中途告退，丫头们安排在右边帘子里看戏，她们欢声笑语，把丧事活动只当作灯节狂欢，因为吴月娘的首席大丫头恰好叫玉箫，跟戏里的女主角同名，其他丫头就拿她开涮，又因为碰洒了一杯茶，乱作一团。潘金莲在左边帘子内只盯住西门庆，注意他的表现，看到了他落泪擦拭，就尖刻地评论，孟玉楼厚道，表示可以理解。潘金莲本意是要挑起吴月娘对西门庆的不满，没想到吴月娘心平气和地劝她："悄悄儿咱每听罢。"西门庆看戏落泪，并无损吴月娘的尊严与利益，所以她不但能容忍，甚至也还能有几分共鸣。

鬏髻与揸髻

明代妇女，已婚与未婚的，发型有很大的不同。一般情况下，稍远一望，见那发型，就可判断出其婚配状态。在西门府中，从吴月娘起，到李瓶儿六房妻妾，都戴鬏髻，而且都是金丝银丝镶嵌珍珠玉翠打造的华丽鬏髻。所谓鬏髻，就是罩在盘发上的一种装饰，贫寒的已婚妇女，没有贵重华丽的鬏髻，有的只好戴个另用头发或马尾编造的鬏髻，比如西门府里仆役旺儿的媳妇宋惠莲，就是那样，她被西门庆勾搭上后，很重的一个心思，就是要西门庆赏她一副有金有银的鬏髻。妇人被剥夺鬏髻，是很严厉的惩罚。西门庆的四房孙雪娥，与旺儿私通，被西门庆知道后，首先就被拔去鬏髻，当然后来又被赦免，重带鬏髻。西门庆死后，孙雪娥与流放归来的旺儿鸳梦重温，双双私奔，被官府捉住。旺儿二次流放，孙雪娥因为吴月娘拒绝其回府，被官卖到周守备府，没想到昔日西门府的丫头春梅，那时竟已是守备夫人。当年在西门府里，春梅和孙雪娥就因事结下死仇，孙雪娥一旦被守备府买去为奴，牵到春梅面前拜主，春梅对她的报复，第一着就是拔掉鬏髻，当然还要剥去鲜丽衣服，立即拉到厨房罚劳役。

揸髻的形态，与鬏髻大相径庭，是把头发盘到额边，然后结成左右两个髻，呈Y的形状，当年在西门府里，春梅的身份只是伺候潘金莲的一个丫头，她也应该和吴月娘的丫头玉箫、李娇儿的丫头夏花儿、孟玉楼的丫头兰香、李瓶儿的丫头迎春等一样，发型是扎揸髻而非戴鬏髻。

《金瓶梅》第四十回，写李瓶儿为西门庆生子后，大得宠爱，潘金莲十分嫉妒，陷于深深的性苦闷，百无聊赖中，她想出一个移情化闷的手段，那天西门庆照例外出，吴月娘在正房里款待吴大妗子和杨姑娘（孟玉楼前夫的姑妈），潘金莲就到吴月娘屋里，走到偏房镜台前，把鬏髻摘了，打了个盘头揸髻，把脸搽的雪白，抹得嘴唇儿鲜红，戴着两个金灯笼坠子，贴着三面花儿，带着紫销金箍儿，寻了一套大红织金袄儿，下着翠蓝缎子裙，装成丫头，打算到吴月娘跟前逗个趣儿。这段描写，就把已婚妇人与丫头的发型发饰的重大区别细腻地描绘出来了。她先让李瓶儿瞧，把李瓶儿笑得前仰后合，李瓶儿还回房去拿来红布手巾，春梅、陈经济合伙作弊，把装丫头的潘金莲引到吴月娘面前，谎称是西门庆通过薛嫂用十六两银子买来个十六岁的新丫头，因为那发型明显是丫头，吴月娘和吴大妗子、杨姑娘都信以为真。吴大妗子因为是嫂子，不好说什么，杨姑娘却发了议论，大意是家里已经好几房，又买这么个来作什么？吴月娘就说："好奶奶，你禁的！有钱就买一百个，有什么多？"这下惹得孟玉楼、李娇儿也都来看热闹。但是掀下盖头以后，脸上抹再厚的粉，涂再红的唇，终究还是掩不住真面目，吴月娘等都认出是潘金莲，后来西门庆归府，孟玉楼如法炮制，还想骗西门庆，西门庆说我哪里让薛嫂买丫头了？孟玉楼就把梳揸髻头的潘金莲拉到他跟前，西门庆灯影下睁眼观看，认出是潘金莲假扮丫头，笑得眼没缝了。西门庆笑起来能眼没缝，可见面阔肌丰，并非潘安那种小鲜肉，分明是一壮汉。

潘金莲装丫环这段情节，既写出了她苦闷中的移情，也写出了吴月娘对府主花心的无奈，更写出了西门庆在自家如鱼游春水的欢畅。

五短身材

西门庆的六房妻妾，其中身材最好的是潘金莲，从全书描写来看，她真是不高不矮、不胖不瘦、不轻不重、不飘不沉，无论颜值、身条、才艺、风情，都可满一百分。吴月娘的身材也很不错，只是年龄略大，没那么轻盈了。李娇儿书里多次说她身体沉重，可见身材偏臃肿，这个女子可能从来没苗条过，西门庆未发达时从丽春院把她娶进家，可能看上的不是相貌身材，而是她作为名妓的身份，能娶名妓进家门，能为男主增脸面。因此西门庆死后，李娇儿盗银归院，那顶替西门庆当了提刑官的张麻子，还愿把李娇儿接收为二房，图的也是“我娶名妓我有面儿”。孟玉楼书里明写她是高挑身材，大长腿，有的男子对女性的审美，把这种身材作为头一条标准，西门庆也喜欢这种身材，但只是聊备一格，并非专赏，西门庆死后，李衙内看上孟玉楼，则应该是“专好这一口”。书里明写孙雪娥是五短身材，当然不是褒语，所谓五短，过去的说法是四肢皆短再加上脖子短，应该属于生理上的缺陷。西门庆让孙雪娥也戴鬏髻收为一房，显然并不是欣赏她的相貌身材，而只是因为她是前妻陈氏的通房大丫头，有以收她为忆念陈氏的意味。

比较值得讨论的，是书里对李瓶儿的相貌身材描写。西门庆对李瓶儿一见钟情，两人在李瓶儿丈夫花子虚在世时就勾搭成奸，李瓶儿被娶进西门府虽然一波三折，但后来得到西门庆专宠，李瓶儿失子病重，西门庆对她表现出超越肉体关系的真实情爱。李瓶儿死后，西门庆请画师为其写真，又几次梦中相会，真是爱得死去活来。但据书中第十回吴月娘跟西门庆的描述：前者六月间，李瓶儿家老公公死了，出殡时，她在山头会李瓶儿一面，那李瓶儿生的五短身材，团面皮，细弯弯两道眉儿，皮肤白净，显示出好个温柔性儿。又据第十六回，写西门庆初入李瓶儿家，其丈夫花子虚不在，他竟与李瓶儿撞了个满怀，西门庆眼中的李瓶儿：人生的甚是白净，五短身材，瓜子面皮，生的细弯弯两道眉儿，正与前面吴月娘的形容吻合，而这种形象，第十六回写西门庆的反应是“不觉魂飞天外，魄散九霄”，可见李瓶儿的五短身材并非形象上的缺陷，丝毫没有给她的女性魅力减分。

在《水浒传》中，王英被说成是五短身材，绰号矮脚虎，五短身材显然是个相貌上的缺憾。有人说武大郎也是五短身材，这个说法不对，《水浒传》《金瓶梅》都说他是“三寸丁穀树皮”，就是他的个子连“五短身材”都够不着，“三寸丁”形容个子矮到极点，穀树皮，则形容皮肤粗糙得跟穀树的表皮一样，该是多么猥琐。但《金瓶梅》中把令西门庆一见后“不觉魂飞天外，魄散九霄”的李瓶儿也写成五短身材，可见“五短身材”这个形容词，在古代小说中，语义具有弹性。孙雪娥的五短身材，是形容她其貌不扬，而吴月娘、西门庆眼中的李瓶儿那五短身材，则应该是娇小玲珑的同义语。

藏春坞

西门府里的花园很不错，有许多园林建筑和建筑小品，其中以藏春命名的有两处，一处叫藏春阁，一处叫藏春坞。有的人把这两处混为一谈，是读《金瓶梅》不仔细所致。第十九回开头交代西门庆令陈经济监工的花园完工，有一段骈文形容花园美景，其中提到有个景点就是藏春阁，是冬日欣赏白梅积雪的绝佳去处。冬天到了，春天还远吗？阁名“藏春”，恐怕还不仅是这类意思，“春”与“色”相连，那空间应该也是西门庆享受女色性爱的去处。

藏春坞，则是西门府花园中一处很特别的地方。如果你查词典，会告诉你“坞”有三义，一是防御性的土堡，过去村寨外缘多有此种土堡，是地方自卫的军事建筑；二是四面凸起当中凹下的地形；三是水中停船的有顶建筑，如今北京颐和园、北海公园里都还保存着这种船坞。但中国古代园林建筑中的坞，多有以上三义之外的，《金瓶梅》中的藏春坞，就既不是城堡，也不是凹地，更非水中船坞，而是一种叠石形成的山洞，这种叠石方式，在中国古典园林中多有采用。你如今到苏州去观赏园林，就能看到不止一处有此种叠石构成的山洞，而且多半紧靠屋舍，有的更在洞上形成阶梯，可以从那阶梯登楼。至于《红楼梦》中写惜春住处有叫暖香坞的空间，则不仅不符词典所解，也非《金瓶梅》中藏春坞那种叠石山洞，应该仅仅是借“坞”这个字眼，来形容那居所的形态小巧隐蔽罢了。

藏春坞这处空间，在《金瓶梅》里是若干重要故事情节发生的处所。西门庆勾搭上了仆役旺儿的媳妇宋惠莲，急于跟她做爱。按如今有的读者的想法，西门庆既然那么强悍霸道，他在自己家里，应该是想跟谁做爱就跟谁做爱，想在那里撒野就可以在那里撒野，可是书里呈现的情况却是，对六房妻妾，包括春梅那样的通房丫头，西门庆固然可以任性随意，但是与此外的妇女做爱，却还需采取偷情的方式。首先是找不到合适的隐蔽空间，而且对此种偷腥之事，即使别人问到，也还要遮掩狡辩，这就说明，虽然明代末期儒家礼教已经礼崩乐坏，西门庆又那么胆大妄为，却仍有一种无形的公序良俗，约束着包括西门庆这样的官员财主的言行，因此他跟宋惠莲的初次幽会，只能选择在藏春坞这样一个山洞里。宋惠莲从正房那边逃席跑到藏春坞，没想到西门庆竟已经先期在里面秉烛而坐，那时候腊月刚过，山洞里即使夏日，久无阳光也会阴森寒冷，何况仍在冬日，宋惠莲进去后，便从袖中取出两个棒香，灯上点着，插在地下，虽然地下笼着一盆炭火，还冷得打战，西门庆与她竟然就在那种温度下交欢，没想到还被潘金莲追踪潜听，后来宋惠莲只好跪在潘金莲跟前求饶，而西门庆跟潘金莲也达成协议，潘金莲将自己住所提供给西门庆宋惠莲交欢，条件是西门庆从此必须向她坦诚一切性事，当然西门庆根本不可能做到，而潘金莲到头来也必须将宋惠莲置于死地。

后来书里第五十二回又写到应伯爵利用这个山洞死缠妓女李桂姐，以及潘金莲和陈经济利用藏春坞这个山洞幽会，万历词话本的回目是“应伯爵山洞戏春娇　潘金莲花园看蘑菇”，崇祯本的回目上半回没改，下半回改成“潘金莲花园调爱婿”，崇祯本经文人改动，多有点金成铁之弊，“调爱婿”直露无味，“看蘑菇”是书里写陈经济为了引诱潘金莲进洞，招呼她进洞去看阴湿处的大蘑菇，很有镜头感，阴森山洞里生出大蘑菇，也具有相当的隐喻意味。

应伯爵郊园会诸友

应伯爵，从《金瓶梅》全书看，实在是个糟糕的角色，特别是西门庆死后，他转身就背叛，忘恩负义，令人不齿。但书里对应伯爵的描写，也并非平面化，而是将这个人物多角度、多层次加以立体呈现。这不是个扁的，而是个圆的文学形象。

书中第五十四回，特用半回，细写应伯爵做东，宴请结拜兄弟们，展现这个人物依附西门庆大占便宜的另一侧面。那时候西门庆的人生正处在事事如意节节高升的状态，应伯爵成日价粘着西门庆，吮尽西门庆唾余，一日可能是忽然良心上有点过不去，就表示他要做次东，请西门庆为大哥的诸结拜弟兄们宴饮一回。从书中前后描写来看，应伯爵在西门庆的几位市井弟兄里，经济状况只比花子虚、云离守差一点，花子虚那时候已经被气死，云理守到外地赴任，余下的几个在清河县的，谢希大、常时节、白来创、吴典恩，似乎都不如他，而祝日念、孙天化二位，因为帮嫖惹祸，已被逮拿驱离，应伯爵图面子做东，也确实还撑得起。

西门庆跟这些市井混混们相识鬼混，应该在他发迹以前就开始了，有的读者不大明白，后来西门庆财富越来越多，地位越来越高，虽然他也曾给过白来创白眼，嫌弃过应伯爵等在某些时段某些场合的不得体，但总还是不离不弃，没有一刀两断的想法和做法，那究竟是为什么？

细读第五十四回前半回，应该就可以了然西门庆难以也不必跟他的那些结拜兄弟切割的缘由了。

说是应伯爵做东，其实，“羊毛出在羊身上”，宴乐的最大投资，还是西门庆。应伯爵当西门庆面发出邀请，西门庆就说了：“你别要费，我有些猪羊剩的，送与你凑样数。”主要的食材，西门庆包了。宴请需要有仆役使唤，西门庆就让自己家的小厮玳安和琴童把猪蹄羊肉送去，并且留下作为劳务。应伯爵这边还没准备停当，白来创就到了，而且声称还没吃过东西，应伯爵就吩咐端出一碟干糕、一碟檀香饼、一壶茶，白来创把糕饼一口一个全吃尽了，这些糕饼算是应伯爵自己出资供应，其实也值不了几个钱。接着常时节到了，跟白来创下棋赌物，白来创赢了常时节一把扇子，白来创是最穷酸最吝啬的，此时却也看在结拜哥儿们的份上，认了忍了。再接着谢希大、吴典恩也到了，妓女吴银儿、韩金钏儿，乐工吴铭、李惠也到了，妓女乐工当然是看在西门庆份上前来的，作为大哥的西门庆呢，自然是最后才露面。玳安、琴童拿来大壶的酒，轮番布菜，有蒜烧荔枝肉、葱白椒料桧皮煮的烂羊肉、烧鱼、烧鸡、酥鸭、熟肚等等，席面也算体面了。应伯爵家毕竟狭促，于是这群兄弟们又发起郊游，乘船沿河到了太监刘公公庄园的花园里，野餐一番，其间诸弟兄插科打诨、丑态百出，比如应伯爵被妓女罚酒，大喊：“我跪了杀鸡吧！”诸如此类，层出不穷。读者应该明白，西门庆毕竟市井无赖出身，虽然跻身上层社会，参与了富人与官僚的社交活动，但在那些人当中，在那种场合当中，总会有拘束感，有时还会紧张，只有回归到市井无赖群体，置身在他们共同的低级趣味、污言秽语当中，他才能彻底放松，才享受到极度的快乐。应伯爵郊园会诸友这一情节，向读者淋漓尽致地展现了一种低俗文化，这也是《金瓶梅》这部著作于我们的认识价值之一。

皇亲典当屏风锣鼓

旺者自旺，衰者自衰，旺极而衰，衰极而旺，旺衰两空……《金瓶梅》以冷冷的叙述风格，讲述着市民社会的经济变迁图景。

西门庆生意最发达的时期，不但开着售卖货物的店铺，也开了当铺。有一天西门庆跟应伯爵正玩双陆（双陆是一种棋类游戏），忽然他的首席小厮玳安过来报告，说有人往当铺来当两样东西，体积都很大：一种是大理石屏风，一种是成套的两架铜锣铜鼓，连敲打锣鼓的铛儿，是向皇亲家送来的，希望能当三十两银子。西门庆和应伯爵就停下游戏，过去看那些东西，只见那屏风三尺阔，五尺高，钿描金，黑白分明；螺钿就是用螺壳海贝磨制成的装饰物，镶嵌在石材或木材上；描金，就是还用金丝勾勒出轮廓线。应伯爵看了说："哥，你仔细瞧，恰相好似蹲着个镇宅狮子一般！"那两架铜锣鼓呢，都是彩画生粧雕刻云头，十分齐整。来当东西的向家，是皇亲。皇亲就是跟皇帝家有某种姻亲关系，社会地位按说比西门庆高多了，但也有没落趋向，财力衰减，可能还负了债，竟不得不放下架子，把自家这两样堂皇高档的物件，抬来当给西门庆。应伯爵一力撺掇西门庆接收，因为向家只要三十两银子，西门庆就考虑，这么值钱的东西，只要三十两银子，是否仅仅是临时拿来放一放，如果很快就来赎取，意思不大，最好对方不赎了，等于自己拿三十两银子，就买下了这么贵重的物品，那有多好！他问应伯爵："不知他明日赎不赎?"应伯爵就说："没的说，赎什么！下坡车儿营生，及到三年过来，七八本利相等!"向皇亲家已是"下坡车儿营生"，西门庆则正当"上坡车儿营生"，西门庆也就决定，给向家三十两银子，收下这两件有皇家气派的物件，并且立即享受，让人把屏风抹干净，安在大厅正面，左右看视，只觉得金碧彩霞交辉，又让乐工吃过东西，便来使用铜锣铜鼓，后来把锣鼓安置在穿山走廊下边，让乐工吹打起来，声震云霄，韵惊鱼鸟。一个原来毫无门第优势的富翁，就这样享受了衰落皇亲被动提供的贵族享受。后来西门庆另一结拜兄弟谢希大来到，见了后说："哥，你这屏风买的巧，也得一百两银子与他，少了他不肯。"应伯爵就告诉谢希大："连这外边两架铜锣铜鼓，带铛铛儿，通共与了三十两银子。"谢希大不禁拍手叫道："我的南无耶！那里寻本儿利儿！休说屏风三十两银子，还搅给不起这两架铜锣铜鼓来!"

这段情节，又一次显示出，明代社会——虽然故事托言宋朝，但历来的读者都心知肚明，书里写的是明代嘉靖朝情况——到那个阶段，民间市井崛起的商人，通过让钱生钱，积累了越来越多的财富，不但用钱寻租权力，也干脆将没落贵族的物质享受收归于己。这种情势，是否意味着资本主义萌芽已然出现，值得探讨。

在最早的词话本里，包含这一情节的第四十五回，回目是"桂姐央留夏花儿月娘含怒骂玳安"，强调的是书中人际摩擦的相关情节，但到崇祯本的第四十五回，回目变成“应伯爵劝当铜锣　李瓶儿解衣银姐”，在回目里强调了皇亲来当东西的情节，这也许就是因为，社会又发展了一段以后，整理《金瓶梅》的人，警觉到这个皇亲没落来当屏风和铜锣鼓的段子，必须加以凸显，不能再让它淹没在家长里短的文字中。

宋御史花样索贿

宋御史在第四十九回，与蔡御史先后出场。蔡御史邀他同往西门庆家，开头他还表示不便，后来去了，假惺惺地撤减仪仗。到西门府后，递上拜帖，写着“侍生宋乔年拜”，真是礼贤下士到了极致，席间没待多久，就表示公务要紧，还要回察院理事，真是一副勤政做派。宋御史早退，西门庆早令下手，把两张桌席连金银器，已都装在食盒内，共有二十抬，叫下人伕伺候，每一张大桌席包括两坛酒、两牵羊、两对金丝花、两疋段红、一副金台盘、两把银执壶、十个银酒盃、两个银折盂、一双牙筯。宋御史再三辞道：“这个我学生怎么敢领?”看着蔡御史，似乎极其为难，蔡御史劝他收下，西门庆一旁恳求，他才似乎万不得已地收下。作者把宋、蔡二御史对比着写，宋是假惺惺，蔡却赤裸裸，宋走后，蔡不仅继续大吃大喝，听曲赏乐，晚上西门庆派妓女董娇儿陪睡，他受之如饴。蔡是巡盐御史，西门庆如此投资，换来“商人来保、崔本，旧派淮盐三万引”，可早掣一个月，这样的大好处，可谓一本万利。

这个宋御史，第七十四回又登场，到西门府再受高级款待，他向西门庆提出一个请求，就是有巡抚侯石泉老先生，新升了太常卿，为庆贺，要借西门府摆宴送行，西门庆问要摆多少席？宋御史假惺惺地让手下拿出他和其他官员凑出的十二两银子，表示并不需要西门庆破费，他只不过是借个地方宴请罢了。但他要求要摆一张大插桌，另外还要六张散桌，并且要叫一起戏子唱戏陪宴。西门庆满口答应。其实，区区十二两银子，连打发戏子仆役都不够，第四十九回写到的那次接待，光接待蔡御史宋御史二位的宴席，就花费了上千两银子。宋御史的这招，实际上是花样索贿，钱由西门庆大贴补，而他却博得好官凑份子聚餐的清廉之名。

宋御史在西门府，见堂屋宽广，院宇幽深，书画文物极一时之胜，又见屏风前安着一座八仙捧寿的鎏金鼎，约数尺高，甚是做得奇巧，炉内焚着沉檀香，烟由龟鹤鹿口中吐出，只顾近前观看，夸奖不已，垂涎三尺，真恨不得索要抬回自己家中，但他却将贪心深藏不露，只感叹自己也从淮上定制了一个却始终没有送到。听话听声，锣鼓听音，西门庆当然窥透宋御史心思，宋御史问他哪里得来的，西门庆答也是淮上一个人送的。这个地方作者写得很好，西门庆攀附官僚，一是寻租权力，二是获得实利，这宋御史虽然值得贿赂，但并不能马上使他得权获利，而且如此露骨地贪恋自己屋里这座数尺高、打造精美、鎏金奇巧的巨鼎，舍此一物，能得何报？就没有马上割爱，而是只当宋御史不过夸赞几句，并无别意，敷衍几句，继续下棋。

宋御史花样索贿，其实比蔡御史那样粗鄙贪婪，更令人厌恶。词话本第七十四回回目就点明：宋御史索求八仙鼎。崇祯本把这一回前半回的回目改了，去强调潘金莲的作为，实在不妥。崇祯本经文人整理，多有此种消解书中批判现实锋芒的做法，我之所以更喜欢早期的词话本，就是因为它更生猛鲜活，毛刺虽多，辛辣味丰。

西门庆赏赐瑞香花

瑞香花别名极多：睡香、蓬莱紫、风流树、露甲、白瑞香、千里香、瑞兰、雪花皮、山棉皮等等。这种花可栽为盆景。花色淡红或白色，香气非常浓郁，甚至会刺鼻。书里二十七回，写的是盛暑时节，西门庆在自家花园的卷棚翡翠轩正面前，栽着一盆瑞香花，开得甚是烂漫，其实瑞香花的花期，一般在春节期间，西门府里的盆景瑞香居然在盛暑开放，可见品种奇特，且有花工精心伺候，能使其反季节呈现。

书里说有三种人最怕热，一是田舍间农夫，二是经商客旅，三是边塞战士。但又有三种人不怕热，一是皇宫内院的人，二是王侯贵戚、富室名家，三是羽士禅僧，因为他们都能斥巨资，在大热天人为营造出一派清凉。西门庆当时算得上富室名家。他正在家中让匠人打造四阳捧寿的银人，每座高尺有余，又打造两把金寿字壶，另外寻了两副玉桃杯，造好后好让仆人送往东京给权臣蔡京祝寿。此前因他引诱宋惠莲诬陷宋的丈夫旺儿，导致宋惠莲上吊身亡，宋的父亲棺材匠宋仁不依，到官府喊冤，弄得他很烦，于是串通官府，反诬宋仁诈财，动大刑打得顺腿淋漓鲜血，后来死掉，这样，西门庆就从宋惠莲一事的烦扰中彻底解脱。人无烦忧，心情大畅，虽是溽暑酷热天气，西门庆那花园卷棚内外却是一派清凉气象。他的五房潘金莲和六房李瓶儿联袂来到卷棚，潘金莲一见盛开的瑞香花就要掐先儿戴到头上，被西门庆制止，原来西门庆早已将开放的瑞香花摘下数朵，浸在一只翠瓷胆瓶内，于是，赏赐妻妾们瑞香花，便成了他那一刻最惬意的人生乐趣。潘金莲不等西门庆分派，早抢过一朵插在头上。李瓶儿对赏赐瑞香花的反应倒还平和。西门庆又选了三朵花，让给大房吴月娘、二房李娇儿、三房孟玉楼送去戴。那时候四房孙雪娥因为被揭发出与来旺儿有染，被西门庆摘去鬏髻，等于废了身份，自然也就不配得花。潘金莲跟西门庆纠缠，说孟玉楼的花，要由她代领，她会去唤孟玉楼来弹月琴娱乐西门庆，为此，她还要西门庆再给她一朵花。西门庆说你把孟三儿唤来再给你，潘金莲就非要西门庆立刻给她，西门庆拗不过，只好给她一朵，她簪于云鬓之旁，这才去唤孟玉楼。这样几笔描写，就把潘金莲不仅总要“掐先儿”，还要“掐尖儿”的性格凸显了出来。

兰陵笑笑生之前的小说作者，写故事线条都比较粗放，回目中开列出什么，内文一般就铺叙什么，很少在主体情节之外，以细腻的笔触再去镂刻生活的细节，再去皴染人物的性格。《金瓶梅》第二十七回的主体内容，是写西门庆与李瓶儿在翡翠轩中做爱，发现李瓶儿已为他怀孕，以及潘金莲大闹葡萄架，但兰陵笑笑生却又在主体情节之外的“闲笔”中，插入瑞香花引出的一些生活枝蔓，使书中的场景氛围与人物性格，都更鲜活生动。这种写法，到清代曹雪芹写《红楼梦》，得到了很好的发扬。此种技法，可使小说的文本更丰腴精致，当代作家，可借鉴处甚多。

西门庆上坟

西门庆究竟怎么个来历？一百回的书里，找不到很多的交代。他祖父是谁？没交代。父亲叫西门达，是个贩布匹的游商，死后在清河县给他留下一个生药铺，贩布经过甘肃的时候，在那里捡了个男孩子作仆役，取名甘兴儿；生药铺当然是很重要的遗产，西门庆生前一直经营着，但甘兴儿作为父亲的一个人力遗产，西门庆却并不待见。关于西门庆父亲的信息，也就如此简单。西门庆的父系亲戚，书里没写到一个，没有伯父叔叔姑妈，当然也就没有堂兄弟堂姐妹和姑表兄弟姐妹；母系则连其母的信息都为零，更遑论姥爷姥姥舅舅姨妈等等。书里故事开始以后，西门庆已经住在一所七门五进（有的版本作五门七进）的大院落里，附带花园，随着情节推移，书中对这所府第有许多细致入微的描写，但没有一次提到祖宗牌位。算起来，除了西门庆自己，也就只有前妻给他生下的女儿西门大姐，和后来李瓶儿给他生下的官哥儿（很快夭折），吴月娘给他生下的遗腹子孝哥儿（最后被点化出家），这四个算是西门血统，作为一个家族，真是人丁寥落。

但是到书里第四十八回，忽然写到“因坟上新盖了山子卷棚房屋……从新立了一座坟门，砌了明堂神路，门首栽的柳，周围种松柏，两边叠的坡峰”，时逢清明节，竟有他举家去上坟的情节出现。那时候西门庆因通过行贿攀附上了朝中权臣，得了提刑官的权位，爱妾又为他生下子息，因此也就竭力将自己的生活从完全粗鄙朝修饰面子方面去努力。这清明上坟之举，与其说是遵从孔孟礼教，缅怀祖上恩泽，不如说是炫耀官位财富，追求自身欢畅。

那日西门庆更换锦衣牌面，宰猪羊，定桌面，预先发柬，请了许多人，推运了东西，酒米下饭菜蔬，叫了乐工杂耍扮戏的，带领全家妻妾丫头仆役，奶妈抱着官哥儿，以及一大群亲朋，当然也少不了一群妓女，光轿子就出动了二十四、五顶，浩浩荡荡，来到坟上。从描写上看，新盖的坟门，两边坡峰上去，周围石墙，当中甬路，明堂、神台、香炉、烛台，都是白玉石凿的，完全是一个簇新的坟场，应该本来西门庆家族并无祖坟可修可扩，是他自己发达以后，附庸孝道，出资修造的。书里没写这座坟场里有几多上辈坟茔，只含混地交代，“坟门上新安的牌面，大书：锦衣武略将军西门氏先茔”，其实恐怕不仅没有其高祖、祖父的真坟茔，就是其父亲西门达，连个真实的衣冠冢也不具备。

西门庆领着那么一群人来到坟场，也没写他祭奠的情况，立刻展示的是大摆宴席，大吃大喝，看戏听乐，女眷们更到花园里去荡秋千，而且，书里细致地写到，花园很大，卷棚后边，西门庆收拾了一明两暗三间床炕房儿，里边铺陈床帐，摆放桌椅，梳笼抿镜妆台之类，预备来做什么呢？上坟的堂客用来休息，这不稀奇，而更要紧的用途，竟然是用来接纳娼妓。可见西门庆修造坟场，毫无皈依封建孝道的诚意，连这么个地方，他也要使其便于自己情欲的发泄。跟着西门庆来上坟的，大都把这次活动当作嘉年华，尽情狂欢，潘金莲和陈经济就在那床炕房儿里放肆调情。

金人入红书

说《金瓶梅》是《红楼梦》的祖宗，没有《金瓶梅》就没有《红楼梦》，例证很多。其中一个最明显的例证，就是《金瓶梅》中有的角色的名字，干脆就被《红楼梦》承袭。

《红楼梦》里，贾琏王熙凤夫妇有两个男仆，一个叫兴儿，一个叫旺儿。兴儿是贾琏的亲信，贾琏背着王熙凤包二奶，在花枝巷偷娶尤二姐，兴儿参与其事，为之保密。有一天贾琏外出，尤二姐拿了两碟菜，命拿大杯斟了酒，就命兴儿在炕沿下蹲着吃，一长一短，向她说话，套出关于荣国府里，特别是贾琏和王熙凤夫妻相处的种种情况。兴儿就告诉说："我是二门上该班的人，我们共是两班，一班四个，共是八个，这八个人，有几个是奶奶（指王熙凤）的心腹，有几个是爷（指贾琏）的心腹，奶奶的心腹我们不敢惹，爷的心腹奶奶就敢惹……"作为贾琏的心腹，兴儿其实是活得很窝囊的。作为王熙凤心腹的旺儿呢，王熙凤每月从总账房领出从老太太、太太起，到宝玉及各位小姐，李纨和贾环，包括所有姨娘、丫头、婆子的月例银子，大部分都拿到外头去放短期高利贷，收取超过朝廷规限的高额利息，以饱私囊，这件事，就是旺儿和旺儿媳妇帮王熙凤去运作的，长时间把贾琏和其他人瞒得铁紧。因为得到王熙凤宠信，旺儿和旺儿媳妇在府里也就称王作霸，第七十二回后半回写的就是“来旺妇倚势霸成亲”，他们一个十七岁的儿子，吃酒赌博不成材，却偏索要王夫人房里的大丫头彩霞去做媳妇。大管家林之孝劝贾琏别管此事，但王熙凤把任务下达到贾琏，贾琏在那个阶段还是怕老婆的，就硬做媒去促成这样一桩霸道婚事。《红楼梦》里的兴儿和旺儿，都是能给读者留下鲜明印象的角色。

其实在《金瓶梅》里，西门府里就有两个男仆，一个就叫兴儿，一个就叫旺儿。而且，兴儿和旺儿都是简称，全称是来兴儿、来旺儿。《红楼梦》里的兴儿全称也是来兴儿，旺儿的全称也是来旺儿。《金瓶梅》里的兴儿和旺儿，也是一对有冲突的人物。旺儿的媳妇宋惠莲被西门庆刮搭上了，西门庆为了更方便地跟宋惠莲苟合，就派旺儿出差远处搞采购。而原来从事采购的，是兴儿，兴儿失去了采购的美差——从中谋取私利是很方便的——当然不满，就把旺儿想杀西门庆和潘金莲，以及旺儿跟西门庆四房小老婆孙雪娥有染的事告密给潘金莲，引发出一系列越来越激烈的冲突。旺儿在得知自己媳妇被西门庆占用，确实趁醉酒大骂西门庆：“我的仇恨，与他结的有天来大，常言道，一不做，二不休，到跟前再说话。破着一命剐，便把皇帝打！”熟悉《红楼梦》的读者就会想起来，书里写“酸凤姐大闹宁国府”，王熙凤情绪激动当中，喊出了“舍得一身剐，敢把皇帝拉下马”，那么，王熙凤的这句话，其实也正来源于《金瓶梅》。《金瓶梅》文本里插空交代，兴儿本是西门庆父亲做游商贩布时从甘肃捡来的，因此叫甘来兴，而旺儿本姓郑，因此叫郑来旺。整体而言，作为艺术形象，《金瓶梅》里的兴儿与旺儿，比《红楼梦》中的兴儿与旺儿，更丰满，更生动。

《金瓶梅》中有一对韩姓妓女，一个叫金钏，一个叫银钏，李瓶儿的一个丫头叫迎春，在《红楼梦》里，王夫人的一对白姓丫头，一个叫金钏，一个叫银钏，而贾赦的女儿，就叫迎春。这些金人入红书的文本现象，至少说明《金瓶梅》对《红楼梦》作者那潜移默化的影响，是很深入的。

金学界人物

《红楼梦》研究形成了一门红学，《金瓶梅》研究也形成了一门金学。有的人总觉得，《红楼梦》《金瓶梅》，那不就是小说嘛，有什么好研究的？甚至觉得很好笑。网上还有人提出这样的问题：培植出丰产的水稻，写出杰出的小说，哪个对社会贡献更大？之所以有这种想法，就是因为有的人，思维简单，见识肤浅。我们都应该懂得，社会的发展，物质是一个方面，精神又是一个方面，促进物质丰富的科技固然了不起，促进精神优化的小说也弥足珍贵。自然科学、技术发明构成学问，社会科学、文学艺术也构成学问，这些学问对人类社会的进步，都是不可或缺的。自然科学分类很细，科学技术日新月异，一个人往往穷其一生，只能在其中一个具体而微的领域里，取得成就；社会科学、文学艺术也是一样，对一部小说的研究，构成一门学问，有的人甚至一生中，主要就是去研究一部小说，或一个作家，或一种文学潮流。这就和有的人一直供职在银行，一直在经营公司，一直在编程序，一直在消防队，一直当厨师，一直做漆工，一直雕琢玉器……一样，都不仅不奇怪，而且是极其正常的。

红学目前已经成了显学，看看电脑上、手机里的相关信息，真是乱花迷眼，千花竞艳。金学相对就寂寞一些，但那也是一种坚实的存在。我因为对《金瓶梅》感兴趣，写了一些文章，评点了词话本，也有系列音频在某平台播出，因此，金学界也就容纳了我。2017 年，他们在吉林大学开研讨会，还特别邀请了我，去后，接触到一些金学界人物，从他们那里，学到很多东西。

上海复旦大学的黄霖先生，在金学界声望很高，他在《金瓶梅》的作者探究、版本流变等方面的研究成果，体现出治学的严谨，眼光的独到。曾任徐州市文化局局长、徐州教育学院院长的吴敢先生，性格豪爽，除研究《金瓶梅》，还研究古典戏曲，他对《金瓶梅》所涉及的区域文化，有深度开掘。河北师范大学教授霍现俊先生，对《金瓶梅》的研究如扇面展开，细致入微。

我接触得最对多，求教最频，从其获益也最多的，是吉林大学教授王汝梅先生。他所点校的崇祯本《金瓶梅》，堪称善本。他对《金瓶梅》的版本源流研究，用功甚深。他考据出崇祯本《金瓶梅》的整理是谢肇淛，他认为谢的评点，最精彩是第八十七回写到武松为兄报仇杀死潘金莲时的眉批："读至此，不敢生悲，不忍称快，然而心实恻恻难言哉!"他以严肃的学术态度，探讨文学中的色情文字，书中第二十七回《李瓶儿私语翡翠轩　潘金莲醉闹葡萄架》，多有认为全系不堪入目的色情文字的，有的删节本删得最多的也是这一回，但王汝梅先生指出："兰陵笑笑生是晚明作家中写性爱小说的大手笔"，"第二十七回是人类性爱小说的上乘篇章，是性爱小说的经典回目"。王汝梅先生是把《金瓶梅》放在全球大视野中，告诉我们世界文学中本有性爱小说这一类别，这一类别的小说有高低妍媸之分，有的确实属于下三流无文学性可言，但《金瓶梅》却属于上乘篇章。近年来王汝梅先生对晚辈张青松等于词话本的点校耐心修订，诲人不倦，令人感佩。

《金瓶梅版本图鉴》

有的人听到这样的信息可能会颇为吃惊，那就是《红楼梦》在国外的影响，没有《金瓶梅》那么大。具体而言，国外翻译《金瓶梅》的文字种类，比《红楼梦》多了不少。再具体，可以将《金瓶梅》的国外译本的语种开列于下：英文、德文、法文、俄文、日文、意大利文、波兰文、西班牙文、荷兰文、匈牙利文、罗马尼亚文、捷克文、芬兰文、朝鲜文、越南文、丹麦文、塞尔维亚文、瑞典文，此外，还有满文、蒙古文的译本。这些译本的书影，全印在一本书里了。这本书，就是北京大学出版社 2018 年 10 月第一版的《金瓶梅版本图鉴》。

这本图鉴的出版，具有重大意义。它不仅对《金瓶梅》自明代产生到 2018 年的所有相关的版本进行了一番梳理，而且图文并茂，甚至可以说图比文更具说服力与冲击力，不但是《金瓶梅》研究者难得的一本资料汇编，也可以让一般的爱好者获得知识，一饱眼福。我本人喜好《红楼梦》《金瓶梅》，主要是从自己写小说，需要从母语文学中汲取营养这一角度出发的，谈不上是研究红学或金学的专家。我的相关讲座、书籍，都不过是在宣谕：中国人一生应该至少读一遍《红楼梦》，一生中可以不读却不可不知《金瓶梅》，《金瓶梅》是《红楼梦》的祖宗，没有《金瓶梅》，也就没有《红楼梦》。

这本图鉴不仅从最早的《金瓶梅》版本说起，一直介绍到近年国内（内地及港台）所出版的各种影印本、全本、整理本、缩写本，一网打尽，似无遗漏，难能可贵，极具参考价值。而且，也涉及到相关的绣像、绘本，还有上面提到的诸种译本。

图鉴的编著者之一，张青松先生，本职工作外，是一位明清小说旧书的搜集者、收藏家。图鉴中有他个人收藏的一种《新刻绣像批评金瓶梅》，虽是一残本，却系明版原书，经研究考据，极可能是崇祯本的初刻本，非常珍贵。此残本曾流失海外，是张青松先生用个人多年积蓄，通过拍卖会，高价购回，归于本土。因张青松先生对明清小说各种版本十分熟稔，由他参与图鉴编著，诚信而稳妥，此书非一般仅凭爱好而草率为之的出版物可比。

《金瓶梅版本图鉴》书影

图鉴的另一编著者邱华栋先生，本身是当代小说家，他对目前世界文学潮流门儿清，对外国文学多有借鉴，但数典绝不忘祖，对母语文学挚爱有加。他对《金瓶梅》的文学价值有清醒认知，考察了《金瓶梅》在世界上的巨大影响后，发现国内各个图书馆对《金瓶梅》的海外译本要么暂付阙如，要么搜集甚少，于是自费购买各种译本，使其书影出现在此图鉴中。这种搜罗购买，破费事小，耗神事大，需要委托不同的国际友人，往世界各处的书店寻觅，其间的曲折艰辛，难以备述，一旦译本到手，则喜悦万分。

对于一般的文学爱好者而言，这本图鉴，也是值得翻阅、收藏的。《金瓶梅》确实少儿不宜，但应摘掉扣在它头上的“淫帽”，确认它超凡的文学价值，可以不读，却不可不尊重。

辑　四

序中性情

《刘心武散文大观》总序

我写的文字第一次被公开发表，是在1958年，那年8月，《读书》杂志刊发了我一篇书评《谈〈第四十一〉》。那一年我16岁，还在读高中。有学者告诉我，从宽泛的意义上说，书评也属于散文。如今，散文随笔被归为一种文学体裁，究竟散文与随笔还有多严格的区别？此外，杂文、小品、札记、游记、日记、书信、序跋，包括如今网络上具有文学色彩的博客、微博，应该也都大体可以归入散文随笔的范畴吧？希望有专家从文体学的角度，能给予明晰的界定。

就我自己而言，觉得1960年投给《人民日报》副刊并蒙刊发的《丁香花开》，应该是典型的散文。而1961年底投给《中国青年报》副刊并蒙刊发的《水仙成灾之类》，应该是典型的随笔。

我成名，是小说《班主任》的发表，那是在1977年，距今40年了。如今年纪大一点的读者，大约能记得《班主任》《5·19长镜头》《公共汽车咏叹调》，还有获得了茅盾文学奖的长篇小说《钟鼓楼》。我的写作，自己比喻为种四棵树，第一棵树，不消说就是“小说树”。其实，我的第二棵树，即“散文随笔树”，栽种得更早，结出的果实，也更多。但把散文结集出版，出第一本《垂柳集》，是在1986年，有幸的是，冰心老前辈慨然为我作序，这当然是对我散文随笔写作的莫大鼓舞。

那以后我陆续结集出版了很不少的散文随笔集，如《巴黎郁金香》（1986）、《私人照相簿》（1988）、《一片绿叶对你说》（1989）、《有家可归》（1992）、《献给命运紫罗兰》（1992）、《为你自己高兴》（1993）、《我是怎样的一个瓶子》（1993）、《沉默交流》（1993）、《富心有术》（1993）、《仰望苍天》（1994）、《男扮女妆与女扮男妆》（1994）、《为他人默默许愿》（1994）、《人生非梦总难醒》（1995）、《女性与城市》（1995）、《开发心大陆》（1996）、《你哼的什么歌》（1996）、《边缘有光》（1996）、《把嘴张圆》（1997）、《过隧道的心情》（1999）、《一切都还来得及》（2000）、《我爱吃苦瓜》（2000）、《亲近苍莽》（2001）、《在忧郁中升华》（2001）、《人在风中》（2001）、《深夜月当花》（2002）、《春梦随云散》（2002）、《藤萝花饼》（2002）、《眼角眉梢》（2003）、《在柳树臂弯里》（2004）、《心灵体操》（2005）、《用心去游》（2006）、《我是刘心武》（2006）、《一切都还来得及》（2007）、《长吻蜂》（2007）、《健康携梦人》（2008）、《人在胡同第几槐》（2009）、《人情似纸》（2010）、《命中相遇》（2010）、《人生有信》（2012）、《空间感》（2013）、《神圣的沉静》（2014）、《风筝点灯》（2014）、《人生，何以至此》（2015）、《宽阔的台阶》（2016）、《润》（2016）、《刺猬进村》（2017）等。

从上面开列的书单可以看出，我的“散文随笔树”上结出的果子是相当多的。有几年，我散文随笔集子的出版数量都达到三本。有几本，不是零散文章的合集，而是自成体系的大散文或者大随笔，如《献给命运的紫罗兰》《私人照相簿》《命中相遇》《人生有信》《空间感》，我是写得非常用心的。《私人照相簿》尝试把文字和旧照片交融在一起，试图构成一种新的文本，《命中相遇》《人生有信》《空间感》自绘插图，追求一种文图相映的审美趣味。

我写作的另两棵树，是“《红楼梦》研究树”和“建筑评论树”。年轻的读者知道我，大多是通过观看中央电视台科教频道的《百家讲坛》，我从 2005 年起。到 2010 年，陆续在《百家讲坛》录制播出了 61 集关于《红楼梦》的讲座，这些讲座后来都整理成书，当然我也还有其他研究《红楼梦》的文章，这其中许多篇什，也可以归纳到散文随笔的范畴。我的建筑评论，也是以散文随笔的方式写出的。

我的散文随笔良莠不齐，有的幼稚，有的粗糙，但也有比较经得起时间考验，比较独特，比较有味的。这套《刘心武散文大观》，把我从 1960 年起到 2017 年公开发表的散文随笔类文章，编为 26 册，奉献给读者。这样做，也是因为，作为一个文学写作的马拉松长跑者，我从 1958 年 16 岁，跑到现在，眼看就要跑进 2018 年，也就是说，尝试散文随笔的写作，竟达到一个甲子的长度了，因此，我的这些文字，无论好坏，是否也就具有了折射一个颇长的历史时期里，社会变迁、世道沧桑、文化嬗变和人性永恒的资料价值，可以作为一个“切片”，供社会学家、文化学家、文学史家，放到“显微镜”下仔细观察分析，或许能发现出某些深层次的东西，也未可知。

感谢山东人民出版社，能给我这样一个展示自己“散文随笔树”上累累果实的机会。感谢整体收藏者、分册购买者、批评指正者、研究分析者和散漫阅读者。这套《大观》里，有篇《心里难过》，结尾处我是这样写的：

把快乐渡给别人，算一种洒脱。

把难过宣示别人，则近乎冒险。

现在我就是既洒脱又冒险。我继续承受命运赐予我的一切。

2017 年 11 月 2 日

《刘心武爷爷讲红楼梦》自序

本世纪初，一位南方的女孩子给我来信，说她上初中时，看中央电视台《百家讲坛》里我揭秘《红楼梦》的讲座，入了迷。开始家长阻止她追踪收看，怕她耽误了学业，她就向家长保证，学业一定不误。后来连家长也看得入迷，看完后全家还有所议论争鸣。结果她中考成绩优秀，给我写信时已面临高考，她说，自信一定能考好，她要考到北京的大学，为的是那样就可以跟我见面了。过些时，她再跟我联系，果然考进了北京的一所大学，我就邀请她参加《刘心武揭秘〈红楼梦〉》的新书签售活动，在现场，我们见了面，都十分兴奋。我跟她说，我的见解，只是一家之言，仅供参考，她应该展拓视野，听取更多的观点，最后形成自己对《红楼梦》的独家理解。她表示，随着年龄的增长，早已不再痴迷一家，对于我的揭秘，她已产生若干疑惑，愿能有机会与我从容讨论，但她竭诚感谢我，引她进入了《红楼梦》这瑰丽的世界。

转眼十几年过去了。在北京金融街购物中心，有家“字里行间”书店，是连锁店，在全国还有十几家。书店的老板，跟我签了协议，就是把金融街购物中心这家冠名为“刘心武书屋”，每一两个月，我会到书屋去，与读者面对面交流，而关于《红楼梦》的交流，有过多次。一次活动中，一位女士笑吟吟地来到我面前，还带着一个三四岁的小女孩。开始我没认出来，经她自报，才知那当年的花季少女，已然为人之母！她开门见山地跟我说："您能不能把推广《红楼梦》的工作，再进一步，就是从娃娃抓起，让他们从小就受到这部民族文化经典的熏陶。我和我的女儿，会一起来听您这个老爷爷讲《红楼梦》！"她的这个建议，于我并不突兀，实际上已经有不少人士跟我提起过。

给学龄前娃娃讲《红楼梦》，这难度很大啊！但仔细想来，也不是不可一试。我就试着录制了这样一套《刘心武爷爷讲红楼梦》。不讲爱情，不讲家族盛衰，不讲人际钩心斗角，不讲儿童不宜的内容，单把书里那些最美好的人、最美好的事，那些诗情，那些画意，那些温馨，那些暖意，那些美景，那些趣事，一一道来。好比先往孩子们心灵里，撒些花瓣，布些香草，留些亮斑，飘些美韵，为他们今后在成长的过程中，一次次地阅读《红楼梦》垫下基础。随着他们年龄心智的成熟，再在此基础上，去领略爱情，咀嚼忧伤，品味人生，憬悟真谛。

这真是一次大胆的尝试。我很高兴天地出版社能将我的讲述制作成图画故事书。家长们：爷爷奶奶，姥爷姥姥，母亲父亲……伴着幼童，在读文赏画的游戏中，不经意地就进入了《红楼梦》的奇瑰世界。但愿这份熏陶，能让孩子们受益，或许当他们长大成人之后，这书却还不老，依然可以启蒙更晚辈的一代，滋养他们的心灵。

2018 年 4 月 8 日

《刘心武妙品〈红楼梦〉》写在前面

这一套五册《刘心武妙品〈红楼梦〉》，展示的是我这十几年来《红楼梦》研究的主要成果。2011年我推出过一套四册的《刘心武揭秘〈红楼梦〉》精华本，现在的这套是在其基础上增删修订而成的。增加的部分主要是关于“金陵十二钗”的全揭秘，以及《红楼眼神》《红楼拾珠》《红楼细处》和部分关于《红楼梦》的漫谈。2011版精华本里收入的《〈红楼梦〉八十回后真故事》，因为与收入的揭秘古本《红楼梦》的内容多有重复，且我已有《刘心武续〈红楼梦〉》面世，充分体现了我对曹雪芹真本《红楼梦》八十回后的探佚，故此次不再收入。

修订不仅是将个别的漏字补入、错字改正、不恰当的词语替换，更注重纠正原书中的一些疏忽瑕疵。比如原书中论及《红楼梦》中北静王这个角色，认为是把真实生活中的两个人物糅合在一起塑造，一个是康熙的第二十一个儿子，叫允禧，另一个是乾隆的儿子永瑢，永瑢后来过继为允禧的孙子，相关的一些论述，我都坚持，但当时不够细心，在论证书中北静王的原型时，把允禧去世后谥号为“靖”，也当作一条理由，认为北静王这个艺术形象的命名，“静”“靖”同音，可能也来源于允禧的谥号，这是不对的。允禧活到乾隆二十三年（1758 年）五月二十一日才去世，去世后才会有谥号，而现存最早的《石头记》甲戌手抄本中，已有北静王出现，这个甲戌是乾隆十九年（1754 年），允禧还活着，曹雪芹怎么会因他后来获得“靖”的谥号而据此为角色命名呢？现在的修订本中，当然删去了相关的文字，但这一条理由在论证北静王角色原型中是最不重要的，原属多余，删去后无碍我得出的结论，但这样的疏忽，是应该引以为训，今后力求避免的。总之，修订遵照严谨的原则，应该说是做到了细心。

自我的“秦学”通过电视讲坛及专著推出后，引出争论，多有批评，我对所有善意的批评都抱欢迎的态度，在第四册最后有篇《红故事》，回顾了这些年来我研究《红楼梦》的种种遭际。定居美国普林斯顿的余英时教授，在接到我朋友转寄给他的两册《刘心武揭秘〈红楼梦〉》后，曾给我一信，我征得他同意后，将其在上海《文汇报》的《笔会》副刊刊发，其中他有“全书思入微茫，处处引人入胜，钦佩之至”的评价。就有人在刊物上发表长文，说信中那“思入微茫”是“对刘心武的红学歪作进行了冷嘲热讽，无异于斥其‘欺诳’，可谓一针见血，而红学门外汉刘心武竟然没看出来，还回信给余英时并且沾沾自喜，此事已沦为笑谈，属于国际玩笑”。此长文对我的冷嘲热讽重度贬斥，在网络上一时转载发酵，我倒淡然对之，自己喜欢《红楼梦》，研究《红楼梦》，发表些见解，本应褒贬皆收，笑骂由人，但也就有人到网络上为我抱不平，引出钱穆为余英时大著《方以智晚节考》作序，序文中分明这样表扬他的论述："更可谓思入微茫精通玄冥。"钱穆（1895—1990）是1930年才出生的余英时的长辈，钱穆如此使用"思入微茫"一词，余英时接受钱穆对自己论著"思入微茫"的评价，难道都是"沦为笑谈"，成了"国际玩笑"吗？我希望今后对我的"秦学"有更多善意的批评，就是看不起我，讨厌我，也至少礼貌些。

《刘心武揭秘〈红楼梦〉》的系列电视讲座也好，相关的书也好，包括我近年在网络平台播出的《刘心武讲一百零八回〈红楼梦〉》音频，以及《刘心武爷爷讲红楼梦》的书和音频等等，其实主要的用意，并不是想在红学研究领域建立了不起的功业，而主要是为了向广大民众，包括青少年，推广《红楼梦》，首先引起人们对《红楼梦》的兴趣。《红楼梦》确实是我们民族文化的瑰宝，是一部中华传统文化的百科全书，作为一个中国人，不可不知《红楼梦》，在有生之年，至少要通读一遍《红楼梦》。愿这套《刘心武妙品〈红楼梦〉》，能让开卷的人士获益。

我的"秦学"研究，得到周汝昌先生热情鼓励，鼎力支持。我把他二十多年前为我《红楼三钗之谜》所写的序，以及2005年《刘心武揭秘〈红楼梦〉》初版的《说在前头》，作为第一册附录收入，以供读者参考。

2020年元旦
于温榆斋中

《金陵十二钗花语》写在前面

这是一本有趣的书。

《红楼梦》，大家知道，是一部以女性角色为主的小说。作者所塑造的这些女性角色，从根源上说，都来自金陵地区。金陵在《红楼梦》里应该是一个宽泛的地理概念，从长江以北的扬州，到长江以南的南京、无锡、苏州，一直到杭州，都可称金陵，当然其核心部位是南京，南京本身又名金陵。作者以每十二位女性为一组，设置了“金陵十二钗”的册子，在第五回里，通过书中的贾宝玉这个贵族公子的眼睛，看到了《金陵十二钗正册》《金陵十二钗副册》《金陵十二钗又副册》，透露了十几个女子的信息，预言了她们的人生走向和最后归宿。

《红楼梦》的作者曹雪芹，通过贾宝玉这个形象，发出了这样的宣言：“女儿是水作的骨肉，男人是泥作的骨肉。我见个女儿，我便清爽；见了男人，便觉浊臭逼人。”这在二百多年前那样的神权社会、皇权社会、男权社会里，真如黑暗中耀眼的闪电，标志着一种新人、新思想的出现。那个时代，那样的社会，青春女性未出嫁，未走出家门，还大体能保持住生命的本真，焕发出率真烂漫的人性闪光。书里的青春女性，就仿佛是春花开放。贾宝玉自称“绛洞花王”，就是自比为一个在红色的大山洞里欣赏、体贴群花的护花王子。书里把金陵十二钗比喻成不同的花，全书充溢着对这些花样生命、花样年华的无比赞赏与珍惜，对摧花风雨充满愤懑，把青春的消逝与花朵的谢落叠加在一起喟叹。这本书，就是把金陵十二钗分别以什么花为象征告诉你，揭示其深层含义，引领你体味作者的苦心，同时，把相关的花木知识普及给你。阅读这本书，既可加深对《红楼梦》的理解，还可获得不少花木方面的知识，确实既有趣，又有益。

愿这本书，陪伴你度过休闲时光，掩卷后，你也能找到一种花木，作为你自己的象征。

庚子年春节

《刘心武细说金瓶梅》自序

这本书，是根据我的系列讲座音频文字记录稿整理而成的。

为什么要讲《金瓶梅》?

就我自己而言，研读《金瓶梅》，和研读《红楼梦》一样，都是为了写好自己的小说，从母语传统小说文本中汲取营养。

在研读《金瓶梅》《红楼梦》的过程中，我一边写小说，一边也写些研读心得发表。关于《红楼梦》，我早有系列电视讲座和系列论著面世，反响不小，引起争议，但对于《红楼梦》能不能阅读研究，基本上不再有反对的声音。《金瓶梅》呢? 直到目前，社会上一般人士，对于这部书，存大误会的仍然不少。大众就会有这样的质疑——《金瓶梅》不是黄书吗? 黄书，也就是色情书，淫书，属于扫荡的对象，你自己阅读研究已属不正经，还拿来讲，这像话吗?

所以，需要对社会上存大误会的人士，来为《金瓶梅》摘掉“黄帽”“淫帽”。不错，一百回的《金瓶梅》，全书一百多万字，里面的确有色情文字，但占全书的比例，不过百分之一的样子。不能因为有这一小部分色情文字，就把全书否定掉，简单粗暴地贴上“黄书”的标签，扣上“淫书”的帽子。

因此，也就需要跟社会上一般人士解释一下什么是色情文字，需要厘清“色情”与“情色”的界限。

当然，社会上一般人士也有听到过这样说法的，就是《金瓶梅》是一部非常精彩的文学作品，它在世界上其他国家、民族里的影响，到目前为止，是超过《红楼梦》的。它被翻译成汉语以外的文字，种数也是超过《红楼梦》的。世界上不少文学评论家对《金瓶梅》的评价很高，甚至称其是伟大的作品。有的社会上的一般人士，听到有的他很佩服的当代作家说，就文学性而言，《金瓶梅》超过了《红楼梦》，感到惊讶。过去把小说叫作“说部”，“说部”在明代达到兴盛，大家熟知的《三国演义》《水浒传》《西游记》就是明代产生的，还有其他一些“说部”，那么这些“说部”，水平最高的是哪部呢？有一个人说了，《金瓶梅》“同时说部，无以上之”，说这个话的是谁呀？就是鲁迅先生，鲁迅先生能瞎说吗？能把一部“黄书”“淫书”如此高抬吗？

于是，就需要为社会上一般人士解疑，满足他们合理的好奇心，给他们讲：

——《金瓶梅》这书名怎么解释？

——《金瓶梅》里有哪些人物？

——《金瓶梅》里有些什么故事？

——《金瓶梅》里还有哪些看点？

——《金瓶梅》为什么在世界上有那么大影响？

一位理工男，有次听我说“《金瓶梅》是《红楼梦》的祖宗，没有《金瓶梅》就没有《红楼梦》”，很不以为然，责问我：“你怎么这么说话？”这位理工男读《红楼梦》吃力，但是他知道《红楼梦》已经获得中国传统文化中最稳定的正面评价，不过他一点也不知道《金瓶梅》是怎么回事，只是模模糊糊听说《金瓶梅》是本“黄书”，因此他担心我那样说话会犯错误。其实，我那样说，不过是鹦鹉学舌。像那位理工男一样的人士应该还不少，因此，也就需要跟他们讲：

——为什么说《金瓶梅》是《红楼梦》的祖宗，没有《金瓶梅》就没有《红楼梦》？

——作为一个中国人，一生应该至少通读一遍《红楼梦》；可以一生也不通读《金瓶梅》，但应该知道《金瓶梅》究竟是本怎样的书。

这套音频讲座，这部据之整理而成的图书（包括纸质书和电子书），就是这样产生的。一书在手，从无到有，就是可以让不少人脱离对《金瓶梅》无知、误解、糊涂、避忌的状态，从而对《金瓶梅》有知、理解、心明、眼亮。

在音频讲座中，每讲开头，我都会念顺口溜：

天，有春夏秋冬；人，有悲欢离合；

书，可借树开花；听，可从零起头。

头两句，是从《金瓶梅》的古序言里引来的，意思是，《金瓶梅》的故事，好比一面镜子，映出了世道人心。后两句，“借树开花”怎么回事？您一听一看就明白了。您说您之前对《金瓶梅》，除了一个书名，一无所知，那么，好，这个讲座，这本书，就是为您这样的人士竭诚服务的，咱们从零起头！

庚子年春节

为李敦伟作序

敦伟兄的作家题词本其貌不扬，保存得也不算太精心，但你翻开一看，哇噻，其中展现的名字，老少三辈，几乎将中国现当代文学史上的名家尽收，而各不相同的题词，又展现出各位作家不同的性格、视野、情怀与情趣，分开看是朵朵鲜花，合观则构成绚丽的山林。现在敦伟又将一百多位题词者中的九十一位，写成从题词牵引出的回忆文章，娓娓道来，全是独家干货，乃评论家、文学史家所不能者。噫，现辑成此书，其珍贵性，自不待言。

我与敦伟兄相识久矣，这几十年相识的文化人一路算来也甚多，但能几十年一直不断联系，始终相知相慰的，到目前所剩无几。人到老年，事事宜作减法，人际交往尤其应该如此，交恶的应该很少，许多疏离，只是因为人生苦短，岁月匆匆，互存好感，而无暇再亲密而已。敦伟兄却算得我几十年不离不弃的好友。以“既能同富贵也能同患难”的古典标准衡量，我们的友谊堪为楷模吧。敦伟兄质朴憨厚，敏锐通达，社交公关那超常的亲和力，更是一绝，可谓样样都好，但只一样不好，就是不会赚钱。有人对他曾有“捧着金饭碗讨饭”之谑，确实也是，我有同感，但当他恍悟可以合理合法名正言顺地凭“金饭碗”赚钱时，低头一看，那“金饭碗”竟已被他自己轻易地放弃了。不过一声叹息之后，敦伟兄也就释然，跟我诉衷肠，觉得自己走过的人生路上，一路观景，一路识人，心灵的充盈，良知的燃亮，是最宝贵的财富，因此，不后悔，不自弃。如今重览作家题词本，灵感勃发，与李东徽先生合作，将对其中九十一位的接触印象书写出来，他自己大快胸臆，得大自在，而读者们则可获知从别处无法得悉的作家秘辛，评论家、文学史家则可以作为自己专业操作的翔实参考。此书出版，利己利人，实在可喜可贺！

前不久见到敦伟兄与当年部队战友在昆明欢聚，酒后在街头与少数民族游客跳舞的照片。敦伟兄比我年长一岁，照片上那手舞之、足蹈之的身影，飘飘然大有仙气。敦伟兄说他老伴看到后给了他一句：“你几岁啊?”我却觉得恰恰是他的那种忘年、忘形，活脱脱诠释了赤子的概念。敦伟兄，愿你永葆赤子之态，更永葆赤子之心！

是为序。

2018 年 7 月 15 日